谨把此书献给曾经的创造者、未来的追梦者！

——题记

作者像

QING ZHI MAN YI

情志漫忆

魏振军 著

·郑州·

图书在版编目(CIP)数据

情志漫忆 / 魏振军著. -- 郑州:河南大学出版社,
2023.7(2023.11重印)

ISBN 978-7-5649-5546-5

Ⅰ. ①情… Ⅱ. ①魏… Ⅲ. ①中国文学-当代文学-作品综合集 Ⅳ. ①I217.2

中国版本图书馆 CIP 数据核字(2023)第 119687 号

责任编辑　薛建立
责任校对　柴桂玲
封面设计　马　龙

出　版	河南大学出版社
	地址:郑州市郑东新区商务外环中华大厦 2401 号
	邮编:450046
	电话:0371-86059713(高等教育与职业教育分公司)
	0371-86059701(营销部)
	网址:hupress.henu.edu.cn
排　版	郑州市今日文教印制有限公司
印　刷	郑州印之星印务有限公司
版　次	2023 年 7 月第 1 版　　印次　2023 年 11 月第 2 次印刷
开　本	710 mm×1010 mm　1/16　印张　21
字　数	246 千字　　定价　88.00 元

(本书如有印装质量问题,请与河南大学出版社营销部联系调换)

序 一

振军君是我的并肩战友、同道文友,更是同窗好友。

让岁月河流倒回三十余年前,在河南大学读"夜大"的我老是"旷课",原因在于作为公安局负责人的我常分身乏术,皆由振军帮我"代劳听课"。录音整理成工整的课堂笔记,最终才一师同门,双双以优秀成绩毕业。记得当年古城谍影重重,振军连续参与侦破数起间谍案件,他心细如发、多谋善断、屡立战功,脱颖而出成为智勇兼备的业务骨干。震惊中外的"九一八"特大馆藏文物被盗案中,振军更是一马当先,发挥隐蔽战线特殊优势,协调技术部门,巧布天罗地网,在"决战广州"抓捕要犯中再立新功。

之后的峥嵘岁月,得知振军先后就任开封、商丘、许昌等政法部门要职。在打击境外间谍组织、敌对组织的渗透破坏以及反恐、反邪教的斗争中,见微知著、敌动我知、运筹帷幄、战绩显赫!在他的率领下,单位战果连年攀升,业务飞速发展,常常在全省名列前茅。并培养出许多栋梁之材。正是有此坚实的实战积累，他才得以多年受聘于系统内最高学府做特聘教授。本人也荣升省里任职。

光阴荏苒，斗转星移。振军退休之后，竟捧着厚厚的一摞书稿嘱我作序。细细品读之际感慨良多。万未想到精通对敌侦察业务的老友竟有此雅志才情，创作出如此众多的锦绣诗文。无论是散文、小说、诗歌、辞章皆文笔隽永、气象深邃，犹如百花酿蜜、春蚕吐丝，篇篇发自心声。难怪他已有多篇美文见诸《诗刊》及省内外大报，并且当之无愧成为中华诗词学会会员、河南省散文家学会会员。可谓硕果累累，可喜可贺！

品读振军诗文，可谓"五美"兼备：不仅亦志亦情亦趣，且亦雅亦刚。以下愿与读者共赏。

一曰志：诗言志，何以言？即用高度概括、凝练而富于形象的语言、严整的格律、充沛的感怀写景状物，抒发理想，寄托怀抱。作者将事业、职业熔为一炉，把价值追求赋予风物，并将哲理寓于诗中，达到物我两谐的境界。请看《黄河放歌》、《灵石歌》和《念奴娇·忆九一八大案》等诗篇，可谓胸有沟壑、挥洒俊逸，既托物以明志，又畅快以淋漓。

二曰情：歌述情，情何以堪？白乐天曰：感人心者，莫先乎情。狄德罗认为：没有感情这个品质，任何笔调都不可能打动人心。王国维更是说：词以境界为最上，有境界则自成高格，自有名句。激情鼓荡方出好诗。振军乃是性情中人，他情感丰沛、想象丰富、感觉敏锐、天性率真，构成了他独特的情感世界。怀着真挚纯洁的赤子之心，饱蘸着浓浓的诗情画意，勾勒出一幅幅温情脉脉的民俗画卷，如他文集中的《永远的母爱》、《门楼下的小花》，尤其是古城《胡同》系列、《神垕》系列等，无不彰显出醇厚深沉的家国情怀。你似乎能透过纸张，看到烛光灯影中的慈母，听到古老深巷远去的叫卖声，感受到博大精深的钧窑文化，意蕴悠悠的乡愁油然而生。

三曰趣：情趣也。文似看山不喜平，诗如春水逗青涟。苏轼曰：求物之妙，如系风捕影，能使是物了然于心者。具有一颗童心、一双善于发现美的眼睛，竟出自一个跋涉于"黑白世界"之间者实属罕见，振军堪称特例。他是在用沧浪之水荡涤心灵，用大千世界之美养浩然之气，潜心入静，不为物役，放飞自然，在喧嚣的历史红尘中守住精神净土，在巨大的诱惑冲击面前仰望星空，追寻远方。他唾弃庸俗，不愿贪荣附势，耻与逐名求利之徒为伍。他近山水，喜灵石，研文物，甘沐君子之风，懂得超然、蔼然、澄然、淡然，知道澄然物外会多一点大度与智慧，少一点狭隘与愚蠢，才能享受到人生的充实丰富、生活的情趣盎然，才能成为一个脱离低级趣味之人。你若阅读他的《山村小景》《卖杏姑娘》《雪后神垕》《相约春风行》和《品小玉 识大道》，定会感到情趣之风扑面而来。

四曰雅：即高雅，但绝非曲高和寡。清人李笠翁曰：感情有真伪高低和雅俗之分，并非一概皆可进入艺术的。真诚高雅的艺术感情是人内在丰富性的表征，包含着对人生价值的终极追求和深刻的思想内涵。雅还具有审美气质与经过心灵纯化和韵律化的形象语言。要求曲有定调、篇有定句、句有定字、字有定声，富于音韵之美。诗文之雅，取决于作者的器识和品味，源于其德识学养。文如其人，振军的心性含蓄内秀、低调内敛，思维缜密，

情志漫忆

不显山露水。生活上简易朴拙，加之饱经风霜的阅历、锲而不舍的学习，厚积薄发，终成今日境界。如文集中的《一座山的启示》、《背街》和《宿泾县》等，均见功力意蕴。可谓诗成无形画，画乃有形诗。给人以美感享受。

五曰刚：即刚柔相济、柔中有刚。晓风朗月之后，尚有大江东去的浩荡雄风。振军的压卷之作《追大案 忆决战》乃当年"九一八"大案的侦破记，由于他是冲锋在一线的亲历者，又是关键环节信息的掌握者，因此讲述得别开生面、引人入胜。其情节真实生动，结构曲折跌宕，细节鲜为人知，人物惟妙惟肖，叙述如平波秋水，实则暗藏深澜，写出了刀光剑影中职业侦察员的忠诚理念和高超的斗争艺术，折射出作者智勇兼备、甘当无名英雄的磊落胸怀。

振军的诗文集志、情、趣、雅、刚为一体，融剑胆与琴心为一炉，可击节点赞、倚歌而和，此乃正气之歌、时代心声。愿吾友莫负大好秋光，仍负笈前行，侠骨柔情，再放豪歌！

全国公安文联副主席，公安部宣传局
原局长、新闻发言人：武和平
2022 年 10 月 8 日于北京

序 二

魏振中

振军弟要出一本书，嘱我作序。作为兄长，我先是为他出书而欣喜，继而又为写序心生几分忐忑，担心力不从心，成为这块美玉上的瑕疵。但是，兄弟情分，义不容辞，就壮壮胆写一些感受吧！

振军弟在我们兄弟姊妹八人中排行最小。由于兄弟姊妹多，家境不宽裕，他虽然是"老小"，却并没受到什么娇惯。在父母的注意力过多地被哥哥姐姐的"工作"、"学业"乃至"婚事"吸引去的情况下，他过早地成熟，养成了自立、自强的个性。在玩伴和同学里面，他常常被推举为"首领"和"孩子王"。

振军弟从小有两大嗜好，一是玩耍，二是读书。他玩起来很少独自一人，而是组织七八人或十几人做成群结伙的游戏。玩的方式带有很强的挑战性、探险性、戏剧性，为他长大后"担当大任"而自觉"苦其心志"、"饿其体肤"、"空乏其身"……在玩耍中励志、磨炼，或者设计"两军对垒"、"荒郊探险"一类游戏。这一出出娃娃戏成为他们走上社会前的人生演练和精神砥炼。中

情志漫忆

学时期,他曾三次组织学生徒步拉练到新乡七里营、林州红旗渠、郏县广阔天地大有作为人民公社等地方体验生活,磨炼意志,发誓要带出一支铁打的队伍。 以诗为证:"少年意气正方遒,寻梦偏向苦中求。 荷叶当伞草搭铺,斑驳记忆壮心酬。"

振军弟热爱读书,读书不贪多而求精,追求学以致用、学而时习之。 那时期,学生时代读书主要是为了寻找优美词句和感人情节,好用在写作文上。 笃信"读书破万卷,下笔如有神",长大好圆"作家梦"。 读书的韧性加上写作的灵性使振军的作文经常受到老师的表扬。 这种激励鞭策影响到振军一生。 以后升学、工作、走上领导岗位,读书与写作如同饮食所需,始终与他的生活相伴。 诗词、散文、小说等体裁他都有所涉猎,工作总结、讲稿、论文等,无论多忙他都尽量自己动笔,不让别人"代庖",以"舒其心志,达其本意"。

这本集子以《情志漫忆》作为书名,反映了振军多年写作和出书的初心与情志。 古人有"志足而言文,情信而辞巧"之说。 还说"情以物迁,辞以情发"、"至美素璞,物莫能饰也"。 抒情言志,正是他多年的写作初衷。 素璞本真,是他多年遵循的审美理念。 振军的写作,既不是附庸风雅、故作姿态,也不是友间酬唱、彼此溢美,更不是多愁善感、无病呻吟,"为赋新诗强说愁"。 他的写作是"志"与"情"的撞击、融合、喷发,是"情不自禁"、"志在必发"。 这本集子收入他的诗词、散文、小说等百余篇(首),这对于一位成就卓越的领导干部来说,事业干得风风火火、风生水起,家庭又调理得长幼相安、和睦融洽,写作只能是在公务、家务之余,在车上、寝室和散步途中,去构思、推

序 二

敲、打腹稿……人们常觉得写作是件苦差事，但振军认为只要注入了"情"和"志"，写作便瀑飞泉涌、水到渠成，是人生一大快事。写作是情、志很自然的流露与挥洒。这既是他的为文之道，也是他修身、砺志、怡情的"养生之道"。他不喜欢搭酒摊、打麻将、唱歌跳舞，不愿意把有限的时间浪费在嬉闹闲聊中……写作带给他极大的思考与释放空间，也给他带来很多快乐与欣慰，尽管有些人看来这是条孤独寂寞之路，但守住寂寞、耐住静，也是一种大境界。

振军的作品洋溢出心志与才情，那是他多年修出来的功夫。修文先修身，修身先修心。"男儿志兮天下事"。振军追求的志乃大志，立身之志和报国之志。他崇尚的"情"乃真情、深情甚至带几分痴情。作为七尺男儿，他基本达到了做人、做事、做官三成功和事业、家庭、友情三无愧。古人讲"修身、齐家、治国、平天下"，这一至高境界，振军是"高山仰止，景行行之"。尤其在修身、齐家、创业方面，他严格自律，身体力行。他认为好的文章不是用漂亮词句堆砌成的，而是作者品格、心志、情怀、学养等方面的映照和折射。"文如其人"、"诗乃心声"就是这个道理。

"志高情真"，既是对这本文集的高度概括，也是对振军的人格素描。"情如静水"、"志若璞石"是他的自画像。咏物述志，感时寄情，哪怕是那些吟咏风花雪月的也是"情"、"志"的流露。例如，他有一首《感春时》："昨问何时破坚冰，今喜柳梢又春风。梨花轻叹依旧韵，黄鹂百啭换新声。心绘丽景志未老，笔扫阴霾气自雄。四时更迭依有序，年年心境总不同。"他的心志与情怀都寄于初春的自然景物了。

"文如其人",振军为人与为文是相统一、相映照的。他"志高情真"的人品决定了他的文品。读其文如识其人。为人处世的坚定性与包容性,钢铁一般的信念和火焰一样的情怀,从振军身上以及作品里都能真真切切感受到。他做人上低调、诚实,质朴无华;做事上高调,不甘落后,不仅把工作当成事业干,当成硬仗打,而且当成专业攻,当成学问做……难怪本系统的最高学府曾把他聘为兼职副教授,多年请他去讲学、作报告。

他的作品是励志的,又是怡情的;是婉约的,又是豪放的。由于心志与情怀是他作品的双翼,故而他的作品无论篇幅大小、题材各异,但总是鲜活的、向上的、进取的、扬善的、诙谐的……总之是满满的正能量。且看《乘高铁》:"巨龙轻飞十万山,一盅小酒过岭南。李白闻讯弃舟去,感叹今人皆为仙。"一次乘高铁的寻常事在诙谐夸张中讴歌了高科技和新时代,让诗仙李白好生艳羡。

功夫不负有心人,处处留心皆"文章"。振军从事的工作专门性、隐蔽性强,生活比较单调,但二十多年间写下数百首(篇)诗文,而且题材丰富,大至时代变迁、重大事件、名山大川……小至朋友雅聚、品茶聊天,都会成为一篇篇鲜活感人的美文佳作。其散文《品小玉 识大道》,从一家玉器小店,触及大学生的自主择业、中国优秀传统文化的挖掘和传承等课题。结尾以看似平淡却耐人寻味的笔触写道:"从纷繁复杂的世界中,寻求一份冰一样的宁静、水一样的清澈、玉一样的恒久……"这真是大音稀声、大象无形。《友聚品茶》中竟跳出这样的佳句妙对:

序 二

"清香一缕明心路,雅趣三分淡功名。"品茶品出了心路、宦途的滋味,怎不令人感慨唏嘘、拍案叫绝!

振军作品中"志"与"情"的有机融合还得益于他对生活的深厚积累和睿敏观察。例如,《夏叔》、《胡同里的回声》和《胡同里的年味》等,写的都是他自幼生于斯、长于斯的家乡开封,对这里的风物风貌、人情习俗他熟稔于心,动起笔来人物、景物都如泉水喷涌,跃然纸上。热爱生活、眷恋乡愁,是他作品接地气、生灵气、打动人的重要原因。例如,《村头小景》里,人们司空见惯、习以为常的村头,他绘声绘色写活了:"麦苗青青织碧网,花袄绿巾古槐旁。一声吆喝笑破天,喜鹊衔来梆子腔。"何止是诗?活脱脱成了情景剧的画面。再如,在咖啡屋喝杯咖啡,再寻常不过,且看他笔下:"温馨流动香浓,苦涩溢出旧梦。冷观行路人,个个行色匆匆。从容,从容,细细品味人生。"(《如梦令·咖啡小屋》)喝的是咖啡,品的是人生,映射出社会上一些人焦急、焦虑、焦躁的状态。

振军的好多作品,源于生活,发于情志,敏于思考,巧于辞章。他努力探索传统诗词在新时代的创新,在立意新、结构新、韵律新、通俗化等方面做出了尝试。他笔下的《晶彩赋》,以"赋"的形式表现,洋洋洒洒近百十句,分八节,丝毫没有生譬陈腐之气,古韵新风,大气磅礴。从"皎晶晶如瑶池水兮,恍然如梦"到"溯远古之洪荒,纳日月之精华",再到"女娲补天……五千年文明史,浴火重生;几万里求索路,大浪淘沙",再到"冰晶无尘,晶石有心;娇嫩欲滴,遐想无穷……歌以大风",接近尾声的"外展风姿,海纳万象;内敛个性,不乏时尚;天地大爱,荡气回肠,物我如一,昭然天彰……"读到此处,只欲引吭高歌! 是的,这篇赋本身就是为晶石谱写的一部壮丽乐章。

振军的作品,除透出浓郁的立意美和修辞美之外,还彰显出鲜明的时代气息。 这是他的作品生命力、感染力强的一大原因。 散文《那一湾清澈的湖水》写的是他儿时经常在家乡开封龙亭湖、包公湖玩耍的情景。 那时湖水清澈,芦苇、水草丰茂,鸟禽鱼虾随处可见,是孩子们玩耍的天然乐园。 如今四十多年过去,时过境迁,留下的只是记忆和憧憬。 他运用对比、排比手法写道:"人们倦看高楼大厦,盼望着州桥明月;禁锢于钢筋水泥,向往着金池夜雨;疲倦于灯红酒绿,期待着汴水秋声;诅咒着雾霾笼罩,期盼着隋堤烟柳……"这里巧借开封著名的"汴梁八景"来跟近些年出现的"都市病"相对照,启发人们在走向现代化进程中,要留住城市的文脉,保护好生态环境。 在他大量的散文诗词中,讴歌真善美,鞭笞假恶丑,跟上时代的步伐。 例如,风清气正廉政问题、生态环境保护问题、优秀传统文化传承问题、扶弱济困问题、播撒人间大爱等,在多篇作品中都有所体现。

"无情未必真豪杰。"振军是个非常重感情的人,他的朋友多,而且是相处长久的朋友。 他的朋友不是吃吃喝喝、拉拉扯扯那种,而是以心交心、坦胸怀、明大义、能担当的朋友。 他亲情、爱情、友情关系处理得当,而且是个出了名的大孝子,这从文集中多篇纪念父母的文章中可见一斑,如《冬天的梦》、《永远的母爱》和《梦母》等。 儿女在母亲面前永远是长不大的孩子。 在《寄给母亲的歌》中,他用童话故事般的语言写道:"妈妈,您在哪里? ……在草长莺飞的春天,妈妈一大早就把希望,缝进书

序 二

包里……繁星点点的夏季,妈妈把竹床摆在四合院里,东一段陈年往事,西一段做人道理。妈妈的胸怀,似乎撑起整个天宇……大雁成行的秋季,妈妈便开始,在灯下缝补棉衣,摸一摸里面,棉花是否暄软,试一试外面,能否遮风挡雨……"这,就是母亲的"四季歌"!

看一个人的品位,不仅要看他八小时之内工作状态,更要看他业余时间的生活状态,看他"闲"的状态。振军工作、家务之余,"闲"出了百余篇(首)美文佳作,他觉得活得充实,活得踏实,活得怡情遂志,是一种人生享受。试想,你在观察美、感受美的同时,通过自己的作品播撒美、分享美,这是何等开心的事!文可怡情,文可砺志,文亦可养生益寿,"养怡之福,可得永年"。

诸葛亮在《诫子书》中曾言:"静以修身,俭以养德。"振军修身习文常从静中求索,多从静中得来。但是,他的作品静气中也溢出大气和豪气,"婉约"与"豪放"兼而有之。例如,《摆渡翁》:"一篙挥日醉画里,双桨带月乐逍遥。兴衰不知脚下过,敢教激流化虹桥。""一篙挥日","双桨带月",何等大气又耐人寻味!又如,《苏州古巷》:"粉墙黛瓦青苔路,梦里烟波醉姑苏。评弹悠悠情怀远,雨巷纸伞恍似无。"看,"梦里烟波","评弹悠悠","雨巷纸伞",而且"恍似无",这是何等的水墨效果、朦胧美!美到视觉、听觉和嗅觉,动静相映,回味悠长。

他的《月弯弯》描写的是在艰苦的知青岁月里,依然孜孜不倦地追求理想和事业。《神垕静思》则是从古镇钧瓷,延伸到对人生以及对中国传统文化的思考。《追大案 忆决战》更是描绘出亦志亦情、亦智亦勇地与犯罪分子搏斗的大戏。读来让人唏嘘不已、回味无穷……

振军毕竟不是专业作家，他的作品还带有几分稚气和青涩。但是，瑕不掩瑜，他在写作领域已经从一位拓荒者、播种者成为一位收获者、成功者。《文心雕龙》有言："志足而言文，情信而辞巧。"有情志在胸，他的创作会随着阅历的增长、学养的积累，像一坛窖藏老酒，在不断地发酵中愈加浓烈香醇。

魏振中于开封三闲书屋

（作者系开封市人民政府原副秘书长、旅游局局长，

中国摄影家协会会员）

目　录

履痕有声　散文小说　/001

那一湾清澈的湖水　/003
胡同里的回声　/007
胡同里的记忆　/013
胡同里的年味　/018
门楼下的小花　/026
神垕情缘　/031
神垕静思　/035
雪后神垕　/040
一碗豆腐菜　/044
老街·老店·老于家豆腐菜　/049
背街　/053
牙香古街　/057
相约春风行　/062

品小玉　识大道　/065

此中有真意——品石有感　/068

一石一经典　/071

永远的母爱——回忆妈妈二三事　/074

慢下来——城市夜归人　/078

亦师亦友亦通心　/080

不知名利为何物　/083

夏叔　/089

情惑　/097

偿还　/104

月弯弯　/113

较量　/129

追大案　忆决战　/188

山水抒趣　诗　/233

中秋对月　/235

春飘山庄　/235

黄河放歌　/235

过阳平里故人庄　/235

自题　/237

五十年师生欢聚　/237

茶山行　/237

少年梦　/237

过故地小院　/238

忆胡同小院　/238

目 录

千寻书院 /238

读《铸剑》有感 /238

乘高铁 /240

麦囤家 /240

西陂画馆 /240

赴苏州讲课 /240

再赴苏州讲课 /240

宿吴江 /241

苏州古巷 /241

兰溪隐者 /241

南极小镇 /241

碧居山庄 /241

村头小景 /242

卖杏姑娘 /242

山村小景 /242

摆渡翁 /242

雨夜返羊城 /242

忆桃花 /243

红秋意 /243

乐见士娟作画 /243

友赠扇 /243

秋夜思 /243

东篱偶得 /244

赴任许都 /244

情志漫忆

重上红旗渠　/244

藏上茗　/244

赞百年河南大学　/244

感春时　/245

感秋　/245

梦母　/245

思乡　/245

友聚品茶　/246

回母校　/246

菊香"清园"　/246

十年感怀　/246

灵石歌　/247

印石歌　/248

晶彩赋　/249

研田筑梦　词　/253

东风第一枝·欢聚上海　/255

踏莎行·水谣古镇　/255

定风波·忆少年　/255

高阳台·秋歌　/256

鹧鸪天·为女儿任教河大而作　/256

鹧鸪天·故乡桃园　/256

鹧鸪天·南湾湖　/257

采桑子·美玉桃源　/257

踏莎行·游古城　/257

目 录

画堂春·忆桃花坞 /257
喜迁莺·宿泾县 /259
少年游·吴江小住 /259
南乡子·南粤访师 /259
少年游·过龙湖 /259
踏莎行·宝泉 /261
鹧鸪天·老界岭 /261
踏莎行·坝上草原 /261
如梦令·咖啡小屋 /261
鹧鸪天·寄恩师 /262
蝶恋花·怀念父亲 /262
如梦令·黄河二首 /262
诉衷情·秋夜怀远 /263
长相思·读《青春季》 /263
浣溪沙·读《青春季》 /263
鹧鸪天·有寄 /263
少年游·从故乡到五朵山 /263
浣溪沙·御河泛舟 /264
少年游·太行行 /264
临江仙·回母校 /264
念奴娇·忆"九一八"大案 /265

清水研香　诗歌　/267

一座山的启示 /269
冬天的梦——献给亲爱的母亲 /272

情志漫忆

寄给母亲的歌 /273

凌霄花 /276

青春之花——写给女儿 /278

鼓浪屿随想 /281

尧坝古镇 /283

春消息 /285

记忆中的萤火虫 /288

蝉悟 /293

别 /297

致隐蔽战线的前辈 /299

远水的呼唤 /302

后记 /306

履痕有声

◎散文小说◎

那一湾清澈的湖水

但凡在开封生活久了,都会对古城的水有着特殊的情结。"一城宋韵半城水,半园烟柳半清波"是这座因水而兴的城市的真实写照。而我对古城水的记忆,则源于少年渴望的心田。

那是四十年前生活极为单调简朴的日子,放学之后约几个小伙伴到包公湖、龙亭湖去玩耍。和中规中矩的课堂相比,这里便是我们的乐园了。且不说那碧波荡漾的湖水,也不说那神秘莫测的芦荡,就是那警觉敏捷的青蛙、上下起舞的蜻蜓就足以让童年飞了起来!我们把蚯蚓作为诱饵引鱼儿上钩,把雌蜻蜓作为"俘虏"让勇敢的雄蜻蜓追逐。嘴里喊着:"老青的喂,老黄的喂,金丝溜地大老红在这儿的喂……"不长时间就能抓到好多五颜六色的蜻蜓。伙伴们围在一起,一个一个地欣赏它的颜色,分辨它的品种,然后再一个一个地放掉,大声喊着:"蜻蜓蜻蜓真傻瓜,娶了媳妇不要妈,蜻蜓蜻蜓你别急,天黑放你回家去……"蜻蜓随风而去,小伙伴们又追个不停,直到筋疲力尽地倒在松软的草地上大口地喘气……

情志漫忆

最惬意的还有背着大人到湖里摸鱼、捞虾、挖泥鳅。一个猛子扎进水里,常能碰到鱼,却很难抓到鱼。还是捞虾来得快,把碎骨头放到网里,静静地放在水边,不一会儿就聚满了大小虾。挖泥鳅就更刺激了,一铁铲下去,唧唧乱叫,活蹦乱跳。还有被挖出一半的泥鳅,伙伴们就手疾眼快拼命往外拽……

斜阳把古城幻化成一幅田园油画:湿地、城墙、牧童、归舟……

伙伴们没有雅兴欣赏美景,一门心思裹着泥巴烧泥鳅和活虾,直到把它们烧成夕阳余晖的颜色,半生不熟的,剥着,吃着,笑着,闹着,连同鞋子和烦恼,远远地抛向天空……

夜色也湮没不了湖色的迷人,偶尔也会约几个伙伴,铺几张草席在岸边,吹着微微的凉风,数着满天的星星,听着隔岸的二胡曲,枕着如船的弯月,幻想着芦荡的神秘,飘飘摇摇地进入了梦乡……

长大后,去过许多城市,看过许多湖泊,以至于后来因工作离开开封,而记忆中故乡那湾湖水始终是镶嵌在心中最动情的一幕,以至于闲暇时还能诌上几句:"杨柳依依包湖畔,捉鸟戏鱼意趣酣。斜阳长长迟忘归,小巷深深母盼还。摔'四角',推铁环,呼朋城墙夺大关。阅尽沧桑愁不语,最是快乐忆少年。"

充满快乐带着青涩的童年记忆,随岁月的远去,反而更加清晰,而现实中的喧嚣、嘈杂更激发人们对蓝天白云下那一湾清澈湖水的神往,人们倦看高楼大厦,盼望着州桥明月;"禁锢"于钢筋水泥,向往着金池夜雨;疲惫于"灯红酒绿",期待着汴水秋声;诅咒着雾霾笼罩,期盼着隋堤烟柳……

没有比破坏自己的家园和环境更愚蠢的事了！而我们除了从内心深处渴望，呼唤蓝天白云下那一湾清澈的湖水外，更应该反思自己应该做点什么。

一位作家说过：遥知黄河源头远，独教开封灵气多。

愿神州大地能有更多的清泉和绿洲……

刊于 2015 年 4 月 7 日《大河报》第 A22 版
大河网、凤凰网、搜狐网等门户网站转载

湖边忆少年　　　吴士娟作

胡同里的回声

随着年龄的增长,过去的许多人和事反而逐渐清晰起来,少年时代的一首歌、一句话,甚至一句叫卖声,又重新回荡在脑海,我知道那应该是心灵的回声。

我从小是在古城开封一个叫作炭厂胡同里长大的,对于"七角八巷"、"七十二道胡同"的古城开封来说,炭厂胡同虽算不上有名,但它经历的沧桑、承载的厚重也足以让人品味无穷。据老人说,在古代炭厂胡同住的多是些烧炭的穷人。虽与皇宫相距不远,但"两鬓苍苍十指黑"的卖炭翁的烟熏人生和"珍珠如土金如铁"的皇宫奢华生活还是形成了极大反差。以至于在自己幼小的心里,曾有过这样的疑问:为什么不把家安在天子之地的"双龙巷"或美艳流光的"胭脂河"呢?父亲告诉我:历史源于百姓,文化出自民间。

这两句话当时虽不是很懂,但胡同里的各种回声却深深地拨动了我的心灵。

每天,雄鸡的第一声亮嗓就打破了胡同的沉静:"热烙馍、焦

情志漫忆

麻叶……"那是人称"甜嫂"的叫卖声,清脆而优雅,甜嫂见人总是笑嘻嘻的,给你用烙馍卷好麻叶,总不忘说一句:"好吃,再来。"

"豆腐脑热哩吧,有甜咧,有咸咧……"和"甜嫂"相比,"豆腐光头"就严肃多了,即使你多买他几碗,收钱时他照样瞪着眼,直到有人一边喝着豆腐脑,一边咂着嘴道:"嘿,香、香……"他才"嘿嘿"地笑上两声,瞪着的眼睛眯起来也就不那么可怕了。

能和"甜嫂"一比高低的便是"黑婶"那一声:"打酱油打醋吧,谁称吧芥疙瘩咸菜,小芥菜……"从东飘到西,把整个胡同都给唱醉了。我不知道她懂不懂音乐,会不会唱歌,但她编唱的吆喝声可以说比当下许多流行歌曲更赋予美感,更贴近百姓,更能让人久久回响在心灵深处。

当人们还沉浸在"黑婶"的唱腔没有完全回过神来的时候,更吸引孩子们的第二轮叫卖声开始了:"冰糕冰棍,牛奶冰糕,凉甜冰棍。"每当听到这叫卖声,我就不顾一切地冲出去。虽然没有钱,但还是久久地看着那装满保温桶的小推车,闻一闻那随着白烟飘来的凉甜气味。那甜甜的奶香,至今回味起来,嘴里还顿生口水……偶尔也能遇到小伙伴买的冰棍让我"嗦"一口的机会。当然,自己有钱买时,也不会忘记小伙伴们。最贪吃的是一个叫大明的伙伴,每次他"嗦"冰棍,总是噙着不放,然后猛吸两口,随着那"没良心"的"吸吮"声,一个冰棍的四分之一没有了。

更奇怪的是,虽然现在美味佳肴满桌,却再也找不到儿时的丝丝甜蜜了……

随着凉甜滋味的远去，接踵而来的是更诱人的美味："哎……来吧！有番茄、黄瓜、大倭瓜……""脆甜的牛角酥！""酥零枣甜咧……"这一轮的叫卖声吸引了更多的围观孩子，"闹"着大人买这买那。幸运的孩子拿到瓜果，顾不上洗就大口地吃上了，而更多的孩子只能眼巴巴地看着咽口水……

黄昏时分传来了收废品的喊声："卖那书纸报纸、破胶鞋、破皮鞋、破运动鞋、破铺衬烂套①，卖那琉璃瓶吧……"而紧随其后的一定是卖蜂蜜糕的"瘦子"："回家找，回家找，长头发、碎布条，破铜烂铁旧橡胶，牙膏布袋废书报，拿来换俺的蜂蜜糕……"

于是孩子们便一窝蜂地跑回家，翻箱倒柜找旧东西，有的找来了用完的牙膏袋，有的找来了几本旧书，还有的干脆把家里能用的小铲子也偷偷拿来换蜂蜜糕。小伙伴们一边吃着甜甜的蜂蜜糕，一边蹦蹦跳跳地唱着："蜂蜜糕，蜂蜜糕，小孩吃了不尿泡，蜂蜜糖，蜂蜜糖，小孩吃了不尿床……"这时，突然有小伙伴示意不让喊了。大伙回头一看，原来是打锡壶的来了。于是，我们便悄悄尾随其后，等他响亮地喊出"打锡壶咧喝"，我们便一同喊道："我的尿谁喝？"他猝不及防，接着喊："打锡壶咧喝。"于是，伙伴们便四散逃跑，为让成年人落入孩子们的"圈套"而开怀大笑，那笑声，连夕阳都红着脸，躲到胡同西边的大槐树后面去了。

---

① 指旧衣碎布和旧棉花套。

情志漫忆

到了晚上，胡同里似乎安静了许多，而各种回声在寂静中反而更加清晰，更加绵长了。

"魏嫂，这是俺家包的饺子你们尝尝。""侯大大，这是俺炸的油饼恁家尝尝……"那时候的四合院，除了天冷，家家都把饭桌摆在院子里，谁家有什么好吃的，大家都可以尝尝"鲜"，而那种"李婶、张嫂"的喊声是随着美味一起飘进人们的心灵的，那种朴实、亲切、厚道委实让人感到：不是一家人，胜似一家人。

晚饭后大人们都去串门了，说一些他们关心的话题，小伙伴们便在月光下的胡同里做起了游戏："拜，拜，拜罗汉，张家的闺女十二三，红棉袄，绿棉裤，从小想当花媳妇……"这是男女孩子都可以玩的"星星过夜"游戏。而摔四角、推铁环、弹琉璃蛋多数是男孩子玩的。还有比清脆的铁环声、琉璃蛋声更好听的，就是女孩子们跳皮筋的歌谣："小皮筋，两脚踢，马莲开花二十一，二五六，二五七，二八二九三十一……""一朵红花红又红，刘胡兰是女英雄……"听着那有节奏的跳皮筋声，看着女孩子活泼可爱的姿态，男孩子们也摩拳擦掌，玩起了"抓鬼子"的游戏："我是李向阳，坚决不投降，敌人来抓我，我就跳城墙，城墙有个洞，我就往里蹦，洞里有炸子儿，炸死小日本！"

就这样，一天的劳累、烦恼、困惑、压力全在这嬉笑声中消散了，而胡同里却留下久久的回声……

风光旖旎的包公湖和我家只隔两道胡同。夜晚，铺张竹床在院里听邻居们唠家常，听大人们讲故事，听蝙蝠低唱，听昆虫吟咏……最难忘的还是湖边飘来的二胡声，那么绵延、悠长，仿佛要把这古老的胡同激活，把尘封的门楼唤醒，把人们内心深处

"禁锢"已久的那扇门叩开……

月光融融，星光点点，一曲《良宵》把孩子们飘飘摇摇地送入了美妙的梦乡……只有这时，你才能深切深切地感受到：历史源于百姓，文化出自民间！

现在世界是一个变幻无穷的世界，现代社会是一个丰富多彩的社会，当我们的林木、绿地被钢筋水泥所覆盖的时候，当我们的蓝天白云被滚滚的浓烟、尾气所吞噬的时候，当我们"飘荡无助"的心找不到着落的时候，我们还能从多少老街古巷中找回那种幽静、文雅、闲散和深邃呢？还能从多少曾经栖息的大杂院中，找回那种和谐、互助、无私和亲情呢？

"摩天碍日"让我们再也见不到胡同里的雕窗、画栋；"传奇霸业"①让我们再也听不到胡同里悠悠的叫卖声；频现的雾霾已让我们的双眼混沌，各种噪声让我们的两耳失聪。我不希望胡同里有趣的童年成为当今孩子们的"天方夜谭"，也不希望儿时的碧水蓝天成为一种无奈的怀念……

哦，记忆中还未走远的胡同，还未走远的喊声，那是我们历史的积淀、文化的传承，也是我们民族的灵魂和内心深处不息的回声……

刊于 2015 年 8 月 19 日《大河报》第 A22 版
《开封日报》2023 年 1 月 20 日第 4 版
网易新闻网、凤凰网、大河网等门户网站转载

---

① 指游戏。

最是少年梦　胡同忆回声　蒲国泳作

履痕有声　◎散文小说◎

胡同里的记忆

胡同是承载传统城市文化、诉说历史沧桑的使者，是最容易勾起人们对古老城市回忆的敏感神经。而对于经历过胡同生活如今又被"困"在高楼大厦中的人们来说，那种清静淡雅的幽趣，那种延绵悠长的韵味，更是萦绕在心中挥之不去的情结。

我对古城开封胡同的最初印象不是从书本上"七角八巷"、"七十二道胡同"开始的，而是从儿时的捉迷藏中启蒙的。

每当夕阳西下的时候，便是孩子们最放松、最快活的时候。小伙伴们通过剪、包、锤的方式，决出一个捉"老闷"的人，其余伙伴便四散而逃，从三道胡同跑到四道胡同，再跑到一道胡同……那时的古城真是胡同连着胡同，胡同套着胡同，胡同叠着胡同，它们各展各的风姿，各显各的韵味，延绵叠加，曲折多变，像蜘蛛网一样让人不知尽头。

孩子们有的藏在高大的木门后面——打开门就成了一个独立的三角，有的躲进门楼上面，更神奇的是，有的爬进了门楼的夹层——那真是看似一块板，实则有玄机。据说那是古代富家藏粮食和"细软"的地方。

　　门楼虽含玄机,胡同却更显神奇! 胡同通胡同,小巷连小巷,但有的地方看似有路,实则不通,陌生的人很容易就走进了"死胡同"。 而小伙伴们都能东钻西窜、游刃有余,飞奔在这棋盘般的迷局中,直到月亮领着我们回家。

　　对胡同文化的了解是从好奇心开始的。 比如,听张大爷移花接木地讲南北仁义胡同故事:清代张李两家为修墙,你占我一寸,我挤你一尺,互不相让。 张家想用权势压李家,就给在京做官的儿子写信。 不久,张家接到儿子回信,拆开一看,却是一首诗:千里捎书只为墙,让他几尺又何妨? 万里长城今犹在,不见当年秦始皇。 张家看了儿子的信,深思良久,幡然悔悟,就主动把墙让了几尺。 李家也主动相让。 从此,胡同变宽了。 谦让、宽容的美名也留了下来。

　　那时生活条件差,温饱比渴求知识更迫切。 为了传说中的烧鸡,我们三个小伙伴步行四五里路,找到烧鸡胡同,想饱饱眼福。 可是,从北走到南,别说烧鸡店了,连个鸡毛都没看见,饥肠辘辘地往回走,走到馆驿街口,就再也不想走了,因为可以闻到从糕点厂飘来的香甜味道。

　　古城人好客,除了过年,家里来客人也是孩子们饱口福的时候,一大早,大人就让我去"四面钟"排队买油条。 先是饱眼福:双批油条、四批油条、八批油条,甚至还有十六批……在师傅们熟练的动作中即刻成型,我们不得不为中国传统手艺惊叹! 更神奇的是,那种一根棍的"杠子"油条,出锅时外焦里嫩、金黄发亮,一根长筷子串五根,走几道街都不带"疲"的。 要知道,那时候没有那么多的添加剂,全凭师傅的经验和手上的功夫,和出来的面"劲道有味"。轮到自己买时,总忍不住趁热先"干掉"一根,然后两根筷子挑着几根油条,一蹦一跳地回家了。

古城的胡同取名,多有着历史渊源和文化气息,如"双龙巷"。传说它是宋太祖赵匡胤和宋太宗赵光义的旧居之地,真是一挑担着两盘龙,自然气象万千!大黄家胡同则因抗日英雄吉鸿昌将军府地而威名远扬。还有因苏小妹种绣球花而得名的绣球胡同、因胭脂女而得名的胭脂河等。许多胡同不用探究,光看名字就醉心如晤——翠花胡同、秀水胡同、林荫胡同,无疑给人许多美的想象,而炒米胡同、油坊胡同又不得不在想象中让人的味觉奢侈一把。

对事物的好奇和对传说的探究促使我和伙伴不断在密林般的胡同里走向未知的尽头。周末的一天下午,我们开始寻找"教经胡同"。听老人说那里住着一些古代来的犹太人,他们的祖先雅各是位力大无比的英雄。上帝派天神与之决斗,结果被雅各打败,上帝怕雅各日后闯祸,就用法术把他的脚筋抽走了……现在胡同神庙里还有雅各的神像。我们花了大半个下午,把南、北教经胡同都走遍了,除了青砖灰瓦和历经沧桑的门楼、几近剥落的老墙外,没有找到任何和犹太人相关的东西。后来才知道,他们早已融入中华民族大家庭中,这在全世界都是绝无仅有的。我们不得不为中华民族的宽厚包容、海纳百川而自豪!

没有看到神像,也没有见到"外国人",伙伴们就商量,干脆去看"三眼井"吧!据说那是古代留下的三口井,分别是甜水井、淡水井和苦水井。如果你对着井水照一照,就能分辨出你是好人还

情志漫忆

是坏人。我们不知又穿过了多少大街小巷,终于在一处老宅旁找到了"三眼井"。令人吃惊的是,"三眼井"并非是三口井,而是"井口一石三眼"。我不知道古人是不是为了百姓取水方便或者为了艺术而有意为之,但我知道这里的一砖一瓦、一井一石都是古人从极深的生活中感悟出来的。

离开三眼井不久,已经是华灯初放,饥肠辘辘的伙伴走到大纸坊街口上就再也走不动了。于是,三人凑了五分钱,买了两块烤红薯,狼吞虎咽地吃着。从旁边食品糖杂店里飘出的糕点味、酒香味让人久久驻足观望:劳作一天的人们,通常打一毛钱的"散酒",一提子下去,就把两个小黑碗装满了。三分钱的五香花生正好一碟,或站着,或坐着,品味着酒的浓烈和花生的醇香,一天的疲劳也就消失殆尽……

回家的路伴着细碎的星光和脚步的回音漫漫延伸,刚才站着喝酒的拉车汉子,在豆一般的灯光里,哼着只有他自己才能听懂的小曲,摇摇晃晃消失在长长短短的影子里……

随着岁月的流逝,渐行渐远的不仅是故人的影子,而且还有我们曾经心动过的记忆。曲折蜒蜿的"九道弯"还在吗?飞檐微翘的雕花门楼还在吗?虬枝盘曲的老槐树还在吗?

怀着儿时的美好记忆和已久的向往,秋日的一个黄昏,我带着家人寻访曾经生活过的胡同。然而,当我们从繁华的大街拐进熟悉而又陌生的小巷时,心里便有了怯怯的感觉。是怕破坏掉曾经的美好记忆,还是怕产生物是人非的遗憾和隐痛?

然而,当我们真正走进一道道胡同时,亲切的感觉便油然而生:依旧的格局、依旧的风韵、依旧的踩在石板上发出清脆的回音……只是我们发福了,胡同嫌窄了;我们长高了,胡同变矮了。当我们个个脸上泛着油光和红晕的时候,胡同却在饱经沧桑中老去了。

我们怎样才能让日新月异的城市发展,留给传统文化一个特有的空间,让古老的精华不再渐行渐远、默默消失? 值得庆幸的是,现在许多仁人志士,已经在此找到了恰当的结合点并付出实施。

走一趟胡同,让思绪拉得更长;听一回乡音,让心灵更贴近平凡的生活……我喜欢胡同的幽深、恬静,更喜欢多少代人沉积下来的美丽故事——那是镌刻在心灵深处永远抹不去的记忆!

离开胡同总觉得意犹未尽,慢慢地走,慢慢地回味,慢慢地哼着这样的诗句:觅踪重走儿时路,胡同斑痕已模糊。 擎盖老槐今安在?雕花门楼移何处?嘴馋叫卖待晨早,戏捉迷藏盼日暮。 古老情结去不远,新燕依旧绕梁宿。

刊于2015年10月30日《大河报》第A24版
凤凰网、网易新闻网、大河网等门户网站转载

情志漫忆

胡同里的年味

　　胡同里的年味似乎比城市其他地方彰显得更加浓郁、醇厚。一进腊月，胡同里便热闹起来，家家户户都张罗着过年，而最当紧的就是采购年货。那是个计划经济的年代，物资供应有限，买什么东西都凭票排队。为能买到有限的食品，一大早，胡同里便喧闹起来，左邻右舍招呼着结伴去"菜站"买菜，有揣筐的，有挎篮子的，还有扛麻袋的……前呼后拥，一字长龙，甚是壮观。

　　那时候没有冰箱，年前囤积的菜多埋在沙土里，如红萝卜、白萝卜、土豆、生姜、大葱等。吃的时候挖出来，原汁原味，可比冰箱的味道好多了。大蒜易发芽，妈妈索性把它剥去皮，用秫秸篾细细地串成一个圆，放在大盘子里，静静等待发芽。

　　小时候，真是掰着指头盼过年，男孩子盼着放鞭炮、点灯笼，女孩子盼着穿新衣、戴头花。而孩子们共同期盼的则是吃美食、饱口福。胡同里的孩子早已按捺不住对年的渴望，蹦蹦跳跳地唱起了歌谣："腊八祭灶新年来到，小妮要花，小子要炮，老婆子要衣裳，老头子打急慌……"

"腊八"那天,妈妈早早地把一大锅的腊八粥熬好了,我迫不及待地拿起勺子,姐姐拉了我一把笑着说:"小孩小孩你别馋,过了腊八就是年……先数一下锅里都有哪几样?"我只好咽下口水,数着:"大米、小米、绿豆、红豆、红枣、莲子,嗯……"往往数不到八样,姐姐就让我吃了,并帮我说出其他几样。

甜蜜,从那碗热腾腾、黏糊糊的八宝粥开始了。

"腊八粥,熬几天,哩哩啦啦二十三;二十三,糖锅粘,鸡鸭鱼肉吃不完。"孩子们的歌谣,很快又把祭灶糖盼来了。

小时候家里穷,凡是买回好吃的东西,爸爸总是悄悄"藏"起来,"关键"时刻才拿出来吃。祭灶当天,妈妈从挂在房梁上的馍篮里拿出祭灶糖,姊妹几个一人一块,剩下的一块,又塞给了最小的我。后来才知道,那是父亲留给母亲的一块。

问起为什么要吃祭灶糖,妈妈说:"今天灶王爷要到天上汇报每家、每人的表现情况,吃了糖,他就能多替咱们说好话了。"母亲又把我们拉在身旁叮嘱道:"孩子们,你们从小就要多做好事、善事,多帮助有困难的人啊!要不,灶王爷就会生气,降罪下来惩罚做坏事的人呢。"

那天午后下起了小雪,一位衣衫褴褛的妇女带着孩子讨饭,串了几家都没有讨到吃的,看那小孩冻得发抖,我急忙迎了上去:"来我们家吧,我们家有饭吃。"姐姐看到我把要饭的人领到家里,狠狠地瞪了我一眼,母亲却热情地把他们迎进屋里,给每人盛了一碗热乎乎的稀饭,又给了一个馍,问他们从哪儿来,中年妇女道:"沙口,家里受灾了……"看着孩子狼吞虎咽的样子,妈妈居然把一个连自己都舍不得吃的煮鸡蛋塞到孩子手中,中年

情志漫忆

妇女一下子跪在了母亲面前，不停地说着："恩人啊，谢谢，谢谢……"

雪还在下，望着他们母子远去的背影淹没在迷漫的风雪中，妈妈紧紧把我搂在怀里，眼泪禁不住流了下来。

和融融的家庭气氛相比，街上的"年味"更显得异常火爆：有打把式卖艺的，走街串巷叫卖的，捏面塑吹糖人的，耍猴子变戏法的……"七行八作"让人眼花缭乱、目不暇接。最吸引孩子们的还是玩万花筒拉洋片，二分钱一位。随着机关按动，人物、动物、景物不停变换。完了搭配着一次万花筒，算是送的。万花筒里呈现的神奇和奥妙让原本清贫的日子变得五彩斑斓。

除了街上的各种"把戏"，孩子们还有更丰富多彩的游戏。男孩子们摔四角，弹琉璃蛋，打陀螺，推铁环——技术好的可以把铁环推出几道街，都不带倒的，直行、拐弯、刹车、大回环、小回环，甚至可以上台、过坎、展现出各种惊险动作。

女孩子们则玩得优雅：跳皮筋、丢手绢、跳房子、踢毽子。随着笑声、喝彩声，五彩耀眼的鸡毛毽子在空中飞来飞去，什么"外拐"、"过海"、"蹚剪子股"、"干五样"、"湿五样"花样迭出，女孩子轻盈、灵巧的动作吸引着男孩子们不得不偷偷多看几眼。

游戏声中，快乐也能飞翔！

孩子们玩到兴头上，家长是很难叫回家的，即使饿着肚子也想多玩一会儿。然而，只要胡同口的铜锣一响，孩子们立马放下游戏，一溜烟地跑过去——换糖人的来了。

走进胡同的是位身材瘦小的艺人，用一根磨得发亮的扁担，挑起两个比他半截身子还高的货框,走街串巷,"吹来吹去",人送外号"马大吹",铜锣敲不到三遍,孩子们便把他围得里三层外三层,货框的架子上摆满了各种各样的"糖人"作品:从天上飞的小鸟、鸽子,到地上跑的鸡、猴、鼠、猪,还有水里游的鸭子、鸳鸯……个个活灵活现、生动有趣。看着孩子们只看不买,马大吹一边搅动锅里的稀糖,一边喊道:"别光看,别光瞧,快来尝尝好味道。""又能吃,又能玩,还能回家哄小孩儿。"看到大伙还无动于衷,马大吹提高了嗓门:"吹得大,吹得神,牙膏布袋换糖人。"

  买东西也有示范效应,一人买了,其他人也动了起来,有钱的出钱,没钱的拿东西换。孩子们一般都让"吹"自己的属相,只有赵大爷,舍得拿出八分钱给孙子吹个"孙悟空三打白骨精"。对于难度大的"活",马大吹也不敢怠慢,只见他把钱往腰里掖好,搓了搓手,喊了两声,用小铲子精心调点热糖稀,放在沾满滑石粉的手里揉搓,然后嘴衔一端,徐徐用力,连围观者都不敢大喘气。也就是一两分钟时间,两个人物的雏形就出来了。接着马大吹拿出两根彩色的公鸡毛,插在"悟空"的肩头,把上了彩的秫秸秆做金箍棒,放在手里,真是威风凛凛!而"白骨精"则沾上了一些白鸡毛,顿时媚态四射,妖气十足。

  那时候条件艰苦,没有电脑,没有手机,甚至没有零花钱,但拥有更多的却是纯真和快乐!

  除了从民间艺术中享受欢乐外,能在胡同里感受的高雅艺术便是"革命样板戏"了。从《红灯记》、《沙家浜》、《智取威虎山》到《海港》、《杜鹃山》等,老少都能哼上几句、唱上几段,

情志漫忆

什么"打虎上山"、"都有一颗红亮的心"等。那铿锵有力的台词、激昂奋进的曲子把尘封在史卷深处的胡同震得铮铮作响、回音缭绕。

敢唱老戏的就数后院的赵大爷，七十多岁的年纪依然精神矍铄，头发抹得溜光发亮，出门迈着四方步，张口就来《穆桂英挂帅》、《贵妃醉酒》。不仅唱腔舒畅、清丽，而且唱到动情处还忘情地飘一个媚眼、翘一个"兰花指"。他自称是大宋开国皇帝多少代子孙，有皇家血统，家里还藏着祖传家谱。新中国成立前出门穿长袍，左手托着鸟笼，右手拿着京胡，怀里揣着"油子"——真是走到哪儿，响到哪儿！现在改穿短衫了，但举手投足依然周吴郑王，要的是那"范儿"。

和孩子们幸福、快乐的过年生活相比，大人们过年可就没那么轻松了，什么二十四扫房子，二十五和煤土，二十六去割肉，二十七杀只鸡，二十八蒸枣花……妈妈就像上了发条似的没日没夜地干。妈妈是做家务的好手，不用说扫房子、拆被子，就是一天三顿饭，也够她累的。我们姊妹多，但每个孩子无论新衣旧衣，妈妈都给我们收拾得干干净净、整整齐齐，让全家都充满新意。

准备各种美食也是过年的一大"工程"，先是蒸馍，什么圆的、方的、糖包、寿桃包、油丝卷……花样多多；更让人叫绝的是妈妈蒸的枣花馍，一块普通的面在妈妈手上揉来揉去，有搓成圆条的，有拉成细丝的，还有切成方块、菱形的。接着是组合拼接，不一会儿两瓣花、三瓣花、五瓣花、六瓣花就出来了。每个花蕊上沾一颗红枣，美观极了。妈妈做过最多的是十瓣花，寓意是全家团圆、十全十美。当我们为各种花馍惊叹不已时,妈妈招呼我们:"来看看锅里蒸的是什么吧!"揭开笼,大家都惊呆了!眼前呈现出各种各样的小动物:小鸟、小猫、小兔子、小刺猬、大鲤鱼……我按捺不住要下手,姐姐一把拉住我:"等冷凉了再吃,馋猫。"然而,我总是等不到"冷凉"就开吃了,后来吃不下去了,就只抠枣吃,结果等到过年哥哥去吃时,往往是馍还在,枣没了。

到了农历二十八九,妈妈就开始炸东西了,有麻叶、麻花、糖糕、春卷、菜角等,炸得黄焦里脆,不要说饱餐一顿了,单单观其色、看其形、闻其味,就足以让人垂涎三尺。然而,这个时候是不给孩子们吃的,说是要等到过年,看着我眼巴巴盯着不走,妈妈也就心软了,偷偷地塞给我一个,而哥哥姐姐却只能把炼油剩下的油渣撒上盐夹馍吃,算是开"荤"了。

三十晚上是一家人守岁团圆的时候,姊妹们围着父母一起包饺子,唠家常,讲故事。什么《孙悟空大闹天宫》、《鲁智深倒拔垂杨柳》、《三毛流浪记》、《鸡毛信》等,把我一次次带入神奇的世界,以至于幼小的心里总是在想:三毛要是能吃上饺子就好了……长大后自己也要练出孙悟空的本领,去送鸡毛信……

饺子煮好了,热腾腾的气息带着母亲的味道,涨满了狭小的房间,也涨满了孩子们的心。暖暖的、柔柔的,一家人被满满的幸福包裹着……

门墙多古意,家风重传承。吃饺子前妈妈总是洗干净手,盛上两碗饺子,放在爷爷奶奶像前,说要老人"先吃"。这种举动虽小,但长此以往,使我从小就养成了"长幼有序,尊老爱幼"

的美德。

　　守岁时妈妈也闲不住，一会把孩子洗好的衣服缝缝补补，一会儿又开始"纳鞋底"。妈妈眼花了，经常让孩子们帮助穿针引线，一不小心就被针刺破了手，每当这时我的心头就是一阵"发紧"。而灯光下瘦弱的妈妈，总是笑着说："不疼，没事……"动作还是那么娴熟，那么优美，那么不知疲倦……

　　小喇叭唱完《国际歌》，我的眼皮就开始"打架了"，妈妈笑着催我睡觉，而自己总是说，不瞌睡，还能熬……直到妈妈干活的身影变得朦胧，变得模糊……

　　大年初一年就进入了高潮，一大早便被噼里啪啦的鞭炮声惊醒，我一股脑爬起来，发现妈妈泡的蒜苗长高了，那碧绿的身影映着红红的窗花，红红的窗花映着花窗外洁白的雪花，好看极了，这应该算得上那个年代最自然、朴实、优美的画面了。

　　街坊邻居相互拜年，也是胡同里的一大特色。洗漱完毕，妈妈把我们打扮得漂漂亮亮、整整齐齐，就催我们去拜年。"张叔"、"李婶"地走一遍，衣兜里便塞满了花生、瓜子和糖果。而随着一声声的寒暄、问候，往日的隔阂、误解也就烟消云散了。

　　长期生活在胡同、四合院的人们，邻里间有着特殊的感情，喜悦之时求分享，困难当口帮一把，还有不藏不掖永远也唠不完的家常话，真可谓：深宅小巷斯为美，仁里佳邻无所争。

　　如果说年前是忙，那年后就是乐。街上鼓乐声、喧闹声不断，有唱戏的、说书的、玩民俗绝活的。到了正月十五，热闹达到了顶点：有舞龙、斗狮、划旱船、踩高跷，晚上放烟花、赏花灯——让孩子们随着乐儿满街转。

过了元宵节，胡同里的年味便渐渐淡了下来，而孩子们心中的年味却久久挥之不去。那零零星星的爆竹声，如诉如歌，是孩子们对即将远去"年"的不舍；那摇曳在冬夜的花灯，如梦如幻，把原本清苦的日子平添了许多温馨的色彩，把原本单调的儿时生活幻化成了快乐的童话世界。

芝麻桂花馅香甜，亲人骨肉乐团圆；爆竹声声震天响，驱邪降福遂心愿；月色如梦灯如幻，吉祥如意得永年！

随着城市现代化的推进，越来越多的胡同正在消失，蕴藏在胡同青砖灰瓦里的年味也正渐行渐远，而那正是传承千载、流动在中华民族血脉里挥之不去的情结！

飘飘雪花今又是，年年过年年不同。如今，我们再也不需要因食品紧缺而勒紧裤带，再也不需要因物质匮乏而缝缝补补。而我们迫切需要思考的是：如何守住根脉、薪火相传，把我们传统的"年"赋予更多文化内涵，以及现代文明的元素。让年味在日新月异的发展中更纯、更新，更源远流长……

回到童真，回到本源，回到生命意义的真正所在。让被岁月侵蚀和外来文化冲击渐渐剥落的"年味"再生，以至不朽！让未来我们的孩子都能受到传统文化精华的滋养，在醇厚的民族风中成为一个地道的中国人。

刊于《开封日报》2016年3月1日第10版
大河客户端"文明河南·暖暖新年"主题、开封网等转载

情志漫忆

门楼下的小花

应好友之邀,到新修复的双龙巷去感受文化。老实说,我从小生活在附近,对此巷并不陌生。然而,当我步入久违的历史名巷,还是惊诧不已!

昔日嘈杂拥挤、斑驳不堪的旧貌不见了,映入眼帘的是鳞次栉比的高墙门楼、相得益彰的青石灰瓦。"状元居""双龙别院"、"张钫故居"等名人名宅随处可见。朋友介绍:"双龙巷可谓是龙潜之处、风水宝地。仅百米的小巷,不仅住过宋朝两位皇帝,还住过民国时期两位大总统。其他名人更是数不胜数!如今古巷再现了名宅荟萃的历史风貌,延续了典雅庄重的街巷肌理。这是个承载厚重历史且易于寻梦的地方,每一座门楼都在诉说一段过往,每一扇花窗都在讲述一段故事……"

雨后漫步小巷,心绪自然飞扬,缥缈中,我蓦然被远处门楼下若隐若现小姑娘身影触动,脑海浮现出几十年前的一段往事:

那是我上小学五年级,快放暑假的时候,男生们兴起了养蚕热。我也好奇地想参与进去,班上的养蚕"大户"邱毅慷慨解囊，一下子给了我十条小蚕。

我把爸爸唯一的皮鞋盒子给小蚕做成了家，还在"房顶"精心挖了几个天窗。为此，爸爸回来还"教训"我一顿。

小蚕长得很快，食量极大，白天晚上吃个不停，买一次桑叶两三天就吃光了。临近期末考试，没时间去买桑叶，小蚕已经饿了两天。中午邱毅告诉我，现在市里很难买到新鲜的桑叶，他家有，让我放学去拿。

挨到放学，我急着去邱毅家，谁知老师却让我带两个学生办板报。等办完板报匆匆赶到邱毅家，已是黄昏时分。他家在双龙巷中间路北一个高大门楼的四合院内，门口，一个扎着羊角辫的小姑娘正在踢毽子，随着有节奏的盘踢、磕踢、蹦踢，两只羊角辫上的小花随风舞动、飘逸，在夕阳的余晖中煞是好看！

我一步一回头地走进院里喊邱毅，屋里传来女人的回答："他去奶奶家送东西了。"我问："啥时候回来？"回答说："晚上不回来了。"

我扫兴地走出大院，心里想着家里昂头寻找食物的小蚕，不由得叹起气来。小姑娘见状，收起毽子问："没找到邱毅吗？"我点点头，把拿桑叶的事告诉她。她歪着头冲我莞尔一笑："你等一下。"说完毽子一扔就跑回家去。工夫不大，姑娘抱着一包桑叶出来。

我问她怎么回事？她说："俺哥也养蚕，你先拿去用吧！"

"你哥知道吗？"我问。

"他没在家，一会儿回来我告诉他。"

"这样不好吧？"

情志漫忆

"没事,你只管拿走就是了。"

我接过桑叶,清新之气扑面而来。

这时,院子里传来一个男人的喊声:"小花,回来!"

我看着她:"你叫小花?"

"是的,刘小花,四二班的。"

"你认识我吗?"

她点点头,又摇摇头:"你演过《毕业歌》,我坐在台下,看到你鞋子掉了还坚持演出……"

我为之一惊! 那是半年前一次全校会演,参加《毕业歌》演出的是八男八女,我不过是其中的十六分之一,而且,我鞋子掉了坚持演出虽然受到老师的表扬,但学生们却不知道。 而她,居然观察得那么细致又那么用心……

激动之余我还想说什么,院子里又传来男人更严厉的喊声:"小花,快滚回来!"

我诧异地问:"是你爸?"她点头。"那你赶紧回去吧!"她没有动,依然靠着门楼,痴痴地望着我。

这时,我才清晰地看到,米黄色连衣裙包裹着略显瘦弱的胴体,白皙的脸庞闪烁着一双略带无助的大眼睛,这和刚才夕阳里那个翩翩起舞、快乐无忧的少女简直判若两人!

她呆呆地望着我,显得那么文静那么纯真,真诚得让你无法拒绝,纯真得让你不忍离去……

"小花,你死到外面不回来了?"话到人到,一个四十多岁的男人冲出大门,借着酒劲儿一把揪住小花的羊角辫往回拽,小花边挣扎边回头看我,那目光既像是让我赶紧走,又像是让我不要走……

　　我想制止，但终究没敢上前。

　　门楼下最后定格的是小花脱落的头花，还有她闪着泪花期盼的目光……

　　朋友看我呆望着门楼沉思，解释道："世界上有很多种美，而最有生命力的，还是深藏在内心的美好。正如这古巷，虽然历尽沧桑、物是人非，但镶嵌在记忆中的美好永远不会剥落……"

　　是啊！毕业后虽然常常想起门楼下散落的头花和那含泪期盼的目光……但却再也没能见到小花姑娘。后来听说，她父亲常借酒发疯，母亲一气之下带着女儿走了，去了很远的地方，而且，同学们都不曾知道她的消息。

　　那座承载着美好记忆的老门楼早已不见，而门楼下那个大眼睛的小花姑娘却永远让我无法释怀……

刊于《开封日报》2023年3月13日第12版

昔日门楼下　真情写童话　　蒲国泳作

神垕情缘

第一次听到"神垕"这个名字是在 30 年前。当时,某国为窃取钧瓷制造技术,竟三次派人潜入神垕盗取陶土,秘密带回国去研究仿造……那时我就琢磨:神垕,该是怎样一片神奇的土地?

事情的发展往往如钧瓷窑变一样难以预测:求之不来,不期而遇。30 年后,我不仅有幸踏上这片久仰的土地,还因工作需要,能够"与垕为邻,伴君而行"。

那是连绵秋雨过后的一个晴朗下午,大雁衔着远山,白云拂着红叶,让人心旷神怡。当朋友陪我走进神垕古镇七里长街时,一种古朴、典雅的文化气息扑面而来。这不仅因为首先映入眼帘的是高大的寨墙、威武的古炮楼,也不仅仅因为有了"金火圣母""汉高帝略地赏猎"等充满神秘色彩的传说故事,单是那保存完好的伯灵翁庙、花戏楼、邓禹楼等明清建筑,就让人叹为观止。朋友介绍说:神垕的文化源远流长,自唐宋以来从未中断,被人们奉为"千年古镇""历史活化石"。

情志漫忆

　　漫步古镇的老街小巷，厚重、朴拙、宁静是主基调。这里的每一座庙宇、祠堂、宅院，甚至古钧窑，都向你诉说着古镇的神奇和沧桑。它既蕴含着文化的情结，也彰显了艺术的情怀，更延续了怀乡的情缘。而远离城市的喧嚣和嘈杂，负重、疲惫的心可以放松下来，静静地与老街相守，与古窑对话，与自然交流。

　　感受神垕情缘，最绕不过去的便是因其独特窑变艺术被誉为"中华之魂""国之瑰宝"的钧瓷。她是中国五大名瓷之首，自唐宋以来，不断续写着中国瓷器艺术的辉煌。

　　在古镇老街可以说五步之遥、十步之内，必能看到她的倩影。大宋官窑、陶瓷官署自不必说，就连茶馆、客栈、小吃店里也会摆几件五光十色的钧瓷作品，成为古镇老街一道亮丽的风景。细心的工匠还把钧窑艺术打造在灯杆上、墙壁上，甚至地面上，使人感到身在钧瓷之都，如入五彩斑驳的神话世界。

　　转过"人民剧院"，我被一家名叫"岁月驿站"的小作坊吸引。它门脸不大，却是中国传统式的"一进三"四合院。主人不在，我们就自己欣赏琳琅满目的钧瓷：红的像朱砂，紫的若葡萄，青的如梅子，蓝的似天空……从地上摆放的几个土色的坯胎可以直观地感受到钧瓷"入窑一色，出窑万彩"的神奇嬗变……

　　"哎呀呀，来了来了……"随着爽朗的招呼声，一位红衣大婶从后院快步走来。她一边挥着手绢，一边喋喋不休："俺家啊，里里外外都耍我一个人，我那死老头子就会在后院烧窑，连个话都不会说……"我知道，这就是当地流行的"夫妻窑"，能干的在后边烧窑，会说的在前面经营。

　　"这瓷器烧得不错啊！"

大婶一听夸她的东西，劲头儿更足了："不是俺显摆，俺老祖上几代都是烧窑的，十里八乡谁不知道，他爷爷的钧瓷还进了北京，送给外国领导人呢！"

　　"这么好的事业，怎么不让孩子帮帮忙呢？"听到我说孩子，大婶得意的脸上立刻添了愁云："唉，我那没出息的孩子，你看，现在老家多好，又有房子又有窑，可他放着家里的钱不挣、他爹的手艺不学，非要去深圳打工……"说着，大婶无奈的目光转向了空落落的院子。

　　我赶快劝慰道："孩子在外面锻炼几年也好，回来就更能干了。"

　　我知道自己的话未必能劝到大婶的心里，于是就匆匆收起买好的花瓶离开了。

　　街上的行人越来越少，而迎面蹦蹦跳跳的几个孩子居然唱起了明清古镇的民谣："来到神垕山，七里长街观，七十二座窑，烟火遮住天，客商遍地走，日进斗金钱……"

　　我不知道远在南方打工的小伙子会不会唱这首民谣，但从他家"一进三""一进四"的古院落风格来看，古人讲究的是把制作、经营、生活有机融合为一体，人物共赢，相得益彰。制作是为了经营，经营是为了更好地生活，而只有珍惜拥有、懂得传承，才能让更多的美好成为永恒。

　　落叶时节，岁月带走的是浮云和掠影，而沉淀下来的则是铭刻在古镇的民族文化和铸进钧瓷里的绚丽、醇美。在这灵魂常常被甩在影子后的时代，我们什么都可以忘记，但绝不能忘记连接亲

情志漫忆

情的家园乡愁，更不能忘记维系五千年民族之根的传统文化。

文化兴则国运兴，文化强则民族强。这是不可争辩的真理。这种自信，就在我们的血液中，就在我们的基因里。

走出古镇，已是华灯初放。伴着寨墙上的几点灯火，远处传来悠悠的二胡曲《怀乡行》，我顿了下脚步，心一下子又被拉回了古镇……

神垕，一个认识了就能结缘的地方。

《许昌日报》2017 年 11 月 4 日第 3 版

钧瓷网转载

履痕有声 ◎散文小说◎

神垕静思

每每陪朋友参观神垕古镇老街,总是在热闹的气氛中感受其商业的繁盛兴旺和钧瓷的多姿多彩。而这次送朋友走后,竟有一刻独自在老街漫步的时间。

黄昏时分,老街渐渐从一天的喧闹中平静下来。那鳞次栉比的古院大宅,一次次把人们的思绪拉回到那个遥远的年代;那光滑可鉴的青石板路,又一次次让人们在恬静中倾听岁月的脚步声……

惊奇过伯灵翁庙的巧夺天工,赞叹过陶瓷官署的典雅神奇,连那不起眼小巷深处一面面黄褐色的桶状墙,都使人流连忘返,品味无穷。那是由无数个笼盔砌成的墙,有立式的、卧式的,构成一幅幅有规律的几何图案。再加上古铜色的色调,煞是好看!说起笼盔,那可是在钧瓷发展过程中起过巨大作用的。过去钧瓷总是用柴烧、煤烧。为防止灰屑、气体对胚体、釉面造成污损、破坏,需要把胚体套在笼盔里烧造。所以,绚丽的钧瓷之所以能创造"入窑一色天,出窑万彩霞"的奇迹,笼盔,功不可没。它是

情志漫忆

用自己的千锤百炼，成就他人的光彩照人！

笼盔，不仅是一种艺术的写照，更是一种甘为人梯的象征！她虽未登上庙堂之高，却与普通百姓依依相伴。数千年来，由笼盔打造的窑坊文化，深深地影响着当地居民建筑。由笼盔建造的房屋冬暖夏凉，给老百姓带来舒适和惬意。民间歌谣曰："神垕街，七里长，家家都有笼盔墙；神垕街，一大怪，院院都用笼盔盖……"

艺术源于民间，老百姓才是辉煌与不朽的创造者！

从窄窄小巷的笼盔墙，到老街最高建筑钢叉楼，只要静心品味，都能从历史的留痕中悟出许多。

钢叉楼，为明清时期李先生所建，他财大气粗，掌管着陶瓷官署和几大名窑。可称得上富甲一方，但美中不足的是"无后"。为求一子，李富豪四处烧香拜佛。突然有一天，他梦到一个红脸大汉手持钢叉来到他家。从此他夫人怀孕生子，可孩子降生后，整天啼哭不止，直到有一天，丫鬟无意中扯烂了老爷的衣衫，听到撕布声的婴儿，立刻止住了哭声，再撕，居然转啼为笑。李先生大惊！知道这孩子是来败家的，于是求人破解。高人指点，可给孩子取名"三不愁"，并在院里建一高大的"钢叉楼"以破解。雄伟高大的"钢叉楼"建好了，尽管李富豪费尽心机在楼上镶嵌许多铜钱、福寿、祥云等图案，但依然没能阻挡李家的破败。长大后的李三不愁，整天不务正业，游手好闲。为能让家财细水长流，李富豪悄悄把大量的金银财宝藏在了地下室和一米多厚的墙体内。然而，李富豪死后不久，赌博成瘾的李三不愁，便将钢叉楼连同藏匿的大量财宝一起卖掉了。为寻欢作乐，李三不愁竟用珍珠、玛瑙去打鸟，用铜钱、银圆到河边打水漂……最终落了个家破人亡、客死他乡的悲惨下场。

回望夕阳中的钢叉楼依然矗立挺拔，三百多年的沧桑历史给人以无限的沉思与感悟：兴也在人，败也在人，奋斗兴业古由今！

还记得一位老汉讲过的神前、神垕的那些事：过去神垕荒山野岭，贫穷落后，虽有"万商云集，日进斗金"的历史，但近代随着战乱动荡，钧瓷曾经断烧、失传，老百姓饥寒交迫。民谣：宁在神前烧炷香，不到神垕去开荒。可是新中国成立后，顽强倔强的神垕人硬是靠自己的艰苦奋斗、不懈努力，不但恢复了钧瓷的烧造技术，创造了灿烂的文化繁荣，而且经济得到了长足发展，成为闻名遐迩的"中国特色小镇"、"经济强镇"、"历史文化名镇"。可相距不远的神前村，尽管有着得天独厚的优越位置，但过去很长时间摆脱不了"荒岭薄地靠天收"的贫困局面。这就应了那句民谣："靠天听天命，靠神听神唤，要想得富贵，还得自己干！"

去一趟古街，让踏石的回声敲醒沉寂的心灵；来一次神垕，让斑驳的印迹唤起慵懒的沉思。我们再也不愿看到灯红酒绿下的低俗文化把我们变得浅薄而麻木，再也不愿看到纸醉金迷中的欲望把我们变得怪异而可怜。我们要从华夏五千年厚重的文化积淀中找到人生价值取向的真正意义所在，找出珍贵的文化精华对未来炎黄子孙发展的助力推动，找回无愧于我们伟大时代的奋斗激情！

暮色苍茫，依然遮不住大刘山的雄浑壮阔、气象万千。而高

情志漫忆

大的望嵩寨寨墙上,一株不知名的草花,昂首挺立,生机勃发!这正是不屈不挠、奋发向上神垕精神的体现!

《许昌日报》2018年6月2日第3版

钧瓷网转载

神垕承古意 钧瓷更传奇 高峻嶺作

情志漫忆

雪后神垕

新年一场雪,带给人们许多喜悦和希冀,然而,大雪封路,我和王教授相约赴神垕的计划怕要落空了。没想到电话那头王教授却兴致勃勃地说:"没关系,风雪挡不住寻美路,神垕的雪景更迷人!"

从小在神垕长大的河南大学艺术学院副教授王洪伟,自然对家乡有着更多了解。不过这次他不是带着放大镜去寻找陶瓷艺术的神秘之码,而是带着他行走天涯的照相机——我知道他是在汲取大自然的养分。

我见过坡上青青草、村头袅袅烟的春天神垕,也见过星星对望萤火虫、二胡萦绕驺虞河的夏天神垕,还见过晚霞尽染大刘山、鸿雁掠过望嵩寨的秋天神垕,却从未见过冰雪覆盖、银装素裹的冬天神垕,那一定别有一番韵味!

汽车缓行,窗外渐渐出现被冰雪覆盖的丘陵、山峦。王教授说:"前面山坡上烟囱林立的就是神垕了。以前每当雪后,白雪泛着亮光,烟囱冒着青烟,真好像仙境一般……现在钧瓷用气烧，烟囱都不冒烟了。"

没有了烟雾缭绕，神垕的天更蓝了，树更绿了，雪更白了——那远处白雪皑皑的山坡，宁静的村舍，沧桑的老树，耸立的烟囱，更像一幅迷人的《清远逸情图》，昔日的烟尘演化成今日恬静的幻象。

来到古镇，远远望去，高大的寨墙披上了银装，宛如一条蜿蜒的玉龙，给古镇增添了几分威武和神圣。七里长街的青石板路，仿佛铺上了厚厚的积雪绒毯，两旁的明清建筑也银装素袍。悠闲舒适的古镇人，此时大多还关门闭户享受着家的温暖，而我们也特不忍踏坏这处子般洁白的肌肤，溜着墙边小心翼翼往前走。

过了伯灵翁庙，突然被前方一群孩子的嬉闹声吸引，原来是孩子们在堆雪人，打雪仗。雪人堆得又高又大，神气十足！和其他地方不同的是，神垕雪人的眼睛、耳朵、嘴巴、鼻子乃至扣子，全是用钧瓷片贴成的，这可是神垕孩子们的一大创造！俗语说"家有千贯，不如钧瓷一片"，神垕的雪人也称得上"身价千金"了。

守着艺术宝库的孩子们，把神垕雪人装扮得五颜六色：红红的嘴唇，紫色的鼻子，绿色的耳朵，五彩的眼睛……更令人叫绝的是，孩子们竟把一个黄色的笼盔当作桶帽戴在雪人头上。这些童心迸发的神奇创作，瞬间将我们一行人带入一个充满奇异幻象的多彩童话世界。

与嬉戏玩耍的孩子们形成鲜明对比的，是隐匿在庭院深处各角落的小窑炉，好像已有好长时间没有吐烟喷火了，沉淀下来更

情志漫忆

多的是对千年钧都的静思与守望。

王教授介绍说,神垕目前有大大小小的窑口数百个,窑业鼎盛时期,烟火缭绕,遮天蔽日,客商遍地,日进斗金,是享誉中外的陶瓷中心。

听着王教授绘声绘色的述说,我仿佛耳闻到关帝庙前的叫卖声,仿佛看到红石桥边的钧瓷流光溢彩……

看我听得入神,王教授又开始更专业的介绍:"钧瓷烧制分为:柴窑、煤窑和气窑。"

"哪种窑烧制的作品更好呢?"我问。

王教授点点头:"一般来说,柴窑制品清新俊逸、秀丽典雅,煤窑制品热烈奔放、大气宏阔,炭窑制品质朴自然、恬淡无华,气窑制品釉色鲜亮、明丽美艳。所以,这几种烧制手法,可以说:各具特色,精彩纷呈。不过,现在讲环保,市场上大多是些鲜明艳丽的气窑制品。"

望着一座座静默的窑炉我思忖着:这是怎样的一个瞬息万变、展现大自然神奇之美的创造者!它能把一个个黄褐色的泥胎,经过冰与火的洗礼,幻化成缥缈梦幻、遐想无穷的灵物,而且是审美的升华和思绪的缥缈……渐渐的,我依稀从那些历尽沧桑的窑炉中,闻到了柴烧的木香、煤烧的米香、炭烧的果香,以及气烧的泥土香……

太阳出来了,雪地上竟折射出五彩的光圈,随着蒸汽的缓缓升腾,整个古镇都笼罩在浮光缥缈、如梦如幻的世界里。哦,雪后的神垕更美!

依依不舍地离开古镇,王教授看我若有所思,笑问:"不虚此行?"我点点头。

他又引申话题:"神垕本身就是一座艺术宝库!它不仅诞生了钧瓷制品、钧瓷艺术、钧瓷文化,而且由此折射出的诸多历史文化元素,也蕴藏着华夏文明发展的丰富内涵。如何'以小见大'从微观到宏观,透视华夏文明'连续性'生成演化的逻辑机制,则是我们需要深入思考并承担的历史责任。"

"是啊,只可惜当下有这样思考的人太少了!"我一边感叹,一边好奇地问:"听说王教授就是为了发掘华夏历史,传承中华文化,才放弃南方优厚的待遇回到中原的?"

王教授点点头,然后一脸凝重地说:"中华五千年发展的许多根脉在中原,而蕴藏在这片神秘大地上等待发掘、唤醒的尘封密码以及符号不计其数。他们呼唤着有更多的有识之士在这片丰厚而肥沃的土地上沉下来、钻进去,让中华文明的绚烂之光,在中华民族伟大的复兴之路上,放射出不竭的光芒。"

感受雪后神垕的美,不仅在绚丽多彩,而且在洁白无华;不仅在神思飞扬,而且在潜心静思。而那些透过梦幻色彩,沉淀下来的思考与探索、继承与发扬以及摒弃浮华与浮躁,甘心做这片古老大地的守望者、发掘者、探索者,则是我们更加弥足珍贵的文化之需、国家之望、民族振兴之期待……

天地合气,万物自生,沉思在我,弘扬文明。

《大河报》2019年2月23日第14版

情志漫忆

一碗豆腐菜

神垕的魅力不仅仅在于神奇的钧瓷,还有那散落在这个千年古镇深处的不经意中的惊奇,比如豆腐菜。

谷雨时节,一派生机勃发的新景象。我有幸跟几位老师到神垕,小车径直把我们拉到一家叫作"老于家豆腐菜"的小门店。作为土生土长神垕人的王教授,进门就被一位老人笑迎上来。老人一身休闲中山装,手拿一条白毛巾,一看就是"掌柜的"。老人一边招呼我们坐下,一边问王教授:"还是老一套?"王教授笑着点点头:"是的,每人一碗豆腐菜,一个烧饼。烧饼炕得焦一点,菜的味道足一点。"然后转向我们问道:"要喝当地饮料'银梅可乐'吗?"

还没等我们回答,老汉便抢先制止:"最好别喝,夺味!"于是我们依其言,眼巴巴等着那碗香味无穷的豆腐菜了。

美味还没上来,我们先饱了眼福。王教授指着墙上"豆腐菜"的介绍说:"别看一碗小小的豆腐菜,还有着深刻的历史渊源呢!"

墙壁的木牌上刻着：豆腐菜始于北宋，相传宋真宗年间，官窑御厨发现此地豆腐、粉条口感极佳，配以羊汤熬制，更是鲜香味美。不久，便成为当地特色名吃，享誉中外……

"来了！五碗趁热吃……"随着伙计一声吆喝，五碗热腾腾的豆腐菜便端上来了，金色的豆腐、碧绿的白菜、银灰色的粉条、酱红色的羊肉……未及入口，色香味已让人们陶醉。

看大家吃得津津有味，掌柜的老汉笑盈盈地坐在不远处抽起了烟袋。看他乐呵呵的模样，王教授知道他是为自己的杰作而得意，便让他给我们讲讲豆腐菜的故事。老汉略微思索了一下，叹声说道："提起故事里的豆腐菜，香味就没了。"说完老汉猛吸两口烟，然后磕掉烟灰。王教授给老汉端了杯水，嘱咐他慢慢说。

"提起豆腐菜，心头多悲哀，穷人知味香，终究成祸灾。"老汉的脸色愈发凝重起来，"新中国成立前，我爹在地主家当长工。累死累活就想着过年能挣点钱，给我奶奶做顿她想吃的豆腐菜，可没想到了年底，地主不但不给工钱，还说我爷爷欠他的债还没还清。我爹一气之下放火烧了地主家的厨房，连夜躲进山里。地主带着打手到我家，活活把我奶奶逼死。那天正是大年三十，一碗豆腐菜没吃上，成了我一家人抹不去的痛！"

"后来呢？"

"后来，我爹隐姓埋名跑到外地跟人学做豆腐菜，他发誓，要让更多穷苦老百姓吃上香浓的豆腐菜。再后来，我爹真的成为远近闻名的豆腐菜名师。"

没想到一碗豆腐菜，竟还隐藏着这么多辛酸的往事！

离开于家老店，王教授带我们往牛头山进发，说是要去寻找

情志漫忆

古代的茶马古道。一路上，山道蜿蜒，翠绿环绕，不时有山花迎面，翠鸟掠过。然而，眼前的美景并没有夺走豆腐菜的余香，那心酸的故事，在我脑海里过电影似的反复闪现。

车到山坡一处观景台，我们徒步漫游。王教授指着不远处山头一条崎岖的小道说："那曾是茶马古道。我小时候，春天一到，长长的骡队便从山那边走来，早晨迎着朝霞把陶土运到镇上，傍晚装满钧瓷成品在夕阳中归去。他们披着彩霞，映着暮霭，骡铃不息，鞭声不断，俨然一幅动人的画卷。"

我们被神奇的骡队所吸引，催促王教授继续讲。于是王教授招呼大伙坐在几块山石上，聊起骡队往事："老辈人讲，骡队运陶土，已有上千年的历史。神垕钧瓷业的兴旺发达，骡队功不可没！民谣说得好，古道三尺宽，崎岖又艰险。问君行何处？骡铃响云端。

"可是，抗战时期发生的一件事却叫人十分心痛！那是初冬的一个下午，骡队在镇上刚卸下陶土，装好钧瓷，头领宣布：伙计们辛苦一年了，今天我请大伙吃豆腐菜。伙计们一听，十分高兴。可是一碗豆腐菜没吃两口，拴在路边的骡子被日军的巡逻小分队扰惊了。一头骡子冲着日本小分队就冲了过去，撞伤了两个日本兵。日本兵恼羞成怒，抡着枪就朝头领打了过来。伙计们上前劝阻，日本兵竟然开枪射击，当场打死两个伙计，三个伙计也被打得遍体鳞伤。一碗豆腐菜没吃完，竟把性命给搭上了。伙计们抬着兄弟的尸体，愤怒地抹着眼泪，发誓要为兄弟报仇。他们的身影渐渐消失在茶马古道上。

"那一夜，雪下得很大！"

"后来,他们有没有回来过?"

王教授悲怆地点点头道:"经受过这次打击后,骡队散伙了,大部分伙计参加了八路军,并发誓,'杀掉一个鬼子兵,吃一碗豆腐菜',以慰藉亡者之灵……只可惜那长长的骡队,后来只剩下几个老伙计带着骡子往镇上运送陶土,山道上再也见不到那恢宏壮美的骡队景象了……"

一碗小小的食物,竟包含着那么丰厚的文化内涵;一段尘封的往事,竟折射出那么深沉的民族品格和血性。

那碗豆腐菜,余味尚在……

《河南日报》2019 年 7 月 18 日第 9 版

寻梦老街　　　　　高峻嵩作

老街·老店·老于家豆腐菜

一个连鸡鸣都打不破宁静的小镇一定是惬意的。晨风习习,高大的关帝庙飞檐下的铜铃,发出阵阵悦耳的响声,把古镇从睡梦中慢慢唤醒;望嵩寨门穿透的阳光,把扫街人的身影拉得很长很长,凤翅山凹处袅袅炊烟映着晨曦,把古镇幻化成童话般的世界,驺虞河畔几位靓女扭动腰身跳着健身舞,老槐树下,一位老者正打着太极拳……

神垕这个以钧瓷享誉中外的文化名镇,仿佛从历史发展的沧海桑田中平添了几分厚重与淡定,古镇的人们又似乎从五彩变幻的钧瓷中,增加了几分沉着与恬静。阳光下倚在城墙边晒暖的老人,静静地守望着时光的老去,而唯一不老的,是人们对美好的记忆。

我们走过老街一家钧瓷店,掌柜的正和人下棋,我调侃道:"这是做生意还是下棋呢?"掌柜的抬头笑道:"又做生意又下棋。我们家钧瓷主要供人欣赏……"

这句"主要供人欣赏",一下子让人轻松下来。碧云天,黄

情志漫忆

叶地，古镇的人们忙碌之余，更多的是在看山、听雨、饮茶、品酒、赏瓷、论道……这种用闲适经营生活，不能不说是一种智慧。

惬意的生活体现在神垕人起居饮食等方方面面。黄昏时分，我们慕名来到"老于家豆腐菜"老店，远远就闻到了香味，可是，当我们迫不及待地进入老店时，老板娘却告知：下班了。店内几位不肯离去的顾客不解地问："为什么下班这么早？"老板娘回答："为了保证豆腐菜的质量，我们每天只做那么多。"

几位顾客抱憾而去。等他们走后，我悄悄走上前对老板娘说："我带的两位贵客，是从北京来的，几千里地，就是为了尝尝你们家的豆腐菜呀！"

"可是……"老板娘犯难了。

"啥都别说了，把留给女儿的那些做了吧！"随着话音，从厨房走出一位老板模样的中年人，说完就头也不回又进了厨房。

老板娘摇摇头，无奈地边擦桌子边说："女儿在外地上大学，今天回来了，我们给她准备的豆腐菜，这下也留不住了。"

我们心有所愧，示意他们别做了，但看他们两口的实在劲儿，根本拦不住。

一会儿工夫，香味四溢的豆腐菜上来了。大家边吃边赞不绝口。看着老板从后厨出来，便问："这么香的美味，这么火的生意，为什么不扩大规模呢？"老板一边解下围裙，一边坐下说："祖上传下来这门手艺，可不仅仅为了让我们挣钱养家呀，我觉得主要是为了让我们传承美食，传承文化！所以，钱可以少挣，但质量一点也不能马虎！"

崇德尚信！我为他们身在商海而依然诚实守信而折服，也为他们身处竞争而仍旧悠闲淡定而感动。正像于老板临别时的那句话："挣不完的钱，留下三分给清闲……"

走出于家老店，夜幕下的神垕老街，显得更加静谧、更加神奇：月光洒在青石板的小路上，给人一种静水流深的感觉；灯笼挂在老屋屋檐下，风动中使人仿佛听到岁月回声。

闲，乃心之适；静，乃心之本。不要以为只有忙碌才能创造财富，其实，许多奇迹是静心创造出来的。闲静，才是人生最纯良的状态。正像水，看似幽静，却能无声地流向千里。

刊于《大河报》2019年12月21日第 AI·14 版

文化蕴藏 美味飘香 　　高峻岭作

背 街

闲暇几日,有幸去探访青岩古镇。然而,在"天无三日晴"的贵州,此时又在下雨,期待之心便大打折扣!

和川贵许多古镇一样,青岩古镇也是依山傍水而建,六百多年的历史沧桑,不仅留下了九寺、八庙、五阁、二祠等密布交错、各具特色的古建筑群,而且还留下了多民族、多宗教融合发展,相得益彰的遗风。

应接不暇的各类民族风情还来不及品赏,"百年糕粑"、"臭香豆腐"、"黄姑玫瑰"的叫卖声便不绝于耳;听觉的"盛宴"还来不及"消化",随风又飘来了"状元蹄"、"鸡辣椒"、"苗王酒"的嗅觉"大餐"。半个古镇还没走完,已让视觉、听觉、嗅觉美美地过了一把"大年"。

当我以为古镇的韵味早已被湮没在此起彼伏的叫卖声中,准备匆匆而过的时候,突然被左边差一点擦肩而过的小石巷所吸引。回首拾阶而上,竟是一条幽静、深邃的小巷。入口处石墙斑驳的木碑上,"背街"两个字依稀可见。

情志漫忆

  这是一条深藏在古镇颇具特色的小巷，和喧闹的市井相比，这里仿佛是另一个世界。背街沿山势弯曲延伸，给人深不可测的感觉，颇得曲径通幽的真谛。路面是由青石铺成，经过几百年的冲刷磨砺已光可鉴人，走在上面的每一步都有踏着历史节拍，穿越时空的神秘感。街道两边的墙则是用层层的片石垒成的，仿佛一摞摞历史书籍，透着古朴和厚重。这一点，单从古镇走出贵州历史上第一个文科状元赵一炯，就是个很好的说明。

  古镇的魂在背街，游人的心也在背街。我不曾见过阳光下她的风采，但雨后的背街更增添几分恬静、清幽和神秘。也许这里更适合雨天来。

  人生太多的熙熙攘攘、并肩累迹，而这里正是我们寻找悠闲、舒适的乐土，是心灵回归自然的极佳空间。

  曲曲弯弯的小巷，层层叠叠的石墙，还有淅淅沥沥的细雨……让人遐想无尽：我想起了戴望舒的《雨巷》以及丁香般的姑娘，也想起了林徽因的《情愿》以及"一闪光，一息风的痕迹"……

  也许是时空的巧合，或者冥冥之中的力量，转过一道弯，清冷的背街前面竟出现了一个姑娘的身影。她出现在我们镜头里，在冷杉树下若隐若现，直到我漫步走过去，才发现她在用手机自拍。看到我过来，她先是迟疑了一下，然后轻声问道："先生能帮我拍张照吗？"我打量了一下眼前这位二十岁上下的姑娘，身着黑色长衣，红披肩，说话很柔但不苟言笑，似乎有点冷冷的感觉。我在一个古色古香的门口帮她拍了两张，让她看效果，她仔细翻看，很惊讶地说："很专业的，比我拍的强多了。"我听她略带四川口音，就问她从哪儿来。她说，从重庆来旅游。"一个人吗？"她点点头，说是一路自拍过来的。随后她像忽然想起什么似的，上下打量我一下："你也是一个人吗？"我摇摇头："不是，我们好多人。"她下意识地"哦"了一声，赶紧把脸转过去，不好意思地说："没关系，打扰您了……"随后便背起行囊，撑起雨伞，一个人默默向背街深处走去……

雨时下时停，背街若隐若现，气息或淡或浓……

眼前的一切，又一次让记忆定格在雨巷、纸伞、丁香，以及那无法言状的惆怅……

刊于2017年2月18日《大河报》第AI·14版

小巷深藏　思绪荡漾　　高峻岭作

牙香古街

　　一个遥远的地方，如果一年里让你创造机会去两次，那一定是一个颇具吸引力的地方——牙香古街便是。

　　这条远在南岭旗峰山下、寒溪河边的小街，长仅仅百余米，宽不过两三米，然而，她并非藏在深闺人未知，她的名声与繁华，决不能用地域和空间来衡量！她因"香"而闻名，"寮步香市"、"广州花市"、"廉州珠市"和"罗浮药市"并称为广东"四大名市"，至今已有一千三百多年的历史。而牙香街正是"寮步香市"十三条商业街中最繁荣最重要的古街。未睹她的芳姿，单是听她的名字就别具色彩。在民间各种神奇的传说中，流传最广的还是：由于沉香珍贵稀有，香农习惯把大块的沉香刻成马牙形，在街上交易。"牙香、牙香"日子久了便成了这条街的街名。

　　来到"牙香古街"已是黄昏时分，夕阳的余晖映衬着袅袅青烟，给古街增添许多神秘色彩。和第一次尽情享受她的商业繁华不同，这一次更想把她的文化元素沉淀于内心。

情志漫忆

古街的源在香。中外香文化源远流长，史书记载：沉香在唐朝由国外传入广东；宋代，广东各地已广泛种植，由于东莞所产的土沉香品质最好，所以称为"莞香"。到了明清时期，寮步便成为享誉盛名的莞香最大集散地。经广州、香港出口至东南亚等地，被誉为"香市"。成为古丝绸之路的发祥地之一。难怪古街有这样醒目的对联：街延海内丝路起点非遗新文章；牙香华夏香港根源东莞老印象。

古街的兴在水。从历史来看，一个古村、一个古镇，想要发达，必定要交通便利，而古代主要交通是漕运，依水而行，因水而兴。牙香街亦是，她扼守住了寒溪河的咽喉，是水路交通的枢纽，这在当时不仅方便了人们的来往，也促进了贸易往来，成就了"寮步香火"的鼎盛期。《广东新语》记载："当莞香盛时，岁售逾万金。"这在当时是何等壮观的交易数字！

到了近代，内忧外患，战乱不绝，"香市文化"奄奄一息，牙香古街也破败不堪。然而，进入改革开放的新时代，寮步人挖掘历史文化，重建牙香古街，把一个百余米的小街打造成了"古代香市"、"现代香都"。漫步古街，映入眼帘的是"莞香祖源"、"沉香圣地"的招牌，听到的是茶香小曲、墨香琴韵、沉香咏唱，闻到的是弥漫在空气中沁人心脾的香味；而走进中国十大香馆之一的"裕溪香馆"更是被由香而生的产品包围。从香包、香囊到香茶、香酒、香油、香皂……无不体现出人的智慧和创造力。

由此而知：水兴一时，人兴长久。

古街的魂在文化。文化是魂，大到一个国家、一个民族，小到一座城市、一条街道，无不以文化的繁荣而盛极。

从牙香古街和沉香的发展史来看,每一步都伴随着文化的影子。从唐诗里的"院院烧灯如白日,沉香火底坐吹笙";到宋词里的"夜香知与阿谁烧,怅望水沉烟袅"。从帝王将相的颐养身心、祈福驱疫的焚香、品香,到文人雅士修身养性、清静无为的咏香、惜香,香作为中国传统文化的意象之一,与瑶琴、清茗、雅瓷、书画一起,濡养了无数人的性灵。而牙香古街的一砖一瓦、一店一铺、一牌一匾,也无不蕴含着中国传统文化的典雅优游、细腻淳厚。

古街是沉香孕育的,古街是文化滋养的。你看那尊亭亭玉立的汉白玉少女雕像,也蕴含着一段美丽传说:昔日东莞香农采香回来,未出阁的姑娘负责清洗晾晒。顾念姑娘喜欢将成色上好、小巧精致的莞香收藏在胸口,以在牙香街置换胭脂水粉,这种香韵独特的莞香上品便被送上雅称——"女儿香"。而姑娘的雕像也被永远立在街上。

星月流转、沧桑变化,剥落了岁月痕迹,而萦绕在人们心头的馨香一直绵延不断……

走一趟古街,感受一次中国传统文化的洗礼;来一次牙香,从里到外身心得到一次彻底的净化!依依不舍地离开古街,有意绕到寒溪河边。和热闹的牙香古街相比,寒溪河显得寂静许多:灯光点点,河水默默,倒影依依,让人仿佛步入童话般的世界。这是让心灵回归自然、回归本原的极佳去处。曾经的人,曾经的事,曾经的过往,都被融融的月光幻化成一种神秘色彩,把你带入如梦如幻,如歌如诉的飘然世界,你不必再为"钩心斗角"而忧虑,也不必再为"尔虞我诈"而懊恼,甚至不必再为刻意塑造

情志漫忆

自我迎合他人而花费一点点心思……

这是一种完全超然的惬意,也正是此行想要达到的"致虚极、守静笃、无极无为"的心灵境界。

夜已深,该是离去的时候了。习习的晚风中,我蓦然想起那句古诗:"花气无边熏欲醉,灵芬一点静还通。"是啊,不管岁月怎样流逝,人们的脚步如何远去,小小的牙香古街,都会"香味不改,风韵犹存"地缥缈馨香于人们的记忆中……

《许昌日报》2018年3月31日第3版

远去的丁香　　　　高峻岭作

情志漫忆

相约春风行

　　冰雪刚刚消尽，心绪早已萌动。相约三五挚友远行，为了圆一个与春风同行的梦。

　　时逢雨水时节，清晨还带着丝丝寒意。当我们还在忧心是不是来得太早的时候，叽叽喳喳的喜鹊便把我们引向幽谷圣地、淮海仙境的皇藏峪。传说那是汉高祖刘邦起兵之初的藏身处，至今还传扬着许多神奇的故事。

　　转过一道山梁，映入眼帘的是一幅静谧神奇的早春图。翠霭积烟树，淡绿泛山谷。勤劳的耕夫已经赶着牛走向了山坡，而热闹的女人和孩子，端着饭碗聚集在村口的大树旁，说着，笑着，喊着，闹着……花袄、绿裙中，依旧延续着新年的味道。

　　远处一声长长的鸡叫，提醒着我们：你们来晚了，初春的山谷，早已被寻梦者的相思所浸染。

　　晨光序曲，田畴初沐。当新柳泛着鹅黄，弱草吐着嫩绿的时候，各种花卉也已经跃跃欲试，争奇斗艳：油黄的蜡梅摆出多姿的造型，朱砂般的红梅展开炫丽的舞姿……还有那刚刚鼓起包芽的杏花、梨花，羞羞的、怯怯的，像个腼腆的少女，让人不忍心多看上几眼。迎春花可管不了那么多，山坡上、悬崖下、石缝中，总能见到她豪放的舞姿，仿佛要把自己的笑脸，映满整个山川、大地。真是：美了山坡，甜了心窝。

盎然的生机告诉我们：你们来晚了，千种风姿已拉开了春的大幕。

春来万物复苏，满山生机勃发。对于我国现存最大的古树群落的皇藏峪来说，上万棵侧柏、刺槐、青桐、黄连木等树中，单是百年以上的古树就有一千多棵，而千年以上的也有三百多棵。最让人唏嘘的是有着千年历史的"顽童攀古树"：一个光屁股小孩爬上树掏鸟窝，爷爷在身后喊他下来，形象逼真、活灵活现。真是大自然与人类的绝妙合一！

良木承古意，老树发新枝。清风袅袅，吐奇含新。加上那古老神奇的传说故事，让整个山谷增添了几分神秘的色彩。眼前景，心中意，真有一朝步入画境，蓦然梦飘千年的感觉。我思忖着：是不是刘邦在这灵山秀木中，采天地之灵气，吸日月之精华，才奠定了大汉王朝四百多年的繁荣昌盛？

林中的飞鸟告诉我们：你们来晚了，因为尘封已久的历史，已经被春风唤醒，在沉寂的山中，发出了新芽。

黄昏时分，夕阳把整个山谷幻化成橘红色，仿佛是把初春的甜美和金秋的醉美叠加成了一幅特有的画卷，让人醉沐其中，流连忘返。

返回途中，樱桃沟里的村落，已飘起袅袅炊烟，丛林深处的瑞云寺也传来了悠悠的钟声。

情志漫忆

远山如黛，近水含情。晚风徐来，惬意神清。

我蓦然感悟：人生凡事，须早行！

刊于2016年3月4日《大河报》第A22版
凤凰网、网易新闻网、汉丰网、广阳新闻网、
大河网等门户网站转载

履痕有声　◎散文小说◎

品小玉　识大道

周末，好友相聚古城老街的玉器小店。接待我们的是位三十来岁的年轻女子，藕荷色的连衣裙和黑底金字的《璞石》匾额形成了鲜明对比，让古韵新风在琳琅满目的玉器和翡翠中流淌。

主人叫小玉，话语不多却不失热情。泡茶、摆茶点、播放古筝曲，寒暄中多以微笑应之。从玉的历史到未来趋势，俨然一个十足的专家。我不禁为她渊博的知识叹服，更为她年纪轻轻、事业有成而惊讶！很想知道她的成功之路。

小玉似乎并未引以为自豪，淡淡地说："谈不上什么成功。只是喜欢而已，一个人做自己喜欢的事情，就能够持之以恒。"

"听说你把上大学的积蓄都买成玉了？"朋友好像很了解小玉，这一问，小玉真有些不好意思了，边给我们倒茶，边喃喃地说："确有此事。"

"我来自农村，家庭不富裕，来古城上大学时，家里给的生活费每月不足200元，我把省吃俭用省下来的钱都买成了玉和翡翠。四年的大学生活，没有逛过一次服装街，没有买过一件新衣服……从此便开始了自己的'玉意生活'。"

我随手拿起一块玉问:"这些都是那时候买的吗?"

她看了一眼说:"那时候买不起太贵的,一般都是二三十块钱一块的,买得最贵的就是这块籽料玉兰花,一百八十块钱,还是我假期打工挣来的。"

说着,她从脖子上取下那块带有红皮俏色的玉兰花,在座的人都唏嘘不已,不仅为当时的超低价位而惊讶,更为她的惊艳之美而倾慕!

在收藏界,不乏经营成功的老板"涉足",也不乏清贫的书生"入道"。然而,一个二十岁的姑娘,四年大学生活,不买衣服不逛街,打工挣钱、省吃俭用地寻求自己喜爱的东西,人们不禁要问:这是一种什么样的动力啊?而这种动力,恰恰源于对中国传统文化的追求和对内心那份恬静的守望。

"我是学历史的,许多人知道中华文化的博大精深,却少有人知道玉文化源远流长。"

小玉谈起自己的专业兴致更浓:"玉文化是比有文字记载的中国还要久远。远古时期,玉能代表天,代表地,代表神。而有了文字记载,玉的美名更是随处可见:《诗经》中的'投我以木桃,报之以琼瑶',《楚辞》中的'登昆仑兮食玉英'……所以感受中国文化的深刻内涵,绕不开玉文化。"

小玉侃侃而谈,不时拿出各种美玉介绍她的美德和自己的感悟:"玉之美,美在自然,她不染芬华,修美于内,蓄满了君子之气。玉在山而草木润,玉在河则河水清,玉在体则丹气生……现在许多年轻人追求奢华,显示张扬,却丢掉了东方审美的固有特性，那就是崇尚自然，珍视意会，注重内涵。"

古人取静于山寄情于水，虚怀若竹，清气若兰。而我却想从纷繁复杂的世界中，寻求一份冰一样的宁静，水一样的和谐，玉一样的恒久……

我为她对自然的体味和人生的感悟所深深打动，称她把"美物"和"美心"完美统一起来了。

她呷了一口茶，半开玩笑地说："我是在不经意中把自己从一个爱好者变成了一个养护者、钟情者……现在，每当我去买玉时，老公总是提醒我：别把家里的生活费用完！孩子也跟着起哄：妈妈，记着把我的学费留下……"

这是一种什么样的执着与坚持啊！

玉虽小艺，却可达乎道！

从小店出来，已是黄昏时分，老街的青石、黛瓦、古树、新花，全被夕阳幻化得光怪陆离，和满脑子五颜六色的美玉、翡翠融合在一起，仿佛置身仙境……

我突然觉得，人们追求的至高境界，正是源于大自然这种天人合一的完美融合。

2017年2月20日《京九晚报》第15版《京九风》

情志漫忆

此中有真意
——品石有感

世界上任何一种物种的存在都有其独特性，都是大自然给予人类不可多得的礼物。而作为天精地气凝结而成的奇石，更是自然界的尤物和瑰宝。她们不仅在混沌初开时就聚集了天地之灵气、山水之魂魄、自然之奥秘，而且她还在沧海桑田的演化中静观着风云变化、人类变迁。成为自然界和人类发展的共同的见证者、守护者。

奇石有根。"一辟鸿蒙万物生，琳琅石玉气之精。"她来源于自然，生成在宇宙，是天地之元气凝结而成，是地球之结晶，是人类生存共同的根。她"发思玄黄初，深藏在仙源。寿蔽于天地，寄情在尘寰"。岩洞矿脉中有她的身影，山谷河海里有她的足迹。

奇石虽小，却于纯朴中见丰蕴；奇石无华，却于平淡中见神奇。你可以从奇石中感受宇宙的呼吸，感受大地的脉搏跳动，聆听来自遥远星空的天籁之音……

奇石有灵。石有灵气，花解人意。这种灵气不仅表现在每块石头独有的个性,而且表现在与人交流中的感知和互动。无论是玉振金声的灵璧石,还是千姿百态的太湖石;无论是晶莹洁白的昆石,还是透漏峭崎的英石……无一不是大自然造就的灵动之物。而这种灵动和飘逸,不仅可以展现出"如今我谓昆仑"的豪放之气,也可以流淌出"人比黄花瘦"的婉约之美,真可谓是自然界的阳刚美和阴柔美的最佳集成、完美统一。

石有灵,天可造;石有性,人可知。

奇石有情。情发乎于内心而源于自然,作为大自然神奇使者的奇石,无疑能让人从她奇特的外形、五颜的色彩、飞扬的纹理、温润的质地中感到赏心悦目、心旷神怡。而通过赏石、品石,更能让你领略到人与石之间那种微妙的、耐人寻味的意趣和风韵。

中国人与石结缘的历史源远流长。从陶渊明的"醒石"、杜甫的"杜甫石",到苏东坡的"咏石"、米芾的"拜石",再到米万钟取号"石友"、曹雪芹的"石头缘"……一个个美丽、动人的故事反映出历代文豪、泰斗无疑都是寻石、藏石、赏石、品石、咏石、悟石的高手。他们或唱着"我本一精气,幻化山水间"与石共生,或吟着"悠然山林间,笑读奇石中"与石共存,或咏着"石我既如一,物我已浑然"与石共情。他们早已达到物我共存、物我两知,物我两忘的境界!

在历史上,著名的"救国七君子"领头人物沈钧儒,其家七代爱石、藏石,堪称世界收藏史上罕见的收藏世家。沈钧儒不仅把自己的书斋取名为"与石居",并咏诗道:"吾生尤爱石,谓是取其坚。掇石满吾居,安然伴石眠……"

情志漫忆

　　沈先生还以石喻人，以石励志，把"与石居"打造成为当时爱国仁人志士与日寇斗争的聚会场所，成为历史上"玩物励志"的良好典范。

　　奇石无言，却能带你走进一个遥远、古老、丰实、壮美的神秘世界，让你在一拳之中、方寸之间"览尽人间趣，看遍世外天"。正所谓：一石一世界，一石一大千；一石一亘古，一石一经典；一石一传说，一石一妙篇。

　　奇石无言，却是一篇无声的诗，一幅无墨的画，一个写满沧桑的传奇，一个静观世界的生命。"大方无隅、大象无形、大巧若拙、大辩若讷。"看似无言的奇石，内涵却极为丰富，在她一默如雷的个性中，蕴藏着松风，蕴藏着波涛，蕴藏着日月，蕴藏着惊雷！有心的人可以通过一个个不同凡响的奇石，观石趣，思石意，悟人生，明哲理。由物及兴，由心及物，由形悟道。在奇石的真意中寻找自然与人格的完美结合，激发人们对淳朴、刚毅、正直、豁达境界的追求。

　　仁者乐山，智者乐水，仁兼智者乐石。然而，非仁者无以悟其道，非高逸者无以有此情！

　　唐朝宰相李德裕，将自己心爱的藏石镌刻上"有道"二字，他也许正是从无言中，悟出了赏石的真谛："此中有真意，有道心中藏。"

刊于 2016 年 5 月《灵璧石研究》

一石一经典

　　大自然对人类的馈赠是慷慨的、无私的、全方位的。它不仅体现在衣食住行,而且还有更高层面的精神享受。这种美之大成多以日月星辰、山川河流为代表,而小的精华则更多凝聚在奇石之中。

　　且不说寿山石的美不胜收,也不说雨花石的缤纷多彩,单就四大观赏石之一的灵璧石,就足以体现出大自然的神奇伟大。这种产于安徽灵璧县磐石山的奇石,以"瘦、漏、透、皱、清、顽、丑、抽、奇、雄、险、幽"等特点闻名于世。宋人有诗曰灵璧石"声如青铜色碧玉"。而不同灵石所表现出来的独特之美,也并非这些溢美之词所能涵盖。那么,我们从哪些方面更容易欣赏她的美呢?

　　形象之美,即通过具体的形态或姿态使人的思想或感性获得美的享受。造物者也许是为了展现自己的神来之笔,他把地球乃至太空出现的物种,无一例外地留痕于奇石之中,从河流山川到日月星辰,从飞禽走兽到精美图案,可谓淋漓尽致、美轮美奂。

情志漫忆

你可以足不出户欣赏山川河流的钟灵毓秀、奇异灵幻；也可以不必"饲养"便能体会宠物之乐趣：它既有狗的忠诚守护，也有鸡的雄赳气昂，还有神奇传说中龙的腾云飞天，更有貔貅的吉祥福贵，以及凤凰的绰约多姿，真可谓千姿百态、千变万化。大自然之灵性，仿佛赋予了每一块奇石以活力！正如清朝诗人赵继恒《咏石》所言："迭迭高峰映碧流，烟岚水色石中收。人能悟得其中趣，确胜寻山万里游。"

意象之美，就是人们对客观"物象"，经过思维和想象，升华到至美的境地。

一方奇石不仅可以展现与外界物种的神奇像相，而且能够留给人们无尽的想象空间和无穷余味。比如，我们可以从山形石中想象到"行到水穷处，坐看云起时"的境界；从画面石中感悟"落霞与孤鹜齐飞，秋水共长天一色"的情怀；从抽象石中领略"姿有余韵，妙境入无声"的世界；从蝉意石中品味"禅山清风易体悟，悟得无为即是道"的超然。真可谓"形似抢人眼，神似夺人心"！通过奇石"览尽人间趣，看遍世外天"。

抽象之美，对艺术的欣赏一般要经过三种境界，即"看山是山，看山不是山，看山还是山"。这种"是"与"不是"，最终还是"是"的过程，无疑就是人的认识由低级到高级的飞跃过程，而欣赏一方奇石，也是由形似到神似，再到形神兼备的地步。即赏石生情，由情生韵，由韵生美，由美生爱，由爱升华……

而对奇石的赏悟，则需要静心、养性、修为。"非仁者无以悟其道，非智者无以有此情！"这正是赏石所要达到的至高境界。

从奇石的形体美、质地美、纹理美，到奇石的色彩美、光泽美、音韵美,再到奇石的意境美、妙境美、悟境美,是一个逐渐升华的过程,而我们从每一块奇石中能感受出来的钟灵毓秀、妙造天成都带着生命特有的气息和印迹,散发着灵气和光芒,都是对大自然馈赠的一次邂逅、一次心灵地扣动! 所以,每一块奇石都应视为一个"生命"的个体,而每一个生命个体都值得我们去欣赏和尊重。 正所谓:"气之动物,物之悉人";"石有灵气,花解人性"。

  总之,奇石是地球上最古老的天然艺术品,是无言的诗、无声的画,是凝固的哲理,是不可再生的大自然的杰作。 赏石养性,读石怡情,品石砺志,悟石修身。

  一石一故事,一石一经典!

刊于 2018 年 8 月《灵璧石研究》

情志漫忆

永远的母爱
——回忆妈妈二三事

如果说世上有一种最无私、不求回报的爱,那就是母爱!

母亲离开我们已20多年了,而母亲那瘦弱而永远不知疲倦的身影,深情而永远眷顾着儿女的目光,却时时刻刻印在儿女的心头——无论寒暑多久,岁月多长。

母亲是一个十分勤劳的人,生儿育女,长期超负荷的劳作,使母亲患上了肺气肿、肺结核等多种疾病,身体瘦弱,气力不支,但为了儿女还是起早贪黑,默默劳作。

那是我在郑州上学寒假探家的一个冬日,正赶上母亲发烧咳嗽不止,我守在老人身边端水喂药。为了不影响我第二天返校,母亲几次催我早睡,后来干脆说:"我想睡了,你在我身边是睡不着的。"我信以为真,依依不舍地去睡了。然而,当我被凌晨一阵急促的咳嗽声惊醒的时候,发现母亲已瘫坐在椅子上,捂着嘴的手帕渗透了咳出的血,而旁边的锅台上整齐地摆放着做好的饭和菜——母亲是拖着病体早起为我做饭的啊!为了让孩子们多睡会儿,她总是轻手轻脚地忍着病痛干活,直到累得瘫坐那里……

泪水模糊了我的双眼，而朦胧中母亲潮红的面庞、用力捂嘴咳嗽不愿让儿女看出痛苦的动作，至今触痛着我的神经。

母亲又是一个睿智、善良的人。由于儿女多，家务重，失去了上学识字的机会，但母亲对生活的感悟，为人处事的哲学却使我受益无穷。

那是在我响应党的号召上山下乡的艰苦阶段，青年队的人由于感到前途无望，整天打架斗殴、游手好闲。我也受到这种思潮的影响，参军无望，招工又没"后门"，从此开始消沉。母亲看出了我的无助，深情地告诉我："我们改变不了大的形势，但可以做好自己的事情，自己的道路自己选择！"我似乎从那略带颤巍的话中感到了巨大的力量！是的，自己的道路需要自己选择。于是，我打起精神，起早贪黑地读书复习功课，终于在半年后考上省里的一所中专院校。由此使我深深感受到：命运给人生设置了许多通往不同方向的大门，我们改变不了每扇大门的颜色，但经过努力，却能拿到通向每扇大门的钥匙。

感受母爱的温暖，往往在困境中体会更深。记得每次当我受到挫折，感到困惑和迷茫时，母亲总爱用一些富于哲理的话鼓励我："人生有许多事其实很难说，看着是一个岗，走过去却是一个坑，看着是一个坑，走过去却是一个岗……"是啊，有了这种"祸兮福之所倚，福兮祸之所伏"的理念，不仅可以从困境中获得进取的力量，还可以从顺境中时时告诫自己要居安思危！

母亲把所有的爱毫无保留地奉献给了儿女，但自己却十分节俭。记得小时候择菜，母亲总是舍不得把菜梗丢掉，说菜梗有营养，好吃。每当孩子说难以下咽时，母亲总是争着要过去吃掉，

情志漫忆

再把菜叶留给孩子……

母亲平时很爱干净，衣着简朴大方，但只要子女提出为她买新衣服，她都坚决反对，说："还有好多衣服没有穿呢！"然而，当老人家去世，我们为她整理衣物时发现，儿女破旧的衣服，她都悄悄放着，平时套在里边穿……母亲是在用自己的节俭换来儿女们的体面，用自己所有的心血为儿女撑起一片蓝天！

许多人感叹父母为自己做的太多太多，而我们回报父母的却太少太少，然而，人生更大的遗憾还在于：儿女欲孝而父母已去啊！

常常在夜深人静时回忆在母亲膝下那种温馨与幸福，也常常在无助和迷茫时想起母亲的叮咛和嘱托……于是一种使不完的劲头便油然而生——我知道，那是一种神奇的母爱力量！

刊于《开封日报》2010年11月5日第2版

丝丝牵情　　　　　蒲国泳作

情志漫忆

慢下来
——城市夜归人

晚归途中是一天最放松的时候，你可以如释重负地放下所有的工作思考，在洒满星光的林荫道上把脑子调到"空白"状态，让晚风吹走沉积的烦恼与压力。

一个人长期在外地工作，虽然难免有许多孤独与寂寞，但如果能从孤独中品味人生，从寂寞里领悟自然，也不失为一种超然的人生状态……

正在浮想联翩的时候，前方"砰"的一声巨响，我猛地一惊，看到前面不远处一辆渣土车和一辆箱式货车撞在了一起，我没有看清怎么回事，但却看到两个司机都没有下车。走上前才发现他俩都被撞昏过去了，于是我赶快拨打110报警。不一会儿，警车和救护车都来了，我简单向警察介绍了情况，便匆匆离去。

走进租住的绿洲小区，心情还没有平静下来，于是沿着芙蓉湖漫步，想以此缓解一下刚才惊恐的心情。

月光静静地洒满湖面，草木的清香浸透着人们的心肺，曲曲弯弯的小路带人走进寂静的丛林。踩在松针铺满的小路，软软的、柔柔的，似乎还能发出"吱吱"的声响……其实，人生既可以走得很快，也可以走得很慢。走得快也许可以早早到达目的地，但在匆忙中会失去许多本应获得的乐趣。走得慢既可以欣赏沿途风景，又可以品味生活情调，还可以感悟人生韵味，这不正是人在旅途的真正意义所在吗？

转过水榭，眼前出现一个八角亭子，朦胧中看到"洗心亭"三个大字，我思忖着：古代发明亭子的人一定是最懂生活、悟透人生的人。他知道让你走一段路需要停下来，歇歇脚，欣赏一会儿风景，整理一下思路，积蓄一些力量，这不能不说是一种大智慧！因为，静能修身，静能养性，静能鉴过去，静能知未来。而现在许多人往往在忙碌中忘记了张弛，忘记了节奏，甚至忘记了出发时的初衷。

该快时要快，是因为"恐鹈鹕之先鸣"；该慢时要慢，是因为"幽林清泉可洗心"。快慢结合，张弛有度，不失为人生一种大智慧！

清风习习，月光融融……那刺耳的警笛、扎眼的警灯早已消失，但警察赶到现场时那深深的感叹却始终挥之不去："太快了！……"

是啊，人生需要慢下来！

慢下来，你会收获更多。

2018年7月31日《许昌晨报》第3644期第17版

情志漫忆

亦师亦友亦通心

如果说人生能遇到一位启迪心灵、丰富知识、引领人生的良师益友，那定是人生之大幸——武和平便是。

春分时节，桃李争艳。生在开封、长在中原的武和平，带着对家乡深深的眷恋，开始了寻古访友之旅。

作为昔日的部下、学生，我有幸陪同他，感悟厚重文化，聆听谆谆教诲。

车行万里，草长莺飞。我们从间谍案的重重迷雾，谈到打击邪恶势力的血雨腥风，谈到缉拿国宝大盗的惊心动魄……每一个片段都凝结着战友们的心血与汗水，每一个细节都折射出不曾褪色的金色烙印。

善于总结的他从过去的峥嵘岁月里，归纳出人生必须走好三条路，即：走好艰苦路，走好奋斗路，走好寂寞路。

我请教其深意，他娓娓道来："梅花香自苦寒来，吃苦是人生成就大业、磨炼意志的第一课。有道是：吃多少苦，立多大志；受多少难，成多大事。如果没有过去艰苦岁月的磨炼，如果缺少严峻局势的考验，也就不会有我的立志创大业、成大事的今天。"

我默默地点点头。

"奋斗是提升人生价值的最好选择。"他指着窗外的树林说，"在森林里，所有的树木都不遗余力地拼命往上长，为的是获得一份阳光。因为它们知道，凡是覆盖在下面的树木和枝条，不久便会死掉——这便是自然法则：不进则退，不长则废！人生亦如此。"

我心有所悟："这正是您送我那本《打开天窗说亮话》书上题写的'望崦嵫而勿迫，恐鹈鴂之先鸣'的寓意所在吧！"

他点点头，接着说："人生最难走的就是这第三条路。社会上，在灯红酒绿中追逐嬉闹的人多，在清净寂寞中潜心研究的少。而要想明心智、成大事，则必须耐得住寂寞，守得住清寒。"

此话题一打开，不由得使我们又回想起共同战斗过的日日夜夜：为查清一条线索，我们把出入境卡片过滤了八大车，硬是把"针"从大海里捞了出来；为紧紧咬住一个目标，我们在水泄不通的火车车厢里，一站就是近30个小时，最后两腿肿成了灌铅的"水桶"；为追捕一名犯罪嫌疑人，我们跋山涉水跑了5省26个地市，真是踏破铁鞋，最终将其擒拿归案。

一幕幕惊心动魄的场景和回忆，让我们热血沸腾。在如沐的春风里，我们仿佛又年轻了许多。

来到神垕古镇，我们不仅感受到了古镇厚重的文化底蕴，也感受到了神奇的钧瓷窑变艺术。当他捧起一把黄褐色的瓷土时，突然若有所思地问："过去我们破获的一个案件，是否就与钧瓷有关?"

"是的,那是 20 多年前侦破的一起案件了。某国为获取钧瓷制作技术,从而在国际市场与我国竞争,竟派留学生潜入神垕盗采瓷土……那时,我就对这片神奇的土地产生了深深的向往。"

他点点头:"是华夏古老的土地养育了我们,现在我们长大了,成熟了,不仅要做大地母亲的守护者,更要做她的发掘者、升华者。千万不要在飞速发展的时代,把中华优秀的传统文化,消散在尘土飞扬之中!"

就要离开神垕了,而我们对往事的回忆,对文化的感悟,对未来的憧憬却意犹未尽。

夕阳映红了翠绿的山坡,也映红了他的背影……

《大河报》2019 年 4 月 27 日第 14 版

不知名利为何物

很想写一位老人，可是几次提笔又搁下。这并不是因为她曾经在灿若星空的隐蔽斗争史上彪炳千秋、光照后人，也不因为她在烽火连天的岁月出生入死、屡建功勋；仅仅是她用七十多年的奋斗，只做一件事——为信仰而战，终生无憾！这就足以让人敬佩不已！我不知道该用什么样的语言，能够表达对老人的敬仰之情。她就是桂英兰。

1912年深秋，桂英兰出生在河南省濮阳一个贫苦的农民家庭。17岁就在大名府第五女子师范学校接受革命启蒙教育并加入共青团，不久又在河北蚕桑师范学校秘密加入共产党，开始了在白色恐怖中的宣传、动员和学运等地下革命斗争。

不久，由于叛徒出卖，她被捕入狱，敌人看她年纪小又瘦弱，心想一嗓子就能把她吓趴下！然而，等他们威逼利诱使尽各种手段不见成效时，才知道眼前这个女孩并不简单。于是就让她陪男人"过堂"。把男政治犯上衣扒光，先用皮鞭打，打得皮开肉绽，再用盐水浇，把人疼得死去活来。接下来就是用杠子压，把

情志漫忆

两条腿压成半残废，当他站都站不起来的时候，再一棍子打翻在地……桂英兰看在眼里，疼在心上。敌人抓住她的头发问她说不说，她心里冷笑：我吃尽了人间痛苦，想拿这些吓唬我？办不到！于是，嘴里还是那句话：我不是共产党，什么也不知道！

同监号的方大姐也是一位地下党人，斗争经验非常丰富。敌人每次提审桂英兰，方大姐都紧闭嘴唇为她送行，暗示要咬紧牙关、坚决不说！提审回来，又嘘寒问暖，关心备至。

敌人看对桂英兰恐吓不起作用，就对她动真的：用刑！皮鞭抽，竹签扎，辣椒水灌……送回监号已人事不省，多亏方大姐细心照顾才捡回一条命。

桂英兰也把方大姐看成亲人，给她讲自己的身世：我的父母都是老实巴交的农民，父亲给地主当长工，母亲操持家务，我是老大，还有一个比我小两岁的妹妹，生活十分清贫。可不久恶霸地主张发才看我母亲年轻漂亮，便起了歹心，三天两头到我家催租逼债，拿不出就打我父亲。我父亲经常被打得鼻青脸肿、遍体鳞伤，不敢在家里住就东躲西藏。临近年关，一个风雪交加的夜晚，地主带着狗腿子闯进我们家，没找到我父亲就对我母亲大打出手，当时我母亲正怀着第三胎，遭受毒打当晚就流产了，第二天因失血过多而去世。我和妹妹哭得死去活来，母亲走时还不到23岁！（五十年后老人曾含着眼泪说：那时候自己真傻，竟不知道问问父亲，妈妈姓氏名谁，家住哪里。这成了老人终生的遗憾！）

方大姐帮桂英兰擦拭着眼泪，窗外传来狱警的呵斥声！她俩赶快钻进被窝继续小声聊：母亲死后，父亲就用一根扁担两个筐，挑着我和妹妹四处流浪，受尽了苦难折磨，恨透了国民党的黑暗统治。因此，想让我低头，想让我当叛徒，是不可能的！我为党可以牺牲一切，永不回头！

在白色恐怖中闹革命，不但要经历生死考验，还要经历严酷的现实折磨。

就在组织上营救桂英兰出狱的那一刻，衣衫褴褛的妹妹却向她哭诉了一个天大的不幸：原来父亲在老家朝思暮想盼着大女儿回家过年，谁知左等右等没有消息，情急之下父亲带着妹妹一路乞讨来北平找女儿，经过千辛万苦四处打听，一个同学不怀好意地说："桂英兰是共产党，进监狱就被枪毙了。"

贫病交加的老父亲听后如晴天霹雳，眼前一黑栽倒在地，当晚就在极度绝望中死去……

桂英兰听后如五雷轰顶，心如刀绞，悲痛欲绝！她抱起妹妹失声痛哭……然而，她马上明白过来：所有这不幸的一切，不都是国民党黑暗统治造成的吗？于是，更坚定了她跟共产党走，誓与敌人斗争到底的决心！

在敌人法西斯统治下开展地下工作，犹如"刀尖上跳舞"，稍有不慎就可能酿成大错。三次入狱的桂英兰已经不适合在城市工作，于是，上级决定派她到豫北、冀南广大农村开展地下工作。她的主要任务是传达上级指示，联络地下工作者，刻印、分发传单等。然而，等她来到自己即将工作的"特委"时，不由得大吃一惊：除了一间漏雨的土坯房和工作用的铁笔、钢板、蜡纸之外，其他一无所有！她不知道自己该怎样生存下去，但很快有了办法：把自己的毛衣、毛裤拿到城里当掉，换取一些工作和生活用品。要知道这可是拿自己的钱去为党工作啊！当时正是初冬，当掉毛衣就意味着挨冻。

当时，敌人实行的是囚笼政策，工作中除了保守秘密严格按照纪律规定执行外，还要特别注意生活中的细枝末节，不能有任何麻痹大意和侥幸心理。为此，她明白，光是不怕艰难、不怕死还不够，还要立即改变一些早已形成的生活习惯。如以前在北平闹革命剪掉了长发，而当时农村妇女不但要留长发而且还要盘起来。她为难了：不会盘头发可以学，但头发这么短一时也长不起来呀！不久，邻居问她怎么回事？她叹道："小时候家里穷，营养跟不上，所以头发总也长不长……"

克服了一个又一个困难，但更大的考验还在后头。她说要过三关。第一关：不刷牙。以前在城里上学养成了每天刷牙的习惯，可现在是农村，就得咬着牙不刷牙。第二关是"穿小鞋"。老人从小在外上学闹革命，反对裹脚。现在虽然人瘦小、脚不大，但外出还要拼命挤上那双"裹脚小鞋"。外出一趟回来脚疼得不敢挨地。第三关更难过：解手。当地百姓解完手用土块、砖块、高粱秸擦屁股，而一个在城市用惯手纸的姑娘，无论如何也难以适应。然而，为了革命，她咬着牙做到了。

接下来，更大的生活考验还等着她。

为掩护地下工作的开展，组织上安排一位名叫方明的男同志和桂英兰假扮夫妻。这对于两个从未结过婚，又第一次见面的年轻人来说，不免有些尴尬。开始两个人一说话就脸红，于是干脆人前热情，人后无语。然而干起工作就不一样了。他们晚上刻蜡版，搞印刷，需要传递的情报还要用米汤密写在《三国演义》、

《水浒传》等书籍中间。工作经常通宵达旦，不过为了节省灯油，也不能经常熬夜，而是凌晨天一亮，就借着晨光开始工作。白天再把情报和资料送出去。由于当时生活极其艰苦，吃了上顿没下顿，一天两顿饭也都是稀汤寡水的，外出工作经常饿得头晕眼花、体力不支。

最不能适应的是同在屋檐下、同睡一张床。开始两个人都觉得浑身不自在，整夜睡不着觉。想起床工作，又怕引起周围人的怀疑。按桂英兰的形容，那滋味不比坐监狱好受多少……而这场假扮夫妻，一扮就是四年半！一千五百多个日日夜夜，两个二十多岁的年轻人，如果没有坚定的信念、坚强的意志，能做到"假戏真演，坚守底线"吗？

一个风雪交加的夜晚，她破旧的被子实在难以御寒，睡梦中她渴望得到一丝温暖，便不由自主地把身子往方明的背后靠了靠，凌晨醒来，她像犯了大逆不道的错误，低着头对方明说："我违反了我俩的承诺（两人约定，绝不碰对方一下）实在对不起！"方明安慰她说："我知道你不是有意识的，天太冷了！"

是啊，天实在太冷了，就像当时严酷的现实！那天方明外出送情报，因叛徒出卖而被捕入狱。

方明出事后，她被转移到磁县当小学教师。每月工资12元，本来可以改善一下生活，但她竟拿出9元上缴"特委"作为开展地下工作之用，而仅剩的3元钱，就是自己全部的生活开销。那时候，她的心愿就是：只要有一分钱也要献给革命！

由于身上的衣服太破旧，一次给学生上操时，往下一蹲裤子就破了，露出了肉。这对于一个二十来岁的姑娘来说真是羞愧难当！但为了党和革命,桂英兰无怨无悔!

新中国成立后,许多"老革命"都走上了领导岗位,但桂英兰从不向组织开口,更不向组织伸手,心甘情愿、默默无闻地从事党史研究工作。几十年来,她省吃俭用,把节省下来的钱全部用在支援灾区和教育事业中去,家里却只有几件破旧的家具和补了又补的衣被……

同志们评价她:一颗赤子之心,一生清贫如洗。她为自己追求的事业达到了无我的程度!

七十多年过去了,我带着"人都有私心"的标签,找到了老人原籍的两位党史专家,在又一次聆听了老人的感人故事后,我问专家:"她到底为什么?"专家毫不犹豫地回答:"她真不为什么!"我再问:"她到底为什么?"专家想了想:"她为自己追求的理想信念,从来没有名和利的概念!"

我深以为然!

老人的一生不正是践行了习近平总书记所说的:崇高的理想,坚定的信念,是中国共产党人的政治灵魂,是经受住任何考验的精神支柱。

不知名利为何物的老人走了,但她的精神永存!

2021 年 3 月 14 日

夏　叔

　　夏叔是我们四合院里唯一一位"领导干部"。这一点，从他整天早出晚归、加班加点地工作，做事板板正正、不苟言笑中就能感觉出来。

　　夏叔有两个孩子，男孩叫红久，上小学四年级，女孩叫红英，上小学二年级。两个孩子的名字有着那个时代鲜明的特征，一看就是夏叔的"杰作"。

　　夏叔很少在家，孩子们对他既熟悉又陌生：熟悉的是他一身的军人气质和浓重的山东口音，陌生的是他与孩子很少"谋面"与交流。

　　大人们的忙碌和"多子"的无暇，给孩子们的玩耍提供了更多的机会。别看红久只大我一岁，但在玩法上处处在行："摔四角"、"推铁环"、"捉老闷"……花样极多。

　　周末的一个下午，院里的几个小伙伴，早早吃过午饭，跟着红久出城"探险"去了。过了护城河，一片清新的气息、多彩的画面扑面而来。大伙捉青蛙，捕蜻蜓，逮蚂蚱……玩得不亦乐

情志漫忆

乎,直到夕阳西下,肚子咕咕作响,才想到回家。红英、彩霞嚷着饿得走不动了,红久让她俩在一棵大树旁坐下等着,然后拉我和小勇往西边田野跑去。我边跑边问干啥去,红久回答:"刨花生。"说着就跑到一片花生地,看四周没人,迅速俯下身子刨了起来。我提醒他俩:当心被农民逮住!红久道:"你别管那么多,只管拿着就是了。"

我们五个坐在大树下,美美地吃了一顿鲜美的花生。红久叮嘱大家:"回去谁也不许告诉大人,谁要'泄密'当心挨揍!"

可惜当晚回去,红久还是结结实实地挨了一顿揍。据说是夏婶发现了红英兜里的花生皮。夏叔这次下手很重,边打边吵道:"你小子长本事了,竟去干偷鸡摸狗的事,我要让你记住:人穷志不短,饿死不当贼!"

夏叔最怕孩子不学好、不争气,所以,夜里听到红久都哭岔声了,也没人敢去劝。第二天夏叔去上班,小伙伴们才能凑到他家。只见夏婶一边用药水给红久擦着背上的伤,一边唠叨起来:"这个混老夏,真狠心!孩子不懂事,怎么就下狠手?你不就是个小科长吗?有什么不得了的……"夏婶说着,呜呜地哭起来。

其实夏叔心底特别善良,门楼下偏房住的田奶奶是个五保户,家里只要包饺子做什么好吃的,夏叔都让夏婶送过去一份。下雨下雪天,也总忘不了给老人家送去些吃的、用的。从老家带回来的煎饼大葱,也毫不吝啬地分给四邻。

一天晚上院里的彩霞发烧,她父母回老家去了,爷爷奶奶急得直跺脚,正巧夏叔回来,他二话没说,背起彩霞大步往医院走去。打针,拿药,一直忙碌到深夜才背着孩子回来。而此时,他女儿红英也正拉肚子起不了床。夏婶唠叨他，夏叔却说："别人家的事往前放，自家的事往后搁！"朴素的语言透着他的人生观、价值观。

小院的生活是平静的，尽管人口密度很大；小院的气氛是和谐的，尽管人们并不富裕。直到秋风乍起的那个晚上，十几个手持大刀长矛的年轻人闯进小院，才打破了已久的平静。

那时正值特殊时期，十几个人把夏叔的家门团团围住，借着灯光看见他们臂上"红卫兵"的红袖章，只有一个穿"工作服"年龄稍大点儿的人没戴。只见那人拨开人群，走到前面，厉声喝道："夏修德，赶快滚出来，今天到了彻底清算你罪行的时候了！"

夏叔并没有被吓住，昂首挺胸从屋里走出，呵斥道："你们这帮年轻人想干什么？"

"工作服"奸笑道："嘿嘿，你是'保皇派'，又当过叛徒，新账、老账都该跟你好好算算了！跟我们走一趟！"

几个人要冲上去抓夏叔，夏婶哭着扑上去："你们不能抓俺家老夏，他可是个老实人……"

夏叔抖抖臂膀挣脱众人，轻轻点点头说："年轻人，俺老夏枪林弹雨都不怕，还用得着你们动手？"说着转过头对夏婶说："不用怕！回屋照顾孩子！"说着就昂首向外面走去。

大队人马"押"着夏叔走了，留下四个人"抄家"。夏婶搂着红英躲在墙角轻声哭泣，红久傻傻地站在一旁愣着。胆子大的小孩都挤在门口看"热闹"。令人感到奇怪的是：四个人把两间房子翻了个遍，除了夏叔的"革命军人退伍证"和"革命军人伤残证"以外，任何有价值的东西都没找到。这对于一个当了多年领导干部的人来说，还是让"抄家"者感到意外。

"抄家人"一无所获地走了，邻居庞婶、高阿姨过来一边帮着收拾零乱的东西，一边安慰夏婶，夏婶从地上拣起"革命军人伤残证"茫然无助地说："俺老夏没有问题！我最放心不下的就是他的犟脾气和他那条伤腿……"

高阿姨扶着夏婶坐下，不解地问："听说他的腿是抗美援朝中受的伤，那帮人怎么说他是叛徒呢？"

受到惊吓的夏婶也毫无睡意，权且拉着大伙聊起了老夏："夏叔名叫夏修德，出生在山东沂蒙山区一个贫苦的家庭。父亲被日本鬼子抓劳工时打死，母亲带着他和两个妹妹靠给地主家干零活度日。老夏从小给地主放过牛、砍过柴，新中国成立前夕参加了解放军。不久就开赴朝鲜参加抗美援朝，因战斗勇敢两年立了两次功，还当上了班长。可是在一次叫作延松岗的战斗中，全班除了三名重伤外，全部牺牲。老夏头部、腰部、腿部三处被弹片击中，昏死过去。等他苏醒过来，已经躺在美军的战俘营中。在战俘营中，他绝过食，也想法逃跑过，可惜没成功，直到半年后交换战俘，他才回国。就凭老夏的出身，就凭他那个脾气秉性，说他当了叛徒，打死我都不相信啊！"夏婶说着，用手拢了几下红英的头发。

庞婶安慰道："老夏的老实、倔强是出了名的，他们想往咱头上扣黑锅，也别想得逞！"

高阿姨也说："天下自有公理，真的假不了，假的真不成！相信老夏会平安回来的，眼下可要照顾好孩子，照顾好自己啊！"

不久，小院又平静下来，人们似乎不大提及夏叔了。只有夏婶整天担惊受怕，又不敢去打听，窝在心里，人瘦了一圈。

直到中秋节过后的一天晚上，十几个红卫兵把夏叔送回来，然而这次夏叔是躺在担架上被抬回来的，身上盖了件破旧的军大衣。第二天才知道，他们把夏叔抓走的一个多月里，不断地"批斗"、"审查"，让他交代问题，可老夏始终坚持自己的忠诚、干净和信念。他说的最多的一句话就是："腿可以折，但不能下跪；人可以死，但不能够低头！"于是，不屈的老夏，腿真的被打折了。

夏叔在家养病的日子，是孩子们最开心的，每天放学回来就围着他听抗美援朝的故事：什么"摸死狗搞夜袭"、"引蛇出洞搞伏击"，蹲地坑吃炒面是家常便饭，最有成就的就是几次短兵相接。夏叔得意地讲"美国兵怕死，不敢轻易接近我们，而我们勇敢，拼命往他们跟前冲，他们的火力优势发挥不了作用，我们先在气势上压倒了他们，他们便胆怯三分。"

红久担心地问："那你们能打过他们吗？"

夏叔说："打仗一靠勇敢，二靠技巧。美国兵个子大、笨。我们瘦小、灵活。硬碰硬会吃亏，我们就练出一套钻裆、掀腿、撞小腹、掏心窝的绝活，经常打得他们嗷嗷大叫、哭爹喊娘……这叫近战、夜战，打得敌人到处窜。"

孩子们高兴得前仰后合，眼泪都笑出来了。而身体还没完全恢复的夏叔，坐不多久也就被夏婶拽回屋去。

快乐的日子没过多久，一个突如其来的打击就让夏家五雷轰顶。一贯早起的夏婶做完早饭到井边洗衣服时突然栽倒在地离

情志漫忆

世。随后赶来的医生说她是突发脑溢血。红久哭得死去活来，红英扑在妈妈身上哭着不起来。同样悲痛无比的还有夏叔，他没有哭，脸上的肌肉却不停地抖动；他说不出话，却深深地向夏婶三鞠躬。

然而，让人意想不到的是，简单料理完丧事，在身体尚未完全恢复的情况下，夏叔居然拄着拐杖上班了。他说："我们只有更加努力地去工作，才能对得起失去的亲人！"本来夏叔就是个为了工作忘掉一切的人，而拄着拐杖上下班，夏叔硬是把手、脚磨出了血泡。

上班走得更早了，下班回得更晚了，而所有的家务活几乎都压在了两个孩子身上。我们经常看到红久打水做饭、红英洗碗洗衣服的场景。

那年，红久11岁，红英才9岁。

夏叔的无私付出终于得到了组织的认可。两年后，他被提拔为副厂长，仍是管人事的工作。而充满戏剧性的则是：当年参与"抓捕"、"批斗"夏叔的两位年轻人，竟在他们招工的名单里。人事科长提醒道："这两个在批斗您时都动过手。"夏叔拖着两条并不灵活的腿来回在屋里踱步，然后长长出了口气道："我们都打年轻时经过，都有冲动的时候，何况他们又不是为自己，让他们进厂锻炼锻炼也好！"

"可是……"人事科长还要说什么，被夏叔制止了："就这么定了！"

两位年轻人都顺利进厂当上了工人，而且在师傅的教育帮助下进步很快，一年后，一个成了生产标兵，一个当上了车间班组长。当他俩看到夏叔的伤腿行走艰难时，就主动提出接送夏叔上下班。夏叔拍着他俩的肩膀笑着说："小伙子，自己的路要靠自己去走啊！"

上高中时，我家搬出了四合院，夏叔的消息也就时断时续了解不多了。直到我参加工作，一天晚上加班回家途中，在鼓楼广场偶然发现拉人力三轮的红久，才又延续夏叔的故事。

红久长得个头没我高，但敦敦实实，一看就是干惯了体力活。我不解地问他怎么干这个，他不好意思地低下头嘿嘿笑道："学习不好嘛！"

"为什么不到夏叔的工厂里找份工作呢？"我问。

红久叹了口气："他厂里这几年也招过几次工，但我爸说只要他在厂里当领导，我就别想'开后门'进去！"

说着红久摇摇头无奈地说："俺爸的脾气，你知道！去年又当上了厂里的书记，要求自己家更严格了。"

"夏叔现在咋样？"我问。

红久叹了一口气："唉，腰伤、腿伤更加重了，已经住院一个多月了。医生说：'更担心他头部的弹片伤！'就这，每天躺在病床上还办公处理厂里的事呢！劝也劝不住！"

我说："带我去医院看看夏叔吧？"

红久点头："上车吧。"

路上得知红英考上了大学，毕业后到我们母校当上了化学老师。小勇、彩霞等小伙伴现在也过得不错。

回忆起童年的趣事，红久把车骑得飞快，看得出他的惬意。

来到医院病房，夏叔一眼就认出我来，让红久扶他坐起来，拉着我的手上下打量看个不够。

夏叔比过去显得苍老许多，消瘦许多，精神却依然矍铄。他问了我一些工作情况，我便抓住机会提及红久的工作问题。

听到这话，夏叔在床上把身子坐正了说："如果当领导就把自己七大姑八大姨都带进来，那不就成了自己的私人企业了？你们年轻，涉世太浅，这辈子一定记住：耕地最怕犁耙歪，当官最怕私心重啊！"

夏叔轻轻地咳嗽两声接着说："再说了，蹬三轮也没什么不好，靠劳动吃饭，又接地气！我经常提醒孩子：你爹是放牛出来的！……"

离开医院夜已经很深，城市的万物都已笼罩在朦胧之中。而夏叔的忠厚、无私、坚毅、正直的形象，以及掷地有声的话语却始终清晰地留在脑海里。这正是一位老战士、老党员光辉形象的缩影！

刊于2019年2月16日《许昌日报》第3版

情　惑

　　黄昏，羊城的街道熙熙攘攘，坐落在白云山附近的木棉饭店521房间，却死一般寂静。

　　方逸蝶双膝跪地，闭目对天祷告。突然，她把双手举过头顶，"哗铃铃"一声，一枚硬币掉在地上，映入眼帘的仍然是那庄严的国徽。她彻底失望了，她是多么希望出现代表海潮回来的麦穗图案啊！

　　然而……

　　她在极度绝望中，把目光投向床头的电话，那殷红色的机身，仿佛映出她青年时代炽热的爱情，也映照着她极度无奈和绝望的双眼……

　　墙上挂钟敲击声把她惊醒，她下意识地走到窗边，远山、近树，五彩的花点缀着草，七色的虹渗透着云。她无意留恋这迷人的画面，而是望着湖边那高大的榕树，脑海飘过如烟的往事。

情志漫忆

一

1947年初夏,广州某大学"淡竹斋"前高大的榕树下,围满了群情激动的学生。正中央的大青石上,站着一位20岁出头的英俊青年,他挥动臂膀,滔滔不绝地向大伙讲述时局:"……三民主义,是吾党所宗,是以党治国之本……而共党共匪,则共产共妻,灭绝人伦……因此,我们拥护政府戡乱,甘忍饥饿之苦,精诚团结,务要胜利完成……"

年轻人口若悬河的演讲,深深打动了人群中的方逸蝶,她扯了一下身边的梅瑞问:"他讲得真好,是哪个系的?"

"你不认识他?"梅瑞觉得奇怪,"法律系赫赫有名的三青团区队长施海潮。"

接着,施海潮又振臂一挥高喊:"同学们,为实现我们的目标,我建议走上街头举行拥护戡乱大游行!"

许多同学被施海潮的欺骗宣传所鼓动,纷纷涌出校园。梅瑞拉着方逸蝶的手:"咱们也出去走走。""参加游行?不感兴趣。"方逸蝶答道。"唉,我看你大门不出二门不迈的大家闺秀待在家里最好,干吗出来上学?"梅瑞也急眼了,一把拉住方逸蝶的手说,"我们出去走走也见见世面。再说,也是爱国行动。"于是,梅瑞挽起方逸蝶的手,湮没在人潮之中。

"逸蝶,我找得您好苦呀!快跟我回去,别跟他们瞎折腾。"一位戴深度眼睛的青年人要拉方逸蝶离开游行队伍。他是方逸蝶的同乡"表哥"余慎之,经济系三青团骨干,在争夺三青团全校控制权上和施海潮针锋相对。今天看到自己苦苦追求的恋人跟施海潮跑，便千方百计拉她回去。

"我不要你管，这是我自己的事。"方逸蝶常常对表哥的关心不屑一顾。梅瑞也在一旁起哄："哎，哎，老余，人家方逸蝶还没归你管呢，你就限制起自由了，当心你的笼子关不住金凤凰哟。"在快人快嘴的梅瑞跟前，余慎之张口结舌。这时，施海潮也站在了面前，他拍拍余慎之肩膀："老余，拥护戡乱是三青团员效忠党国的行动！走哪条路是自己的选择，拉是拉不走的。"

看到有人解围，方逸蝶趁势摆脱余慎之，轻蔑地白了他一眼。

一向不善言辞的余慎之，早对施海潮憋着一肚子火，可看到方逸蝶的态度和周围环境，只好放弃再努力，临走，推了推高度眼镜狠狠瞪了施海潮一眼："小人。"……

望着老余恼羞成怒的样子，身材魁梧的施海潮居然笑了："你败了，彻底失败了……"

事情果如施海潮所言，不久，纯真漂亮的方逸蝶神使鬼差地走到了他的身边，对他一往情深，但对他从事的事业并不"理解"，也不感兴趣。情感与道路形成矛盾心理，感情上想追随他，但不欣赏他走的路。

二

"有情人终成眷属"是人们的美好愿望。1949年2月，那个寒意料峭的初春，随着国民党败退台湾，方逸蝶和施海潮也成了茫茫海峡两岸的牛郎织女。

分别前，施海潮作为大学生的优秀人才，被选入国民党"保

情志漫忆

密局",而同样优秀的方逸蝶则在接受国民党"特殊"训练后留了下来,据说是"光复大陆"安插的"冷子",也是施海潮为她设计的路。 然而,不幸的是当夜深人静,方逸蝶心惊胆战地为"党国"效力的时候,她的双手却被无情的手铐限制了。 她成了国民党特务,直到二十多年后的1976年,才结束漫长而无奈的铁窗生涯。

"宽释"后,她被安排在皖北某城市图书馆工作,时光的犁已在她脂粉般的脸上耕耘出阡陌的纹路,无情的岁月使她由一个妙龄少女变成一位沉默寡言的老太婆。 她无话可说,是因为她早已将红尘看破;她不想说,是因为她曾经失去了太多、太多。 委实,她是一个极重感情的女子,为了情,她曾拒绝过多少"白马王子"的追求;为了情,她咬着牙走上一条恋人设计的路;同样是为了情,她白白葬送了自己整个青春年华! 为此,她感叹过,感叹自己命运叵测;怨恨过,怨恨上帝对自己不公平,但唯独没有反悔。 是的,无论是在狱中,还是获得自由的今天,她心中始终珍藏着一幅属于那奇特爱情的迷人画卷,她抹不去施海潮那铭心刻骨的身影。

有人说人生是个圆,她多么希望能圆心中梦,重新找回朝思暮想的海潮,那绚丽多姿的情感世界!

1982年秋天的一个下午,一封来自香港的信终于使她梦想成真:

逸蝶妹如唔:时光如驰,你我天各一方逾三十载。感韶光之不在,叹你我之孤零。我受苦咎由自取,你磨难系我造成。回溯既往,无地自容。至今吾仍孑然一身,就职于香港某公司,做杂役。今生已无他愿,若蒙君赐只言片语,则死而无憾……

看着熟悉的字迹,亲切的语言,方逸蝶激动得几乎眩晕过去!她双手捧信看了又看,回想起三十多年来,自己在感情上所受的委屈和生活上的磨难,顿时泪如雨下。

此后的一年多时间里,他们鸿雁穿梭,重续旧情。但方逸蝶做梦也想不到在绵绵情意中,竟蕴藏着又一个沉重的筹码:施海潮要她重操旧业,并指出这是他们相会乃至去香港成婚的唯一希望。

方逸蝶愕然了!毕竟她为自己的恋人葬送了整个青春年华,毕竟她受过二十多年的教育和改造,那熟悉的农场、难忘的车间,以及管教干部的音容笑貌,都在她记忆中留下深刻印象。她无法否认二十多年来内心深处对共产党由误解到理解再到信任的巨大变化,而眼下让她重蹈覆辙,于心何忍?

然而,她又不可能在自己思念了三十多年的恋人面前保持沉默,她是那种把"情"看得高于一切的人,于是在经过一番思想斗争后,还是抱定"人生有情便有我"的信念,应邀赴穗会面。

三

夕阳给白云山留下嫣红的一抹,榕树下始终没有出现她盼望的影子。这虽是意料之中,但她却还固守着那一线希望。

挂钟清脆地敲了七下,榕树下蓦地闪出一个手提皮箱的男子,方逸蝶先是一惊,而后定神细看,是一个二十多岁的男青年,她的希望彻底破灭了。她紧紧闭上双眼,喃喃念道:"人生有情便有我……"等她慢慢睁开眼,她清楚地看到那个提皮箱的

情志漫忆

男子，被人带上了一辆黑色轿车。

1984年10月9日晚九时，当警方匆匆找到木棉饭店521房间时，方逸蝶已经割腕自杀倒在血泊之中，殷红的血一直流到墙角被风吹落的遗书上：

海潮，我的夫君。请允许我在最后时刻这样称呼您，因为在我心中早已和您融为一体。

记得三十八年前那个火热的夏天，是那浓郁的榕树把我们连在了一起。起初，我对您只有敬佩和向往，可渐渐我发现自己离不开您了，炙热的爱情是那么甜蜜，以至于使我们常常流连忘返。翠溪边那个神秘的夜晚，您告诉我："爱情是人类最至高无上的感情，为爱而献身的人，都将是一座不朽的丰碑！"为此，我便抱定为爱献出一切的决心！

然而，我始料不及，美妙的时光会那么短暂，而且，您竟为我们设计了那样一条可怕的不归路，我百思不得其解！为党国，我可以置之不理，为爱情，我只能唯命是从。

二十多年的铁窗生涯，使我对腐朽没落的党国有了进一步认识，但内心对你的思念却一刻也没有停止过。所以，当我得知您的音讯，便义无反顾地扑向朝思暮想的心中之爱……

然而，您没有来，您也不会来，因为我对您太了解了。我俩的最大区别就在于：我可以为爱情抛弃一切！而你，为了事业则可以不顾爱情的！所以，当我求签问卜第三次看到硬币上的国徽图案时，一切都进一步得到证实。于是，我带着一种绝望和复仇心理，拨通了大陆国家安全机关的电话，算是对国民党的复仇对大陆人民的一点回报吧！

海潮,我走了,带着微笑,带着遗憾。我们相爱一场,今生已经足够!

　　死是痛苦的,但我别无选择!情能使人心醉,也能使人心碎,我为情而生,为情而死,纵然是一场悲剧,终也无怨无悔!

十月九日逸蝶绝笔

夜色如墨,但对爱情之路,明天人们会看得更清楚。

《莽原》2014 年第 3 期

情志漫忆

偿 还

一

听说老娘病了,敦厚喊上弟弟敦实,无奈地从镇上赶回村里老宅院。

老娘斜躺在破床上,吃力地喘着气,不时发出几声咳嗽。

敦实问娘:"咋不得劲?"

娘捂着胸口断断续续地说:"心口疼,出不来气。"

敦厚摇头:"看来这回要去城里医院了。"转脸告诉敦实:"我去隔壁刘叔家借车,你帮老娘收拾东西。"

敦实看老娘腿都肿了,也没敢乱动。

敦厚借辆昌河面包车,兄弟俩把老娘架上车,沿着乡间小路,颠簸着向城里驶去。

寒露刚过,树叶开始泛黄、凋零。兄弟俩的心情也愈加郁闷、沉重。

"今年走背运,指望出现去年的'蒜你狠',我把自留地全种成蒜,想不到今年蒜价大跌,真是人算不如天算哪!"敦厚扶着晃动的方向盘埋怨着。

"俺也够窝囊,指望养鸡赚钱,谁想遇上鸡瘟,连本钱都还不上。"兄弟俩比着哭穷,老娘强忍胸痛双目紧闭。

昌河车在抱怨声中开进市立医院。医生诊断,老娘患急性心梗,需要立即手术!

"要花多少钱?"敦厚慌了。

"要看手术情况。先交一万吧!"医生回答。

"一万?"敦实瞪着眼看着敦厚。

敦厚倒吸口冷气:"哪儿来那么多钱?咱们回去吧!"

"慢着!"担架上的老娘艰难地抬起手臂指着下面说,"俺有钱!"

"有钱?在哪儿?"兄弟俩竖起耳朵。

"在俺腿上绑着。"说着老人吃力地拉起裤腿。

看着用麻绳绑在腿上的百元大钞,医生和两兄弟都惊呆了!

敦实想让哥哥先在医院照顾老娘,自己回去把玉米卖掉。敦厚却说:"咱俩一替三天在医院,我先回去还车。"

回到刘叔家门口,敦厚心里嘀咕:跑了一趟城里,昌河车的油用去一半,我加不加油?如果加一半,显然不好看;加满,自己又舍不得。思来想去还是装回糊涂吧!

刘叔见面就问大嫂的病,敦厚说已经安置好了,并感谢说:"您离俺娘近,平日多亏您照顾。"

刘叔笑道:"大嫂人好心善,恁俩不在身边,八十岁的人了,

情志漫忆

还整天拾柴捡草。她常说：'自己攒点钱就不给儿子添麻烦了！'可近来她身体一直不舒服，又不让告诉你哥俩，这几天实在忍不住了，才捎信让你俩回来。"刘叔点支烟接着说："麦收前，俺孙子在西坡玩耍，从树上摔下来，右腿两处骨折。大嫂柴火一扔，四处喊人救孩子。要不是及时送医院，我孙子的腿恐怕就保不住啦！"刘叔叹了口气："所以，这世上有些东西能还清，有些东西可真还不清呀！"

敦厚愣在那里搭不上话，转身，他头也不回向自己家跑去。

二

老娘的病稳定下来了，医生交代：今天做好准备明天手术。

敦实心里觉得委屈：关键时刻哥哥溜之大吉，如果明天手术出现意外咋办？如果一万块钱不够用咋办？他越想越憋屈，正想到院里抽烟，猛地发现床边还放着老娘绑钱的麻绳，忍不住问："娘，您咋攒了恁多钱呀？"

"我不攒钱节骨眼儿上命就没了！"

"咋能？我不会像老大那样的。"

"你也好不到哪儿去！你爹给恁俩起的名字都白搭了。"

"好了老娘！您平时最心疼儿子，就告诉俺吧！"

老娘心软，两声娘一叫气儿就消了。她缓了口气说："俺知道你哥俩有自己的家，俺拾荒攒点钱就是不想给你们添麻烦。还有咱院里那两棵枣树结的枣，晒干了也能卖钱呢！"

"那您为啥要把钱绑在腿上呢？"

"说来话长……"老娘刚要往下说，被隔壁床的赵婶劝住了:"您身体正虚,还是少说话为好!"

老娘却说:"输了两瓶水,这会儿感觉好多了。见儿子一次不容易,就让俺多唠叨几句吧!"于是,开始回忆起70年前的往事:

"娘四岁那年,河南闹饥荒。天灾加人祸,鬼子又开始到各村抢粮食和牲畜。俺爹刚从铁路上做苦工回来,把辛苦挣的钱买了10斤小米和几块糖果,谁知被鬼子一抢而空。爹挡在门口,竟被鬼子一枪打死在地!幸亏俺娘把家里仅剩的烙馍绑在了腿上才没被发现,这几张烙馍就成了俺娘俩逃荒的命根子!打那以后俺就知道,重要的东西绑在腿上最安全!"

"娘,这些事过去都没听您说过呀?"敦实受到触动。

老娘叹道:"恁俩那么忙,哪有空听娘唠叨这些没用的?"

赵婶也为之感动,她提醒敦实:"你娘还没吃饭,还不赶快买点好吃的!"

这时敦实真想多买点好吃的给平时受亏的老娘。他路过急救中心,看到轮椅上瘦弱的中年人,正和一个中学生模样的孩子争执着。走近一听才知道,两人正为病重的老人输血而争执。轮椅上的瘦子说:"儿子为父亲输血理所应当!你正在读书需要营养,现在还轮不到你……"儿子却说:"我年轻身体好,您病刚好还很虚弱,还是我给爷爷输血……"

在场的人无不为之感动!敦实鼻子一酸,快步向饭店走去。

来到饭店门口,敦实差点和出来的人撞个满怀。他抬头一看,不由得惊叫道:"哥,咋会是你?"

敦厚笑道:"俺给娘送钱来了。恁俩还没吃饭吧?"

情志漫忆

看着哥哥拎着好几个餐盒，敦实心里明白了。

回到病房，敦厚一个个打开餐盒，又是鸡鸭，又是鱼虾，乐呵呵地对老娘说："明天手术，晚上好好吃一顿。"

敦实道："医生交代，今晚只能吃些软乎、好消化的东西。"

敦厚："别听医生瞎掰活，只管吃！"并安慰老娘："我把家里的六千多块钱都拿来了，您就安心治病吧！"

敦实也不示弱："俺家也有几千块钱，改明儿俺就拿来。"

旁边的赵婶不住夸奖："看您两个儿子一个比一个孝敬，大嫂可真有福呀！"

老娘没说话，泪水却从眼角流了出来……

三

老娘手术很成功！住了五天医院就完全康复。出院那天，敦厚又借来刘叔的车，俩儿子争着要把老娘接到自己家。一路上有说有笑，敦实开玩笑地问老娘："是不是把剩下的钱又绑在腿上了？"

老娘说："没有。"

"放在那儿了呢？"

老娘告诉儿子："隔壁床的赵婶过两天就要做第二次手术了，可她的钱还没凑够，我把剩下的钱给她用了。"

俩儿子面面相觑，半晌敦实问："那她怎么还咱呢？"

老娘自信地说："没事，她和你刘叔是表亲戚。"接着又自言自语地说："人这一辈子呀，你看着是吃亏的事，到头来却不吃亏；你看着是赚便宜的事，没准儿就会吃大亏！"

窗外的景物在思索中飘然而去……

车子开到家门口，刘叔热情地招呼："午饭已做好。"

俩兄弟有些犹豫，老娘说："就在你刘叔家吃吧！"敦厚凑近刘叔小声说："油箱加满了。"刘叔笑道："不加满油我还不依你呢！"

席间，敦实又提起老娘借钱给赵婶的事，老娘看着刘叔，刘叔明白大嫂的意思，接道："你娘这心里头啊总想着别人，手里有点钱也想着帮别人。"

"我娘的一万块钱全花在这次看病上了，哪儿还有钱啊？"敦厚赶快辩解。

"钱是有的，只是恁俩离老娘远了……"刘叔话里有话。

俩儿子不由地把目光投向老娘。老娘慢慢放下筷子说："我给你们讲过新中国成立前我娘为躲避鬼子抢粮，把烙馍绑在腿上。其实，烙馍中间还夹着一件更重要的东西，是一个军医留下来的。"

"军医，是什么呀？"敦实问。

她就示意刘叔拿出"宝贝"。刘叔便从精致的木盒里拿出一个破旧的方布块，上面的字依稀可见：国民革命军第十七军宋传中少校军医。

老娘接过臂章，回忆起抗战初期的往事："日本兵攻打梁州城，两天两夜拿不下。他们的炮火彻夜不停，几十里外都震得人心发慌！第三天后半夜，俺娘突然被敲门声惊醒，她以为是俺爹回来了，开门一看是一个灰头土脸的受伤军人。娘吓得倒退两步，那人说：'嫂子别怕，我们是打日本的军队，是好人……'说

情志漫忆

着就昏倒在地。就这样娘收留保护了这个伤兵，几天后他养好了伤，临别他把臂章撕下来告诉俺娘：'我叫宋传中，朱仙镇人。等抗战胜利了，一定回家乡感谢您！'走不多远又转回头递给俺娘一个小布包说：'这是急救药，关键时刻用。要是记不住名字，就叫俺孙悟空好了。'从此以后就音讯全无……"

"那后来呢？"敦实急着听下文。

"后来的事问你刘叔吧，他是村干部。"

刘叔点头，开始回忆起二十多年前的那段往事：

"一天中午，乡干部带着一个名叫思月的台湾姑娘来村里，说是要找一个叫枣花的人，那是你姥姥的小名。你娘问：'找她干啥？'

"思月说：'新中国成立前枣花救过父亲的命，我是来完成父亲的遗愿感谢她的。'

"你娘问：'是不是那个叫孙悟空的人？'

"'是的，是的，孙悟空，宋传中。'思月激动起来。

"'俺听娘说过，可惜俺娘已经不在了。'

"思月叹了口气：'家父也在三年前离世，临终他老人家交代：一定要回大陆找到救命恩人！'

"你娘拿出宋传中的臂章让她看，见物思人，思月泪汪汪地说：'爸爸，我找到了大陆亲人，您的遗愿实现了！'

"随后又聊了一些往事，告别时，思月拿出两万块钱作为酬谢，可你娘说什么也不要！当时思月就急了：'父亲一生悔恨不能回大陆，如果最后的心愿得不到满足，他会死不瞑目的！'

"我也劝大嫂收下。那时候你兄弟俩年纪小，又没了父亲，生活特别困难。好说歹说留下一万块钱。

"思月走后,我犯愁了。你娘说:'你答应收的钱你拿着吧,我不会平白无故要别人的钱。'

"我说:'大嫂这都是上辈子积的德,救人一命,也算为抗日做贡献了!人家千里来感谢,也是人之常情,您就收下吧!'

"你娘想了想说:'干脆这样:我拿两千块钱救救急,也算他们回报俺娘了。剩下的由你保管。咱们是亲戚,你又是村干部,我相信你!'谁知这一保管就是二十多年!"

听到这里,俩儿子又一次吃惊地看着老娘。

四

回到老娘家,俩儿子给老娘又是洗脚又是捶背。

"我爹被日本人打死后,娘带着我四处逃荒要饭。有一天,从早到晚没要到一口饭。黄昏,来到一个大户人家,正犹豫敲不敲门,突然从门缝蹿出一条恶狗向我扑来!俺娘慌忙用棍挡着。我虽然没有被狗咬伤,但也吓得不轻!加上又饿又累,当晚就发起了高烧。俺娘俩躲在破庙里,娘听着窗外的狂风,看着奄奄一息的我,真是喊天天不应、求地地不灵啊!正在绝望的时候,她突然想起孙悟空留下的小布包,于是赶快从腿上解下来,把药粉用水给我灌了下去,没承想,第二天就好了……我算是从阎王门口捡回来了一条命啊!"

敦厚上前拉着娘的手说:"娘,您这么一说俺算明白了:我们不但不能要思月的钱,还应该好好感谢他们的!"

敦实赶快接道:"就是哩,现在条件好了,下次台湾再来人,咱们一定好好招待招待。"

　　看着俩儿子的变化，老娘感叹不已："儿啊！我也不怕你俩生气，娘把钱绑在腿上，既想防老，又想防不孝啊！娘过去做过一个梦：恁俩回家看我，到处翻箱倒柜找咱家的财产……所以，我就不打算告诉恁俩这笔钱，娘盼着恁俩能自强、自立起来！娘现在最大的心愿就是：等我的儿子出息了，咱们再把钱还给思月他们……"

　　俩儿子羞愧难当！敦厚拉着敦实"扑通"一声跪倒在地说："老娘在上，儿子一定改过自新，孝敬老娘，报答恩人！"

　　老娘高兴地点着头，猛地又想起一件事："对了，上次思月说：'她爹生不能来大陆，死了也要回故乡！'俺想好了，要是思月迁父亲回来钱不够，俺可以寄钱过去……"

　　俩儿子被深深感动！他们知道，钱可以还清，但和老娘相比，精神上欠缺恐怕今生永远也还不上！

2022 年 3 月 4 日

月弯弯

一

来到"忆当年"饭店,李大兴一眼就认出戴眼镜的卫华,他冲过去就是一拳,埋怨道:"你小子在外漂了几十年,也不跟农友联系,我费了老鼻子劲儿才找到你。"

卫华拉着大兴说:"对不起,国防科研工作有特殊要求,但一直没忘记咱知青队的伙伴!"

"听说你功成名就,给咱知青争光了! 今天我打前站,过几天更多农友想见你哩!"大兴从怀里掏出一瓶"二锅头",先给自己满上一大杯,又给卫华倒,卫华拦着:"我喝酒不行。"大兴笑道:"喝不了有我哩,怕啥?"说着把一大杯酒递给卫华。卫华摇头:"还是过去的牛脾气!"

两人边吃边聊,谈了知青队许多人和事,冷不丁大兴问:"还记得韩慧兰吗?"

情志漫忆

"有点印象。"卫华草草回答。

"咦——乖乖哩！人家在知青队暗地里帮你恁些忙，你来个'有点印象'，我的心都凉半截！"说着自己"咕咚"喝一大口酒。

卫华想了想："是不是那个大眼睛长辫子，在队里当保管？"

"是哩，人家到现在都冇结婚。"

"是吗？其实独身也是一种值得尊重的选择！"

"你知道她为啥不结婚？"

"不知道。"

"她是因为你才不结婚的！"大兴的话把卫华吓一跳！他瞪着大兴："不会吧？我在队里满打满算不到一年，韩慧兰经常出外演出，你怎么会瞎扯到俺身上呢？"

此时大兴已有几分醉意，他摇头摆手："中、中、中，我给你扯唠不清，改明你问辛萍姐吧！"

二

当晚，卫华翻来覆去睡不着，他不明白，为什么短暂的接触，会产生守望一生的感情？

月光如水浸润着岁月斑驳，渐渐溢出40年前那段往事：

秋天割草，队里规定：男生每天100斤，女生60斤。卫华想复习功课参加高考，每天100斤的任务很难完成，多亏大兴、辛萍帮忙。

辛萍比卫华早下乡两年，聪明善良，敢说敢干，在队里当会计，威信很高，新生们亲切叫她"辛萍姐"。

黄昏，大伙排队交草，农宣队长张大旺来了，他是贫下中农代表，派来专门管理知青点的。他笑而不语，但人们清楚：张师（张大旺的简称）眯眼笑，啥事全知道！于是，大伙格外小心。轮到卫华，他用力把草搬上地磅。辛萍看着刻度喊道："一百零二，过关。"卫华长出一口气正要往下卸，张大旺拦住，只见他一手拎起一捆草，两臂一晃，几块半截砖"扑通"掉下来。在场的人无不为他的慧眼和神力惊叹！张大旺把草捆往地上一扔说："年轻人毛还没扎齐，敢在我面前玩涩眼？今儿个谁弄不够数就不拉倒！"

卫华红着脸要往地里走。忽然，麦垛旁传来大兴的声音："卫华，有兔子在此，可以顶任务。"

辛萍迎合："张师说过，一兔顶十草。算他完成任务。"

张大旺瞟一眼李大兴身后的韩慧兰，点点头走了，身后撂下一句话："书读多了草就少了！"

晚饭时，卫华塞给大兴一个白面馍，算是对"兔子解围"的回报，并告诉大兴："以后别再往草里塞砖头了，难看！自己努力完成任务。"

大兴调侃："草割多了书就念少了。馍我吃，但你最应该感谢的不是我。"

"谁？辛萍姐？"

"晚上被窝里说。"

钻进被窝大兴埋怨卫华："你这货真有女人缘，早上我打的兔子交给韩慧兰，想晚上炖了给她吃，没想到关键时刻她让我替你顶任务。"

"咋可能？队里人都知道你对她好。"

"那有啥用？"

"好了，人家帮我还是看你的面子。听说恁俩是同学？"

"是的，还住一个门口，小学、中学都同学。"说到这儿，大兴带着几分得意！

"听说她家庭背景复杂？"

"复杂啥？净胡扯！她妈是豫剧名角，人漂亮，嫁给比她大十几岁的黄河大学教授。教授新中国成立前在国民党师长家做过'私塾'。慧兰不到三岁父亲死了，就这，小时候没少遭人白眼。"

"我看你才对她有好感呢？"

"那还用说？队里好多男生对她都有意思。"大兴也不隐瞒自己。

"那慧兰什么态度呢？"

"哎——书生，你是真迷还是装迷？她的两个绰号说明什么？'洋娃娃'是因为她眼睛大、皮肤白，像一位西方古典美女；这'冷美人'不就是因为她孤芳自赏、拒人千里之外吗？"

"谁还胡扯哩？关灯睡觉！"窗外张大旺在喊。

卫华赶紧关灯，估摸着张大旺走了，又开聊："我看张师对女生关爱有加！"

大兴："那还用说？新生老生只要是女生，他都格外关照，对辛萍姐、韩慧兰更是厚爱一层。他的经典语言是：'有鱼有鱼蹚一遍，有枣有枣敠两棍。'"

"他这样，还能当农宣队长？"

"唉，你别误解，他可不是胡来，四十多岁的人了，还光棍一个。"

"他没结过婚?"

"结过。年轻时,他是村里的民兵队长。听说有一次他带着基干民兵挖河,老婆要生孩子,他非要等那段突击任务完成了才回家,结果老婆难产,没到医院,大人小孩都没了。"

"还挺感人!"卫华说,"他现在为啥不找呢?"

"他心劲儿高,想找个有文化的知青媳妇。"

卫华明白了,张大旺为啥处处关照女生。他问大兴:"你替我解围,他会收拾你吗?"

"不会的,他是个精明人,肯定看出根在慧兰身上。"

"咳、咳、咳⋯⋯"窗外又传来了张大旺的咳嗽声,吓得两人赶快蒙头大睡。

三

卫华跨上飞鸽车冲出青年队,像一只出笼的小鸟,在一望无际的麦田中尽情翱翔。

"嗨!"大柳树旁一声吼,吓卫华一跳,他猛地发现眼前站着张大旺:"你小子人缘真不赖,骑上'洋马'了。"

卫华赶紧下车:"张师好!"

张大旺打量着他:"去哪儿哩?"

"去市里领高考复习资料,跟辛萍姐请了假。"

"考大学不赖,可别忘了:广阔天地大有作为!"说着张大旺挥挥手,"去吧!悠着点。"

卫华如释重负,蹬车飞快远去。

快进城时，卫华小解。刚解开棉衣，猛地发现掖在里面的兔皮不见了。心想：坏了，肯定掉在了大柳树旁，要是被张大旺捡到就糟了。想到这儿他顾不上解手掉头返回大柳树，哪里还见兔皮的踪影。

兔皮是大兴送他的，因为知青队前几年帮市外贸加工过皮货，所以卫华问皮子来历。大兴说用兔子跟老乡换的，并说："你爱早起到河边看书，天冷可以暖暖手。"

卫华是个孝子，舍不得自己用，想拿回家给母亲暖身子，没想到半道不翼而飞。张师一定认为是拿队里的，这样不但自己有口难辩，连大兴也会受牵连。

卫华越想越后怕，到城里取了资料便匆匆返回。大兴听到丢皮子的事也大吃一惊："毁了，张师不会轻饶咱们！走，找辛萍姐去。"

来到会计室，韩慧兰也在，大兴把事情说了一遍，辛萍严肃地问："皮子真的不是从队里拿的？"大兴坚决回答："是自己用逮的兔子从贾砦老乡哪儿换的。"

辛萍放心了，给他俩讲述那天的事：张大旺回来，把从城里捎回的账本、饭票往桌上一撂，气哼哼地说，"酸书生，敢跟我玩里格楞"。

辛萍好奇地问："跟谁怄气呢？"张大旺余怒未消把刚才发生的事说了一遍。

辛萍给他倒杯水："我还以为啥大不了的事呢？原来为一块兔皮。"

"一块兔皮事小，拆队里的墙角事大！"张大旺把快要烧着手的烟头一扔，狠狠踩了一脚。

"要是兔皮不是队里的呢？"辛萍微笑。

"那就出邪了！"张大旺瞪着眼。

"今天真就出邪了！"一直在整饭票的慧兰站了起来。

"你不会又来为书生解围吧？"张大旺盯着慧兰。

"不用我解围，事情就是巧！"慧兰平静地看着张大旺，她声音不大，却让张大旺又一次感到意外。他想发火，可面对那双会说话的大眼睛，话到嘴边又变了："别唬我，咋个巧法？"

慧兰道："卫华借的是辛萍姐的车，天冷了，我在车座下面塞一块兔皮，骑车时垫在座上。"

"咋都巧到你这儿了？"张大旺半信半疑。

辛萍急了："你要不信，掏出兔皮让慧兰看一下不就结了？"

张大旺只笑不动，反问慧兰："你先说说你的兔皮是啥颜色嘞？ 生皮还是熟皮？"

慧兰一下子被问住了，脸一红脱口而出："熟皮，青灰色的。"其实，她隐隐看到了张大旺衣兜里露出皮子一角。

张大旺还想说什么，被辛萍拉着坐下："好了，好了，别再为一块皮子闹心了，兔肉卤好了，晚上可以小酌两杯。"张大旺这才发现，窗帘后面藏着一瓶"宝丰大曲"。他拿起酒瓶端详着说："恁俩护书生真带样！"

四

慧兰有着孤傲的个性，却因为自己家庭背景不好而不敢张扬；她有着浪漫的情怀，却因为环境所限而深深压抑。她知道，

情志漫忆

张大旺不但在"追"辛萍，而且对自己也有"那点意思"。如果自己表露出喜欢卫华，那势必会殃及卫华，影响卫华，所以，只能把爱深深藏在心里。

慧兰卖饭票不久，有人传她有体香，凡经过她手的饭票，都隐隐带香味。为此，许多男生"闻香而动"，该不该买饭票都往她屋里"钻"。

卫华无心"寻香"，直到发现饭票用完，晚上才匆匆去找慧兰。

"一听敲门声就知道是你。"慧兰微笑着迎着卫华。

"怎么听出来的？"

"别的男生鲁莽、不懂礼貌，你和他们不一样。"

"辛萍姐不在吗？"

"她去市里走账了。"

见卫华拘谨，慧兰便找话题："我明天要去市里参加戏曲会演，你猜我演的《朝阳沟》里哪个角色？"

"银环。"

"你真行！一下子就猜到了。"卫华好像不记得别的人物。

"那你知道我喜欢唱哪一段吗？"

"不知道。"

"《下山》。"

"为什么不是《上山》呢？"

"因为人世间悲剧往往多于喜剧，正像圆月在梦里，弯月是现实。"

正在备战高考的卫华，对"花前月下"、"晓风残月"不感兴趣，但他发现眼前是一个感情细腻的女孩。

"对了，卫华你的字写得好，能帮我在笔记本上写几句词吗？"慧兰把椅子让给他，就在两人错身的一刹那，卫华闻到一丝淡淡的幽香。他不知道是雪花膏的香味，还是传说中的"体香"，只觉得有一种飘然而升的感觉，记忆中，他从来没有这样近距离地接触一个青春少女，她的气味，她的呼吸，甚至她的心跳都感受得那么真切、动人。此刻，只要把头靠近她香盈、起伏的胸脯，那将沉醉无边……可是，他很快平静下来并开始自责，他知道自己的人生目标在于心无旁骛考大学，创造人生辉煌！而决不能陷入温柔之乡，把青春葬送在小小的知青队。他一遍遍地告诫自己：世界之大、天地之广，正等着自己去驰骋！于是，他迅速从旋涡里回过神，紧握着钢笔问："哦，写什么？"

慧兰莞尔一笑："我给你唱两段吧！"说着便轻声唱起来："走一道岭来翻过一道沟……我好比失舵的船顺水漂流……"

随着"咚咚咚"的敲门声，张大旺推门而入。卫华赶紧起身，慧兰也涨红了脸。

"嗨，我来得不巧、不巧……"

慧兰冷笑："有什么巧不巧的？有事直说。"

"哦，伙房的账对不上，我来问问咋回事。"

卫华起身告辞。

张大旺借机唠叨起来：什么不要眼睛只盯着一个人，要和大多数人搞好团结；什么你会唱戏，要多为自己的前途考虑；等等。

慧兰本没有好话，但一想到不能影响卫华，便安抚道："您多虑了，我不会在知青队里谈恋爱的。"

张大旺点头，半信半疑地走了。

望着窗外，慧兰看到了卫华宿舍的房顶上，一勾迷人的弯月……

五

队里开始风言风语传卫华和慧兰谈恋爱。卫华感到既委屈又紧张，委屈的是纯属无中生有，紧张的是自己正想报考军校，本来就担心自己的出身，如果再加上慧兰父亲的复杂背景，那就更悬了。

慧兰则显得平静。她认为真的就是真的，假的就是假的，没必要解释。可当她知道卫华的焦虑时，就坐不住了。她找张大旺开门见山："您听到队里的风言风语了吗？"

张大旺点头："咋了？"

"您相信这是真的吗？"

"这要问恁俩。"

"您是明眼人，啥事能瞒过您？"

"那我也想听听你说！"

慧兰一昂头："没那回事！"

张大旺满意了，他觉得自己依然有希望。从此，队里再也没有了卫华和慧兰的传闻。

慧兰去市里会演，一去就三个多月。等她回队时，正赶上卫华接到大学录取通知书。

那是个阳光明媚的早春，一大早大兴赶着马车送卫华进城，接近城门，一辆红色长途客车疾驶而过。车窗旁，有位姑娘探出头用力挥舞纱巾，朝他俩喊着什么。

"慧兰，快瞧！"大兴推一下卫华，可惜车速太快，卫华与红纱巾擦肩而过……

卫华坐上去省城的火车，田野、树木飘然而过，知青队许多难忘场面浮现眼前：那红旗舞东风、竞赛人沸腾的挖河场面；那夕阳映水美、沃野牛羊肥的割草场面；还有，朝夕相处、亲如兄弟的李大兴；温馨照顾、关爱有加的辛萍姐；以及接触不多，但隐隐感到她"好意"的韩慧兰……

在知青队，温文儒雅、才华初露的卫华很受女生青睐，但对女生的"好意"卫华一是回避，二是装糊涂。他的原则是：决不在农村谈情说爱。因为，他有更高的人生目标去追求！他庆幸没有陷入爱的旋涡，才使自己有了今天的成功，而且如愿进入国防领域。

六

辛萍拉着卫华上下打量："几十年不见，没多大变化，还是过去那样子！"

卫华也激动不已，给辛萍介绍了这些年的事业发展，表达了惦念之情。

大兴心里藏不住话："辛萍姐，你说韩慧兰是不是因为卫华才不结婚？我说他不信！"

卫华看着辛萍姐，想听她说。

"大兴的话不假，只是好多事你不知道。"辛萍慢慢道来，

情志漫忆

"本来韩慧兰是个爽朗、活泼的姑娘,你上学走后,她变得沉默少言、多愁善感。当时队里不少男生追她,想和她谈恋爱,她都一口回绝!"

"就是哩,我平常对她恁好,都没有入她的法眼!"大兴耿耿于怀。

辛萍:"开始大伙以为她在城里有男朋友,后来确定没有。更奇怪的是,我发现她常常拿出那个绿色的笔记本翻来覆去地看,自言自语地说,我担心她精神出问题,便私下看了她的笔记本。那上面写的都是些漫无边际的话:月圆月缺,圆的时候少,缺的时候多;人聚人散,聚的时候怨言多,散的时候思念多。酒不醉人人自醉,情不欲断断无缘。还有:有情人终成眷属只是人们的美好愿望……

"直到那次队里失火,我才知道船在哪儿歪着。那是知青快回城的一天晚上,我们房间电线短路引起火灾。知青们纷纷救火,猛然,慧兰冲进屋里,烟太大,进去没两分钟就昏倒了。等把她抢救出来的时候,发现她手里紧紧地抓着那个绿色的笔记本……张大旺说她是抢救公共财物,是救火英雄!

"慧兰住院我陪护,她拉着我的手说:'辛萍姐,其实我不是什么救火英雄,我只想把笔记本抢救出来。'

"我知道,那里面是她不想让人知道的'心事'。但为了一个本子,差点把命搭上,值吗?

"她苦笑:'那上面有他给我写的字,比命重要!'

"'卫华知道吗?'

"慧兰摇摇头。

"'为什么不告诉他呢?'

"'是我自己在织梦。'

"'单相思没有结果,很苦!'

"'有结果的不一定完美,我从小命苦,因为只有母亲没有父亲。从我喜欢上卫华那天起,就知道将是什么结果!但有婚姻怎样,幸福吗?有家庭怎样,圆满吗?所以我选择:只要真情,不问结果!'

"慧兰归队不久,市文工团想借调她,征求队里意见。当时张大旺正在追求俺俩,就想拿这事压慧兰,没想到慧兰明确告诉张大旺:'咱俩的事一点可能性都没有,我宁肯一辈子不进文工团,也不会屈服于任何人!'张大旺表面微笑点头,但后来还是以队里离不开为由,婉拒了文工团借调。慧兰为自己的执着又一次付出了代价!"

辛萍回忆当时的情景:看着慧兰日渐消瘦的样子,就鼓动她给卫华写信,一封、两封全都石沉大海。一气之下,辛萍直接给卫华写信,质问他是不是忘记了广阔天地,忘记了朝夕相伴的农友,但依然杳无音讯。直到后来才知道,卫华进入保密的国防培训基地。当慧兰拿到一封封退回来的信时,彻底断了联络的念想!

卫华感叹:"当时我们培训基地要求很严,除了直系亲属,断绝一切外界联系。"

大兴半开玩笑地说:"那时我们都以为你另有新欢。"

"打那以后慧兰就改为只写不发。她说:'小时候母亲告诉她:弯月像船,你可以把心愿放在上面,让它捎给远方思念的

情志漫忆

人……'"

卫华长叹一声:"这一切我居然一点都不知道!"

辛萍:"当时,你脑子里只有学业、事业,慧兰脑子里只有你。为了那段懵懂的感情,你失去的是愿意为你付出一切的姑娘,而慧兰失去的则是再也回不来的大好青春。这正是:世上只见粗心汉,痴情最是女儿心啊!"

大兴一拍脑袋:"嘿,这真能写本书了!"

辛萍叹气:"别的我不担心,就是她没了父母,兄弟姐妹也没有,将来老了,谁来照应她呢?"

卫华被深深触动,反思自己走过的路。当时,自己只知道一门心思往前走,忽视了身边的真情和眷顾,这正是那个最不讲利益和条件年代的纯真感情!

大兴看卫华憋气不吭,急了:"唉,书生你咋不说话?人家等了你几十年了,总得去安慰安慰人家呀!就这吧,我给恁俩牵个线咋样?"

卫华摇头:"也许一见面梦就碎了!"

"哪儿恁多弯弯绕?见一面天塌不下来!"

卫华茫然。

他俩都看向辛萍姐,出乎意料的是辛萍明确说:"不见!"

大兴一惊:前几天不是说好让他俩见一面吗?怎么突然变卦?趁卫华去洗手间,大兴问原因。辛萍摇头:"慧兰听到卫华的消息,一激动心脏病犯了,昨天住院。她断断续续交代:既然卫华已经成家立业,就别打扰他了……"

听了这话,大兴大发感慨:"罢、罢、罢!他俩这辈子真是有情无缘。那就等下一次吧！"

　　一勾冷月弯窗前，看到卫华远来的身影，辛萍含泪叹道："还有下一次吗？"

　　　　　　　　　　　　　　2022 年 2 月 1 日

谍门深似海　　高峻岭作

较　量

主要人物

1. 何武，36 岁，古城市公安局局长。

2. 赵永正，58 岁，古城公安局侦察科长。

3. 宋清志，22 岁，古城公安局侦察员。

4. 马跃，21 岁，古城公安局侦察员。

5. 兰海涛（化名伏蛰、阳昆），56 岁，境外间谍。

6. 柳溪（化名飘然），女，54 岁，境外间谍某工作站组长。兰海涛的大学同学。

7. 林晓露，女，20 岁，某机械厂学徒工。

8. 彭飞，22 岁，出身干部家庭，思想单纯、激进。

9. 梁兵，28 岁，中原人，偷渡境外并加入间谍组织。

10. 林同轩，32 岁，境外间谍某工作站指导官。

故事发生在 1983 年中原古城。

情志漫忆

一

当我提着热腾腾的饺子赶回迎宾招待所打开108房门时，突然被门后一双大手紧紧锁住臂膀。我回过神来暗自运气，蓦地两膀一较劲儿，来了个猛禽反扑，一下子把那人反压在地。谁知那人大喊："清志，是我呀！"我扫了一眼地上这个小胡子，还真有些迷惑。他是谁？老兰吗？那人看我疑惑，赶快把小胡子、牙套、墨镜、发胶等去掉，顿时现出原形："真是老兰啊！你搞什么名堂？"兰海涛伸手让我拉他起来说："我曾学过化妆术，30多年没用过了，想给你演示一下。"我白了他一眼："有什么好谝的？间谍的伪装术再高，一到我国大陆就束手就擒？"

兰海涛沉默一下，然后点头说："是啊！什么情报局、搜寻会，一到大陆全作废！"

我看他兴致很高，已逐渐从沮丧情绪中走出来，便趁热打铁地告诉他：今天是冬至，何局长专门让他夫人给你包了饺子让我送来。我原以为听了这话老兰会感动得喜笑颜开，可哪知道，他望着饺子竟发起呆，然后长叹一口气说："何武局长真好，把我当成自己人了！"

"既然这样，为什么情绪不高呢？"

"是我自己的问题，一会儿就好了。吃完饺子我给你讲砾石训练班的故事吧！"他转移了话题。我也顺水推舟："先吃饺子吧，吃饱了才好讲。"

其实，说起大名鼎鼎的砾石训练基地，隐蔽战线的人真是如雷贯耳！

而对于我这个刚刚参加工作不久的新兵来说，更想了解其中的秘密。然而，老兰的思想到底怎么回事，需要我慢慢了解。

二

按照赵科长的要求，兰海涛写了交代材料："我和林晓露是四年前的秋天认识的，那年厂里招来五名新工人，四男一女。冯厂长带着一个穿着蓝底素花衬衣、扎长辫子的女孩子来到我的办公室说：'老兰，给你介绍一下，这是林晓露，新来的，咱厂就你一个学问大的，以后就跟你当徒弟，你得好好带呀！'

"当时我们机械厂是个小厂，区属企业，干部和工人加起来还不到60人。冯厂长看我是老牌大学生，又搞过制图，也就不太在乎我'释放特务'的身份，让我负责厂里的保管和技术工作，其实也就我一个人。现在好了，来了一个清瘦、文静、大眼睛的姑娘做帮手，红房小屋从此出现了生机和活力。

"'晓露什么学历？'

"'初中毕业。'

"'会画图吗？'

"'学过美术。'

"'会算账吗？'

"'家里钱少，不用算。'

"我面对这个话虽不多，但还算灵巧的姑娘，心里泛起几分怜悯。

"'晓露的名字很好听，是父亲取的？'

"'不，是俺妈。'

"'哦,看来你妈很有学问,她做什么工作?'"

"'她走了。'"

"'走了?是出差还是回娘家了?'"

"'这是工作需要了解的吗?'"

"我冷不丁被她反问住了。没想到这个瘦弱的姑娘居然有着鲜明的个性,这就注定我俩接下来一系列的不平凡!"

三

"老兰,你这是在写交代材料吗?明明是在编故事!"我把手稿拍在老兰面前。他先是一怔,然后一本正经地立正:"报告宋警官,本人如实交代,不敢戏言!"

其实,我也觉得,在和林晓露关系问题上,已经交代清楚了,可是赵永正科长还是揪着不放,非要让他彻彻底底交代并深刻认识罪行不可!于是,我告诫老兰:一定要充分认识他和林晓露关系的严重性,并按赵科长的要求,进行彻底的交代和悔改!

我的声音不大,但却一下子把他的情绪打落下去了。他点点头回答:我记下了,明天一早起来就写悔过材料。

是夜,月光如晕,寒风瑟瑟。我和兰海涛躺在一间屋子的两张床上各自想着心事:从兰海涛因拐骗妇女罪被抓(其实是为打击他的间谍活动而找的借口)已经一个多月了,他从顽抗到交代问题,再到愿意和政府站到一边,将功赎罪,打击境外间谍机关的破坏活动,已经有了一个质的转变。于是,领导决定转入第二阶段,由我和另一位侦察员马跃陪他在一家招待所同吃同住,开展进一步的深化、巩固和提高工作。

何武局长提出三点要求：巩固思想，密切感情，谋划进攻！

然而，赵科长却总是抓住兰海涛和林晓露的男女关系问题不放，固执地认为：要想为我所用，就得打翻在地，让他心服口服，这就叫不破不立！

而目前只要和兰海涛提起林晓露的事，要么憋气不吭，要么就拼命解释：我们是真心相爱的，绝不存在坑蒙拐骗。

已近午夜时分，兰海涛悄悄打开灯来到我的床前说："清志，你也睡不着吧？我给你讲晓露的故事好吧？"

我坐起身来披上衣服："还是先讲砾石班的故事吧！"

四

"我进入砾石班参加特务组织，既是偶然的也是必然的。偶然的是因为我的同学柳溪，而必然的则是和我的反动家庭有关。

"我出生在粤赣交界山区一个不太富有的地主家庭，从小受到旧社会的反动宣传和教育。19岁在上海光华大学上学时加入'三青团'。记得1948年初，校学生会组织'反苏'大游行，学生会主席余慎之在动员会上大喊：'苏军在东北抢占了我们的旅顺和大连……''苏军拆掉了我们的工厂运走了我们的资源。''苏军强奸我们的姐妹。'……一时间学生们群情激愤涌上街头，但不知怎的，游着游着'反苏'大游行变成了'反战'大游行，有人喊出'炎黄本是一家人，不要战争要和平'的口号。于是，当局出动军警开始镇压，我想上前解释，结果被警察当头一棒打昏在地，等我醒来时，已经躺在一家名叫圣保罗的教会医院。奇怪的是学生会的柳溪守在我身边。我问她怎么回事，她安慰我道这是她在法国的亲戚办的教会医院，很安全。受伤的学生都被转移到了这里，让我放心。

"傍晚，学生会主席余慎之来接柳溪去吃饭，当时同学们都知道老余在追漂亮的柳溪，可柳溪总不给他面子，这不，几番邀请柳溪还是不肯离去。

"老余无奈，只好悻悻地走了。"

"光华大学的柳溪，就是现在沣界的柳溪吗？"我不由地插话问。

老兰叹道："是的，这是决定我一生命运的女人！"

窗外的寒风吹着干枯的树枝，发出刺耳的哨音，老兰不禁打了个冷战说："我到你被窝里聊吧？"

我笑道："咱俩可以促膝而谈了。"

于是，老兰坐在我的床对面，盖着被子又开始聊了起来。

五

"为躲避战争劫难，幻想重获荣华富贵。1948年底，我随父亲转道广州乘溃逃的军舰来到舟湾。本想着到那里投奔一个在军界任职的本家高官，不曾想来到舟湾才知道该高官因'阻共不力'而被撤职。父亲走投无路，又过不惯寄人篱下的生活，不出三个月就郁郁而终。

"谁知祸不单行！父亲去世不到一个月，我就染上了'肠热症'。正当我贫困交加、病魔缠身的绝望时刻，柳溪又神奇般地出现在我的身边。她不但花钱医治好了我的病，常常陪伴在我的身边，而且还给我介绍一条新的生活出路：参加一个特别训练班。该班全部都是毕业不久的大学生，个别还有从军队选拔的'精英'。说是毕业后可以去朝鲜或日本从事特殊工作。

"其实，后来才知道，这就是'砾石'特务训练班，因举办地选址在崇山峻岭之中，取名'砾石训练班'。他们把过去一座小学改造成了高墙深沟的训练基地。原来远处寥落的几户人家现在也被彻底清理走了。从此，这地方真成了'千山鸟飞绝，万径人踪灭'的无人区。

"我们被完全封闭起来，然后编号、改名字，我化名'伏蛰'，代号1026，属第一期高干班。然后，各种要求和规定，如'十不准'要求（如不准外出、不准通信、不准会客、不准互相打听等）和效忠领袖，甘为领袖杀身成仁教育。如有违反，轻者军法惩处，重者让你瞬间人间蒸发。"

"专业培训都有哪些呢？"我关注这方面的情况。

他思考一下说："专业培训是系统而严格的，单是情报搜集，就包括军事、经济和政治情报等。而更为实用的则是具体实施情报搜集时的各种本领，像如何潜伏、如何使用密码、如何应对盘问和审查以及化妆术、自卫术、射击术、驾驶术、自杀术等等，真是包罗万象、无奇不有！感觉从特干班出来就能成为无所不能的'超人'。"

"不是要送你们去日本或朝鲜吗？"我问。

他冷笑："那只是个幌子，毕业典礼上，教官告诉大家：大陆需要光复，对岸更需要你们！"

"接下来呢？"

"我被编到'潮汕'行动组，一只破旧的船只把我们秘密运到沣界。到了沣界我才知道柳溪已先于我们加入间谍组织,她隐蔽于沣界工作站,负责联络指导大陆工作。从此,我便被她牢牢套住。"

六

"这叫什么狗屁反思？简直就是应付差事！"赵永正科长气哼哼地把材料仍在桌子上。

我一边慢慢把材料收起来,一边解释道:"老兰确实对与敌特联系进行了反思和认罪,从他迫切想立功赎罪、套取敌特情报、引诱敌人上钩来看,就能证明这一点。"

"我说的不是这个,而是他和林晓露的男女关系！"赵科长嘴唇有些发抖,提起这个问题他就激动,这似乎成了他的一个"痛点"。

"这一点,他也认识到了自己的错误。"

"什么错误？简直就是十恶不赦的罪犯！"

五十多岁的"老头"爱上二十多岁的姑娘,怎么就成了犯罪？我真有些不理解,想解释,但话到嘴边却又改口了:"思想的转变需要有个过程,我们正在朝此方向努力。"

"我不听正在努力,我只要马上扭转！"

我想,错误的东西可以扭转,但以后要是证明是正确的呢？怎样才能说服自己的领导呢？

赵科长看我一脸迷茫、沉默不语,便意味深长地说:"宋清志同志,你参加工作时间不长,缺乏对敌斗争的经验,敌人最擅长的就是避实就虚、逃避责任,你不把他的问题彻底揭露出来,不把他打翻在地，就别想让他死心塌地地跟你干！"

说实在的，赵科长是我们局为数不多的"解放牌"，他1948年参加工作，经历革命和建设的考验，可以说斗争经验十分丰富。但在接受新思想、摒除旧观念上，却故步自封、不肯前行。比如，在兰海涛案件上，他没有抓住被间谍组织策反这个关键，而是把更多的注意力放在"男女关系问题"上。坚持认为兰海涛和林晓露搞恋爱就是天理不容、老不正经！就应该坚决打散、彻底分开！这就让兰海涛产生了不解和抵触情绪。

我想把现实情况和我的分析告诉老科长，赵科长却挥手制止道："不用谈别的，就按我说的办！回去让他认真思考彻底交代和林晓露的问题，只有认罪悔过才是唯一出路！"

七

我又一次严肃认真地和兰海涛谈话，让其充分认识和林晓露问题的严重性，促其彻底交代。

兰海涛道："清志，我真愿意向你彻底交代。"于是，他又兴致勃勃地讲起那段难忘的故事："晓露跟我当学徒很勤奋，不爱说话，有股犟劲儿。我教她的知识和技术，她不吃不喝也要学会。她平时温和善良，开口总是师傅长师傅短的，但从不和我谈及工作以外的事情。听厂里人说：她父母感情不好，经常生气吵架，一次激烈争吵之后，父亲动手打了母亲，母亲一气之下离家出走，至今下落不明。这成了晓露幼小心灵挥之不去的伤痛！

"尽管晓露缺少母爱，但她却有一颗仁爱之心。厂里的丁大姐刚退休就卧病在床无人照顾，晓露就每天下班去照顾她，直到丁大姐能够自理。而她对不断向自己示好的厂长却拒之千里,说他有事没事总找她谈心,不怀好意!"

"她是个特别坚韧有个性的女孩,身边那么多年轻人看不上,怎么会偏偏喜欢上你呢?你俩年龄相差那么大。"我不解地问。

老兰若有所思地叹道:"这也是我最意想不到的事情。也许是她欣赏我的儒雅和博学,我喜欢她的率真和脱俗。但是,我们还是仅限于工作以内的话题。后来,她开始听我讲故事,跟我练字、学画画,而我发现她的文学功底还不错,悟性也很高。

"一个下雪的早晨,晓露背着一个大包来上班,我不知道里面装的什么东西,也不好意思问。下班后她打开包我才知道里面装的是面和饺子馅。她说:'今天冬至,我给师傅包点饺子。'我说:'谢谢你这么用心!冬至你不回家吃饺子啊?'她淡淡一笑:'你一个人,我也一个人。'我说:'你不是和爸爸、哥哥住在一起吗?'

"'我心里早就是一个人了。'说完,她就利索地和面,擀皮,包起了饺子,不肯再多说一句话。

"那晚,她陪我度过一个温馨的冬至,我吃到了平生最好吃的一顿饺子。因为我住在厂里,所以,还给传达室的张师傅送去一碗饺子。

"打那以后,晓露会隔三岔五带点'原料'到厂里,下班后帮我改善一下生活。

"不久,厂里效益不好,冯厂长便辞掉了门卫老张,晚上看门护院的任务又交给了我,就这样,下班后偌大个厂区就成了我和晓露的天地。

"我和晓露约定,她来时,就在院子后面往我屋顶上面扔一个小石子,随着石子在房瓦上滚动时发出清脆的声音,我就知道晓露来了……直到现在,我在梦中还时常听到那清脆的声音呢!"

我让老兰喝点水慢慢说。

"春节放假,晓露好几天没来看我,我担心她出事,又不敢贸然去看她,直到节后上班,我才知道她父亲发现晓露经常晚回家,是跟我在一起,就不由分说对她暴打一顿,并且警告:下班必须马上回家,不允许再和老兰有任何私下接触!

"我看了晓露脖子和胳膊上的伤,很心疼,她告诉我背上更厉害!我问她:'他怎么能下这样的狠手?'晓露含着眼泪说:'自从妈妈走后,爸爸的性格就变得固执、暴躁而且多疑。他不允许我私自外出,更不允许我单独接触男人。这段时间父亲发现我下班晚回去,就不断追问我,我说加班。直到后来门卫老张告诉他真相,他才恼羞成怒对我大打出手。'

"我骂门卫恩将仇报!多亏厂长让他这个不识好歹的人走了。然后劝晓露:'你父亲可能怕你遇上坏人,或者怕你像母亲那样走了不回来。'

"晓露摇摇头说:'本来我的父母都是好人,是婚姻让他们在一起相互折磨,改变了性格。邻居们劝他俩离婚,但他俩受传统观念影响,认为好离不如赖过着。最终恶性循环导致母亲绝望地离家出走。所以,婚姻是爱情的坟墓!这话我信。'

"我劝她:'爱情本身是美好的,关键是要选好对象。'

"她淡淡一笑。"

"一个对爱情和婚姻失去信心的人,怎么又燃起爱的火焰了呢?"我问。

"她认为婚姻是可怕的,但爱情是美好的!"老兰接着说,"有些事情你越是阻拦,就越是起到加速推进的作用。不知不觉中我俩都情不自禁地想在一起,而且是那么神奇、自然,一点都没有强加的意味。我们一起在林中漫步,在湖边静坐,总感到有说不完的话。渐渐地,连我自己都不敢相信的感情在不知不觉中萌生了。

"我说:我已年过半百。

"她说:爱一个人和年龄无关,和地位无关,和金钱也无关。

"我说:我身体有残疾。

"她说:我佩服你精神强大!

"我说:我一穷二白。

"她说:穷日子过惯了,挺好!

"我说:你唤醒了我内心深处早已死去的那根神经。

"她说:我是清晨的露水,可以让你返老还童。

"那年,我54岁,她才刚满18岁。"

八

"我觉得我的最大的错误就在于在没有爱的权利的时候爱上了一位纯真、倔强的姑娘。"

"那为什么还会发生呢?"我问,"你是一个受过专门训练,自制力很强的人。"

"我也以为我可以抵挡任何诱惑,但爱情真是个特别奇怪而且说不清的东西,往往是你想要时求不来,真正来了又躲不开。"

"你躲过吗?"

他点头:"我说我没有爱的权利。她说她有爱我的权利!我说我们这样是不会被人理解的。她说,不用别人理解,自己感觉好才是真好!

"就这样,我们的爱在不知不觉中产生,在艰难危险里前行。

"为了阻止我俩关系的发展,冯厂长把晓露调换了工作,而且上下班由她父亲接送,可以说是不给我俩留一点机会。

"然而,感情不是靠外力就能阻挡的,也不是不见面就能忘记的。晓露巧妙地把上厕所的时间、买女性用品的时间都利用上了,创造了我俩一次次的见面机会。而且,越是见面稀少,越是碰撞激烈!

"终于有一天,我俩的约会被她哥哥发现。他不由分说对我大打出手。晓露拼命扑在我的身上死死护着我,她哥哥几次想把她拉起来都没有成功,于是气急败坏,对晓露拳打脚踢。晓露微笑着对哥哥说:'打吧,打吧,我愿意为他死!'

"这下她哥哥气更大了,直到把晓露打得昏死过去。

"晓露足足三天三夜下不了床,当她挣扎着能下床行走时,第一个愿望就是赶快见到我,而见到我就不顾一切地扑向我,让我带她离开这里,越远越好。

"经过细心谋划,我俩终于冲破重重封锁,踏上了远走高飞之路。我们带上了全部的积蓄(我的250块钱,她的267块钱)。我问她去哪儿?她说:去哪里都行,只要咱俩能在一起!我说:那就去四川吧,天府之国。

情志漫忆

"我们在四川选择的第一个目的地就是峨眉山,那是从小受李白《登峨眉山》诗句的影响产生的心愿:'平生有微尚,欢笑自此毕。'我没有成仙的机缘,但也想把一生的欢乐留给天地山川。

"一到峨眉山,我俩就被那碧山秀水、鸟语花香所吸引,和喧嚣的城市、复杂的人群相比,这恬静、神秘的山林简直就是我们的天堂。

"她依偎在我身旁深情地说:'海涛哥,我们别下山了,我们就在山上建一个小木屋,你读书喝茶,我种菜做饭,我们就这样相守终生,比翼双飞……'

"我深深为之感动! 安慰她:'等我们再多挣点钱,就隐居到山里。'她噘起小嘴说:'挣钱不重要,在一起才重要!'

"我点点头:'那就继续向上攀登,寻找更美的境地。'

"由于我腿脚有毛病,走一会儿就走不动了。 她靠在树上喘了几口气,二话没说背起我就往上爬。 我个头虽小,但少说也有一百多斤,这对于一个同样瘦弱的女孩来说,真可谓千斤重担! 可是,她歇歇走走,硬是把我背上了山顶,沿途的游客看到她红润的面颊满是汗水,无不为之感叹!

"我俩在山里住了三天,我总觉得这样下去不是长久之计。 听游客说,国家正在实施西部大开发,那里正需要各类人才,于是我就带着晓露风尘仆仆赶到了西宁。 在人才招聘会上,我的机械设计和外语特长,吸引了不少公司和企业。 然而,正当我信心满满准备投入新的工作时,却被半夜的敲门声打碎了。

"那晚,公安查店,发现一个五十多岁的老头和一个二十岁的姑娘住在一起,就以关系不明、有拐骗妇女儿童的嫌疑将我带走审查。而晓露痴痴地守在拘留所门外不肯离去。她大声喊道：'他没有骗我！是我愿意的！把我也抓起来吧！……'"

九

接到何武局长对案件的最新要求：一方面继续认罪悔过，一方面积极谋划针对敌特的"双诱"计划（诱敌情、诱敌人）。我和马跃都长长出了口气。老兰也立马精神倍增，他说："我终于有了施展才华、发挥余热的立功机会了。"于是，白天和我一起研究制定方案，晚上给我继续讲他的间谍生涯，说是这样既可以彻底交代问题，又对制订计划有帮助。他又回忆起三十年前的往事：

"我从舟湾来到沣界住了五天，其间除了柳溪交代我潜伏需要注意事项外，就是聊一些同学间的事以及彼此间的感情。为了不暴露我俩的身份，我们白天训练密码、暗语的使用，傍晚才到公园没人的地方散步聊天。

"'为什么把我拉到这条路上？'这是我一直想问她的问题。

"'纯属无奈之举！'柳溪叹道。

"'怎么个无奈？因为余慎之吗？'

"她点头：'来到舟湾，老余一直拉我和他一起筹备大学，他的目的其实不是为了发展教育，而是为了和我在一起，让我嫁给他。看出了他的目的，我就千方百计地躲着他，直到后来我发现了这个隐蔽而秘密的机关，是我最好的藏身之地。'

"'你为躲避老余进入了这个鬼地方，可我不想！'我停下了脚步。

"柳溪看我一脸无辜的样子，笑了：'我知道，其实我也不

想。'她吹起手上一片树叶继续说：'我们暂且先干两年，然后通过向总部努力把你召回沣界，这样我们就能长久在一起了。'

"我苦笑一声：'怕是有去无回了。'

"她捂着我的嘴不高兴地说：'你怎么说这么不吉利的话呢？要树立信心，我等你回来！'

"就这样，我在不情愿中，被秘密派进大陆。

"我的范围是潮汕地区，目标是盯住×野战部队，搜集他们的行动和作战等情报。为迅速站稳脚跟，我在部队大门外摆起了香烟摊，这样一来可以观察部队出入人员和车辆的情况，二来也可以和买东西的人攀谈。同时，我还不断从报纸上获得公开信息进行分析、判断，从中筛选出有价值的东西。

"我的工作成效很明显，半年时间，我就搜集到该野战部队的人员编制、火力配备、作战任务等情报，还有该部队即将执行解放"南石岛"的战斗任务。

"年底，总部召我回去述职，我受到了嘉奖并领取了新的活动经费。就在我信心满满再赴大陆时，不幸发生了。我因携带可疑物品在文锦渡海关被扣留，边检人员在我的空白笔记本里，发现两张"舟湾花莲酒店"的信笺，上面是柳溪写给我的两首离别诗。

"其实，潜回大陆前，我反复检查了行囊，把所有可能引起怀疑的东西全部清理掉，当我看到这两首诗时，认为不过是恋人之间的爱情表达，留个纪念也未尝不可，于是就放回笔记本中，忽略了上面的舟湾字样。从此，我被带到广州，开始了被审查的漫长日子。"

十

　　"新中国成立初期，境外间谍机关派遣到大陆的特务生存率极低，我们'砾石'高级班 45 名精英，潜入大陆两年后，生存下来的不足四分之一，绝大部分成了共产党的俘虏。而接下来的审查、审讯则彰显出大陆公安人员高超的对敌斗争艺术！

　　"审讯初期，我按照反审讯要领，来了个'徐庶进曹营——一言不发'。不管你怎么教育，如何启发，也不管你恩威并施，我就是不吭声、不接茬。

　　"我的软抗术开始非常有效，可是，当审讯人员亮出我的同伙'鲨鱼'（代号 1024）指认我的供词时，我彻底绝望了！

　　"我知道再抗拒下去已毫无意义，于是，开始不停地胡思乱想：我想到了自己即将被押赴刑场执行枪决的可怕一幕，也想到了自己将在铁窗之下熬过暗无天日的一生……这令人不寒而栗的结果突然幻化成六字训言：不成功，便成仁！于是，我打定主意，趁看守不备猛然冲向关闭的窗户，用尽全身力气撞上去！只听哗啦啦一声，我纵身从三楼跳了下去。

　　"当我从昏迷中醒来，已经躺在公安医院病床上。头上缠着绷带，左腿和左胳膊骨折。我睁开眼睛，发现除了医务人员，还有两名公安人员。事后我才知道，这一跳并未'杀身成仁'，但胳膊腿都摔骨折了，更可怕的是，地上放着几根废弃的房梁，房梁上的一颗钉子正好扎进我的头颅，触动了神经，造成了我的左腿永远残疾。

　　"痊愈出院后，我想审讯人员一定会加倍打击报复我，可没想

情志漫忆

到，却迎来了政府人员加倍的关心、体贴和照顾。他们不但不再给我戴手铐脚镣，而且天天和我促膝谈心。更让我意想不到的是，他们居然把我姐姐接来做我的工作。父母离世后，姐姐就是我在这个世界上唯一的亲人。她一见到我就紧紧抱住我泪流满面，她给我讲述了家族在战乱中的遭遇和母亲的艰辛，讲述了新中国成立后党和政府对我家的宽容与照顾，使我感同身受。不久，我便交代了我的'参特'过程和潜回大陆的所有活动情况。以至于后来，自己被判无期徒刑也甘受惩罚。"

"你在监狱改造了多少年？"

"从 1951 年到 1976 年，一共 25 年。"

"你是 1976 年 10 月中央释放全部政治犯时释放的吗？"

"是的，那是最后一批释放的政治犯，体现了共产党的伟大和包容！"兰海涛发自内心地说。

"释放后为啥没回原籍呢？"

"老家已没有直系亲属，只好来古城投奔姐姐。"

"那你怎么又死灰复燃，和柳溪联系了呢？"

老兰叹了一口气说："出狱后，在我姐姐的帮助下，我在古城找到了工作。本来平静的生活被改革开放的洪流所打破。1982 年夏天，我突然接到我姐转来的一封信，发现是境外来信有些疑惑，打开一看，才知道是柳溪。

"她在信中说了许多旧情话题，并同情地说我为事业吃了不少苦、受了不少罪，朋友们都很关心我，以后会慢慢补偿我的，等等。落款用了我对她的爱称'溪流'。

"当时，我生活拮据正需要钱，所以，很快就给她回了信。"

"你受党的教育这么多年,老情人的一封信就能把你拉回去,这恐怕不仅仅是为了钱,还有情吧?"我直言不讳。

老兰又叹道:"其实还真不是旧情复发,自从有了晓露,我就全身心地投入进去,再也没二心！我和柳溪过去那段短暂的感情也早已成为残破的回忆,我不可能去做对不起晓露的事情。但是,我内心有所不甘！我觉得,我被迫加入特务组织,葬送了二十多年的青春年华,他们对我的经济补偿是应该的,我怎样才能既套取钱财,又不重操旧业被拉下水,这才是我应该做的呢!"

"你觉得间谍机关会让你不干活,白白给你钱吗?"

"他们应该给我补偿！"

"他们不是慈善机构。"

"那就看我们怎么去谋划了。"

十一

其实,柳溪和兰海涛一联系,就被我们发现了。而且判断出柳溪是在利用老感情,启用旧关系,拉拢兰重操旧业,为其提供情报,同时她也有自己感情上的小算盘。然而,为了迷惑敌人,按照政治问题非政治化处理的原则,我们需要找一个其他问题去做文章。经调查发现,兰和林晓露有男女关系问题。赵科长一拍桌子:"这是个再好不过的把柄！"而我认为,这只能做个"引子",而切入正题后,就要在间谍问题上好好做文章才是正道。可赵科长一直揪着男女关系不放！这不,又开始追问细节了。

"兰海涛,你口口声声说愿意彻底交代问题,好好配合政府的工作,我看了你写的几份悔过材料,只字未提拐骗妇女儿童之事，你到底想干什么？"赵科长居高临下，上来就是一个下马威！

兰海涛赶紧解释："报告赵科长，我是真心实意地想认错悔改，但在和林晓露关系问题上，我俩确系真心相爱，不存在坑蒙拐骗之事……"

"胡扯！"赵科长不等他说完就把话截住了，"我告诉你，你在1979年2月第一次诱骗林晓露，在你办公室的长椅上发生关系时，她还差4个月才满18岁，说得轻点是诱骗，说得重点就是强奸！"

赵科长的话一下子把老兰打懵了！他不明白，为什么赵科长知道得那么详细：第一次、时间、地点……天哪！"我们真的是两相情愿的啊！"

"放屁！我来问你，你一共让林晓露怀孕几次？"

"两次。"

"呸！你在明知道她不可能为你生孩子的情况下，还一次次让她怀孕，这不是摧残是什么？"

兰海涛无言以对。

赵科长接着说："更可恶（他读成e）的是，你还哄骗姑娘自己打胎，私底下吃打胎药，用木棒压她的肚子。你真是坏事做绝！"

老兰彻底还不上价钱了，他一头雾水，不知道我们已经把林晓露的工作做通，让她迷途知返揭发、控诉兰海涛的罪恶。在这一点上，赵科长真有高招！

"可是，我们真的是……"老兰张口还想再辩解什么，但马上又被赵科长打压下去了："真的什么？真的什么？真的就是你给林晓露题写的'寄情大海,与涛共生'才把她诱骗离家出走的。你只知道自己寻欢作乐,却不考虑晓露家人什么感受、单位什么影响,还拼命以真心相爱开脱罪责,殊不知你从诱骗到摧残,再到胁迫出走,哪一条都是滔天大罪!必须交代清楚,坦白明白,否则死路一条!"

老兰的嘴唇和两手都开始发抖,头上冒出了汗……

十二

"老实交代你俩第一次发生关系的详细过程。"赵科长彻底制服了老兰。

"我和林晓露的感情发展得很快……"

"别扯感情,交代过程。"老兰一开口就被制止了。

"那天晚上,我斜靠在办公室的长椅上,她趴在我怀里,央求地说:'我不想回家,就想跟你在一起。'"

赵科长瞪了老兰一眼,老兰赶快转话题:"我俩情不自禁地拥抱、亲吻……"

"是谁先下的手?说!"

"是我。"

"怎么下的手?"

老兰停顿了一下接着说:"我摸了她的上身,她贴我更紧了,我就扒下了她的裤子……"

"接着说!"赵科长把眼睛闭了起来。

我轻轻咳嗽一声,赵科长一惊,瞪了我一眼。

老兰又敷衍了几句接着道:"那天她流了好多血,她无力地躺在那里，眼里含着泪告诉我：'海涛哥，我愿意把一切都给你，永不后悔！'"

…………

审讯继续着，赵科长越问越详细。

我终于忍不住离开了审讯现场。

十三

我又一次受到赵科长的批评之后，被通知去何武局长办公室。我明白这是赵科长给我的"待遇"，也准备聆听更高领导的严厉批评。

出乎我意料的是，见到何局长，不但没有挨批，局长还热情地招呼我坐下，给我倒了杯热茶说："清志同志，你是一线侦察员，辛苦了！我想听听你对兰海涛案的看法。"

我受宠若惊，赶快理了一下思路说："您制定的巩固思想、密切感情、谋划出击、克敌制胜的思路是正确的！我认为，要实现克敌制胜的目标，抓把柄只是手段，抓人心才是关键。如果把柄用过头了，反而会把对象推到我们的对立面，和我们离心离德，阳奉阴违，即使为我所用，也不会有好的结果。"

"哈哈，清志还真有思想，来来具体说说你的想法。"

我更有信心地说："对兰案，开始把他和林晓露不正当男女关系作为突破口是可行的。但是，达到低头认错愿意配合我工作的目的后，就要赶快转到运用环节上。而现在我们却揪着不放，使他本来已经转变的思想又产生很大的波动，认为我们不是在拉他、帮他，而是在整他、不放过他！如果长时间揪着男女关系问题不放，他很有可能对我们失望甚至绝望，这样我们会前功尽弃！从目前的情况看，他和林晓露不但感情很深，而且把自己整个人生的希望都寄托在晓露身上了。如果我们一味地采取棒打鸳鸯的手法，很可能最终鸡飞蛋打，造成难以想象的结果！"

何局长点头："小伙子分析得有道理，还有什么想法，统统都说出来。"

"那我可就直说了，局长。我认为老兰和林晓露的问题充其量也就是个不正当男女关系，赵科长让林晓露写揭发材料，也是做了很多工作才实现的。如果硬是往犯罪上扯，那老兰也是懂法律的。再说了，婚姻法也没有规定，五十多岁不能和二十多岁的姑娘结婚。"

"照你这么说，下步应该怎么办？"

"让老兰感受到我们的理解和信任，积极谋划，轻装上阵，共同对敌！"

何局长拍拍我的肩膀，肯定地说："想法很好！我会再和赵永正科长沟通的。不过，在没有新的思路下来之前，还要按赵科长的命令执行，有什么意见，可以用适当的方式提出来，知道吗？"

我点头，立正，敬礼！

十四

这两天老兰情绪特别不稳定，一会儿自言自语地说："晓露怎么会背叛我呢？这不可能！她一定是受了什么人的指使，或者是胁迫，她不会的、不会的……"

一会儿又看破红尘地自嘲道："只有易伤的痴心，哪有不变的感情？ 世界上最纯真的感情也难以阻挡世俗的污泥浊水……"

我反复安抚开导他,他似乎好些,但又开始不停地在纸上胡写乱画,什么:世情恶,欢情薄,雨过黄昏花易落;晓风干,泪迹残,怕人询问掩泪装欢……

而赵科长,虽然不再追究老兰男女关系的细节,但必须让其彻底低头认罪,保证永不来往!

老兰缓过劲来提出的第一个要求就是想见林晓露一面,问问缘由,也算让感情有一个了结。 赵科长斩钉截铁地表态:白日做梦,今生死了这条心!

于是,老兰更加闷闷不乐,整天长吁短叹的,感慨世事之艰辛,感叹人生之悲凉!

直到有一天晚上,何武局长在赵科长陪同下,突然来到招待所看望我们,工作才有了转机。

何局长带了一大兜苹果,进门就风趣地说:"听说阳昆(柳溪对老兰的爱称)先生满怀信心要去会会飘然小姐啦?"一句话就把老兰说得不好意思地笑了。

"我还听说你最近的情绪不高、忧心忡忡,我想是不是我们的清志、马跃同志在生活上没有把你照顾好呀?"

何局长的这句话不但让老兰更感到不好意思,就连赵科长也感到有些不自在。 老兰赶忙解释:"赵科长、清志同志他们对我生活上的照顾可以说是无微不至! 是鄙人愚钝、困惑、难堪重托,才辜负了局长大人的良苦用心。"

何局长笑了:"哪里是困惑,明明是情惑嘛! 你放不下和林晓露那段感情,你把人生所有的追求全部放在对林晓露的感情上了!这虽然值得同情和理解,但绝不能忽略和抵消你在这个问题上的错误和责任!所以,在目前方方面面条件尚不成熟的情况下,我给你个建议……"

老兰赶快挺起胸脯。

"把感情之事先放一放,集中全力去考虑南下作战的大事。"

老兰被何局长的话所吸引。

"你有在'砾石高干班'受训的经历,又有执行谍报任务的经验,更重要的是,你在共产党的特殊大学学习改造了二十五年,形成了愿意为民族团结、祖国统一做贡献的思想,这是非常可贵的!男儿当自强,男儿当立功,何必徘徊在儿女情长的温床上困惑不前呢?"

何局长一番话让老兰不住地点头。

赵科长也趁机教育他说:"脑子里别一天到晚想那些不正经的事,好好想想怎么为党为人民多干些正经事……"

老兰又低下了头。何局长示意赵科长别插话。

过了一会,老兰抬起头对何局长说:"我受敌人的毒害把自己整个青春都葬送了,是共产党不遗余力地对我进行挽救、改造,让我重新做人,自立于社会!鄙人原本应该尽微薄之力报效政府和人民,不想年过半百又陷入感情之旋涡,重新犯下了错误和罪责。新错旧账缠身,眼下,纵有立功之心,恐怕也难以取信于政府和领导了。"说完,又低下了头。

何局长洞察到了老兰的心思,并没有急于回答他的问题,而是意味深长地问老兰:"你听过诸葛亮收姜维的故事吗?那里面最感动你的是什么?"

老兰想了想回答："令我感触最深的就是诸葛亮的智慧和远见。"

何局长点头："是啊，孔明先生能够深谋远虑，不但收服了姜维，而且打破常规，大胆从敌人营垒中培养接班人，要是没有胆识和远见能做到吗？"

老兰点头。何局长接着说："昔日一个封建官员尚能如此，何况今天我们共产党人呢！"

听到这里，兰海涛恍然大悟，他蓦地站起来说："报告何局长，我听明白了。既然您那么信任我，如果我再不竭尽全力，真乃天理难容！"

何局长满意地点头："我要听其言，还要观其行！"

老兰点头："一言既出，永无反悔！"

十五

人真是个奇怪的感情动物，心情舒畅时就会兴致勃勃、干劲倍增，心灰意冷时便会无精打采、茶饭不思。

自从何局长谈话之后，老兰像换了一个人，从头到脚都活力无限，白天和我一起研究如何落实何局长提出的各项要求，晚上就伏案精心制定方案。

我们认为，柳溪沟联老兰重新归队，从事间谍活动的目的是显而易见的，她以感情为手段，包藏不可告人的目的。二人通过数次通信往来，兰已初步取得敌特机关的信任，并成功诱调到资金、物品等。我们下一步的目标是要在诱敌深入、收获敌情上下功夫。

具体方案是：第一阶段巩固信任，树立声望。用半年或八个月的时间，通过书信、电话等联系方式，进一步密切与对方的关系，取得进一步信任，并逐步邀请海外来人会面，从而了解其所属系统、工作任务等敌情，并让对方提供密写方式、密码编制、显影技术、摄影工具等。

第二阶段：建立组织，扩大影响。从敌情分析判断，敌特的目标是想让兰海涛成为中原地区的情报负责人。因此，必须虚拟一个情报组织，比如"嵩山情报站"。虚拟2－3名成员（将照片、简历、发展过程、考验方法等）报过去。取得信任，扩大影响。

第三阶段：引蛇出洞，抛饵擒敌。要想引蛇出洞，必须有足够的诱饵。我们可虚拟"二炮"工程技术人员被成功策反，愿意提供秘密资料。但是，该人索要高额回报，并须得到外来人当面承诺，为其出国提供方便与保证，从而将海外情报人员诱至大陆予以擒获。

老兰在方案的最后这样写道：人生最大的幸福是被人理解，人生最大的动力是被人信任！是政府的信任、何局长的话语深深打动了我！我只有在有生之年不遗余力地为政府、为人民、为祖国和平统一贡献微薄之力，乃我终生无憾！

十六

改革开放之初，境外间谍机关，对我们实施了"萌生计划"。意谓：野火烧不尽，春风吹又生。兰海涛便是他们在大陆中原地区一颗亟待唤醒的重要棋子。

情志漫忆

驻沣界情报站的柳溪接到此任务，内心激动不已！她认为：和兰海涛重续情缘、重新相逢的机会来了！毕竟，这是她魂牵梦绕的初恋，虽然几十年音讯阻隔，她至今孑然一身的原因，是她高傲、孤冷的性格造成的，但毕竟两人有一段挥之不去的情结。如果能成功完成这项任务，将来和兰海涛一起安度晚年，也是不错的选择。

为此，她不遗余力地推动"萌生计划"走向自己的梦想。从一封封鸿雁传书中便可洞悉这一切：

海涛吾君：时光如矢，你我天各一方已近三十载。感韶华之不在，叹彼此之飘零。你为成命历尽磨难，我为追求守身如玉，虽苦无憾！特寄去100元港币补贴生活。你肠胃不好，寄上几瓶胃仙u以备不适之用。另外，老朋友们也很关心你，如有需要他们也会很乐意帮助你的……落款：飘然。

不用说前缘旧情，单是一个"飘然"的落款，就足以让海涛心动，那曾经是他们彼此间的爱称啊！蓦然又激起兰海涛的初恋之情，他匆匆复信："飘然吾妹如晤。三十年天涯分割，三十载苦难坎坷，改变的只是容颜，不变的则是深藏在内心深处的那份美好！我现在生活确实很困难，你的帮助很及时也很必要，足见时光不老，情意犹存。望今后有更多美好值得期待……"

激动之余，兰海涛也做了冷静的分析：柳溪为什么千方百计打听自己的下落？而得知其姐的联系方式后，又匆匆联络。这其中，除了想续旧情之外，还有一层就是工作需要，而她所寄的生活补助，也多半有情报机关的因素。至于那些"老朋友"的关心就更明白无误地说明是情报机关了。

那么，既然知道柳溪有其复杂的背景，为什么还要迎合下去呢？他认为：尽管自己曾经爱过柳溪，但随着岁月的流逝，早已成为美好的记忆。他现在一门心思就在林晓露身上。说他移情别恋也好，说他与时俱进也罢，他认为，和柳溪只是年轻时懵懂的初恋，而和林晓露则是经历了生活的艰难之后一种发自内心的真爱！

然而，现在他生活拮据，特别需要别人的帮助。他想，自己为间谍机关卖命坐了二十多年的牢，现在争取些生活补助也是理所应当的，但要让自己归队、重操旧业是万万不可能的。因为他毕竟受过共产党二十多年的教育改造，那生机勃勃的农场、热火朝天的车间以及管教干部的音容笑貌都在他内心烙下深深的印记。他无法否认二十年来内心深处对共产党由排斥到理解再到信任的演变过程。所以，重蹈覆辙已不可能。看看身边义无反顾、一无所图的晓露，他打定主意：见机行事，回旋应付，借敌人之力，补自己所需。只要能让晓露一生幸福，冒点风险也值得！

十七

老兰把《立功计划》写完后突然问我："清志，你说如果我要是在对敌斗争中立了大功，赵科长能允许我和晓露在一起吗？"

我反问道："你觉得晓露还会和你在一起吗？"

"会的，凭我对他的了解，她不会轻易放弃这段感情，也不会离我而去的。"

我心里一惊，真让他说对了。这段时间晓露一直在自责不该揭发老兰,称那真是昏了头了!扬言要撤回材料。但我嘴上却说:"凡事都别那么绝对,在晓露的问题上还是别抱太大希望。"

老兰叹道:"我今生已别无所求,这真的是我唯一的希望和寄托了。"

"你在和政府讨价还价?"

"不敢,我只是把内心真实的想法告诉你。"

"如果不能在一起呢?难道你今生就活你们两个了吗?你别忘了自己怎么向何局长保证的。"

老兰使劲儿地点头:"是的,我不想对何局长食言,但我心里怎么也过不去这道关。我睁开眼是晓露,闭上眼还是晓露……"

我看他又陷入了感情旋涡,就拍拍他半开玩笑地说:"好了,别涛声依旧了。我们还是好好研究工作方案吧!"

老兰上下打量我一下说:"你真是我的好搭档!我要是去广州和对方接头,一定带你去。"

"为什么?"

"你既有人情味,又机智灵活、讲究原则。"

"也许还有人比我更合适。"

"以前我确实想到过一个人。"

"谁,马跃?"

"不,彭飞。"

"他是什么人?怎么认识的?"

老兰看我感兴趣,接着说道:"他是我在西宁认识的一个朋友,曾经在西宁帮过我的忙,我相信将来他还会帮上我们的忙的。"

"他是做什么的?"

"无业游民。"

还要往下说时,突然被赵科长来的电话打断。

赵科长急急忙忙把我叫到他的办公室,看了我和老兰制定的《工作的方案》,十分满意,转过脸就问我他的思想状况。我说:"不太稳定,老想着立功之后政府能否同意他和林晓露在一起……"

"妄想!让他死了这条心!"没等我把话说完,赵科长就又急了。

我觉得有必要把老兰的真实情况反映给科长,就等他平静下来说:"我们都希望他能死了这条心,而他却把这事看成是人生最大也是最后一点寄托了。我真担心我们会适得其反,因为感情问题真的是不好强扭的。"

"你说什么,宋清志?你怎么能有这种思想?我明确告诉你,老兰我宁肯废掉不用,也绝不会让他的阴谋得逞!"

我长吁一口气,无言以对!

赵科长口气更加强硬:"宋清志你首先要转变思想!回去后要立场坚定、旗帜鲜明,不能给对方留一点幻想,坚决、彻底地打消他对林晓露的任何一点企图!"

他用颤抖的手点上一支烟继续说:"你和马跃要不折不扣地执行!"临走,他又提高嗓门补充一句:"我的意见是经省厅刘处长同意的!"

离开赵科长办公室,我竟不知道该往何处去,嘴里不住地念叨:"何必呢?何必呢?为了一介平民的爱情而损失国家利益,值吗？"

十八

就在兰海涛因和林晓露的事情屡屡受挫、郁闷难解的时候，柳溪反应却是贴切的，她在一步步和老兰密切感情、拉近关系。兰想要一部录放机，柳马上答应："下月初，表弟要回大陆，可带回送你，顺便也探望一下，已慰挂念！"

老兰在古城北门外的石桥上已经徘徊半个多小时，这是他和柳溪约定的和"表弟"接头的地点。时间定在下午四点半到五点半。柳溪告诉他："表弟"二十七八岁，中等身材，穿一件暗花格西装，右手提一个棕色皮箱。接头暗号"海上生明月"，回答"天涯归故人"。

可是，一个小时过去了，除了几个农民模样的人从桥上经过外，哪有什么西装革履、提皮包的人影呢？

古城北门临近黄河，多是沙丘草地，往来的人自然不多。加之城墙周围林深路幽、草木葱郁，是人们觅静寻幽的极好去处。

眼看到了最后约定时间，可周围连一个人影也没有。老兰不想放弃最后的希望，就慢慢触摸起桥栏杆上的石狮子。两边一共三十六个小石狮，历尽百年沧桑大多已残缺不全。面对无声的石狮，老兰心里的沧桑感油然而生：本来他也是一个非常有追求的人，年轻时他的理想是成为一名金融家，发誓要"理好万家财，开创康庄路"。然而，他做梦也没想到，自己竟会糊里糊涂步入"特务行列"。而且，为此付出了大半生的代价！这是他第一个想不到的。

他人生第二个想不到的是,年过半百,迷茫颓废之时,竟然遇到了比自己小三十多岁的知己林晓露,而且"一爱而不可收"! 想想初恋,只不过昙花一现,里面还充斥着不少政治因素,可以说是甜蜜与痛苦交织在一起的梦。 而他和林晓露则是在彼此欣赏中相识,在日积月累中相爱,没有一点功利思想,没有一点人为因素。 外界越是阻挠打压,彼此越是相惜相爱! 他认为:是晓露给了他从新生活的激情和活力,是晓露给了他从新做人的尊严和勇气! 所以,他把余生的追求与希望全部寄托在晓露身上,也就不足为奇了:人生和爱情一样,错过了爱情就错过了人生。 情不知所起,一往而深! 此生有晓露便有一切,没有晓露则一切全无……

想到这儿老兰不由得笑了。

他看了看手表,时针指向五点四十六分,夕阳已在古城墙的"山垛字"上留下一片殷红。 他知道"表弟"不会再来了,凭他的经验,要来一定是提前来观察周围的。 是路上出了问题,还是在考验、捉弄他? 他不得而知,只觉得浑身上下已筋疲力尽。

他沿着蜿蜒曲折的小路向丛林走去,小鸟飞处,他发现,竟来到了他和晓露经常约会的地方:藤蔓缠着老树,老树托着藤蔓,几块形状各异的大石头被苍劲纵横的槐树林所包围。 他不知道这是不是宋徽宗留下的艮岳遗石,但他知道这些沉睡千年的石头曾带给他无限的温馨和甜蜜。

"站住不许动,留下买路钱。"老兰被石头后面闪出的两个人挡住了去路,他定神一看,不由得喊道:"清志、马跃,你们从哪儿飞来的呀?"

情志漫忆

马跃笑道:"我们一直都在你的周围。怎么样,失望了吧!"

老兰直摇头:"他们是不是在耍我呀? 我腿脚不好,还溜达我那么长时间。"

我也笑道:"如果表弟已经来过了呢?"

"那不可能! 我一直都在观察着周围。"

马跃指指石头旁边的包裹:"你看看那是什么?"

老兰走近一看,竟是海外送来的收录机。"这到底是怎么回事呢?"

原来,宋清志和马跃看到接头时间已过还不见来人,就赶快扩大搜寻范围,来到槐树岗,他们发现一个放羊的羊倌身边放着一个蓝色包裹,觉得奇怪,就上前盘问。羊倌吞吞吐吐地回答:"刚才一个人把包裹放这儿的,说是一会儿有一个瘸子从这儿经过让我给他。"

"那人多大岁数? 长什么样子? 还说什么了?"马跃追问。

羊倌想了想:"是个年轻人,穿了件西装,说的是南方话,我听不太懂。"

"给你多少钱?"马跃问。

"没给我钱,给了我一盒烟。"说着,羊倌拿出一盒"大重九"香烟。

"后来那人往那儿走了?"马跃想去追赶,我说,已经追不到了。

我和马跃、老兰回到招待所打开包裹仔细检查发现,里面除了一个收录机外,还有一本小说《红楼寻梦》和两瓶药水。老兰告诉我们:两个瓶子分别放着密写剂和显影剂,那本书便是密码翻译的底本。

果然，四天后柳溪来信证实了这一切："表弟那天确实去过见面的地方，但他初到内地，道路生疏，加之天晚心急，没有找到你，就把包裹给了一个羊倌让其转交。多有失礼不敬，还望你见谅……"

我们认为，这次没有见上面，主要还是敌人心虚、胆怯的缘故。不过，我们已经达到诱敌、诱物之目的，还成功应对了敌人的"考察"。一切都在我们的设计之中。

十九

正当我们三个为初战告捷备受鼓舞、积极谋划下一次行动的时候，赵科长却气冲冲赶来问罪。他把境外来人未接上头的责任怪罪到老兰头上，认为他整天胡思乱想，不专心对敌斗争，才导致"接头"失败。同时，也狠狠批评了我和马跃，认为我俩立场不坚定、态度不鲜明，没有坚决有力地贯彻他的思想和要求。最后做出了一个让所有人都吃惊的决定：老兰回厂里劳动改造，三天之内写出深刻悔改材料上交，并保证坚决彻底和林晓露一刀两断，永不联系！我和马跃回单位另有工作安排。而此时，为了阻止林晓露和老兰接触，林晓露的父亲已让她病休在家。

老兰无奈地摇摇头，收拾行李回厂里了。而我则大为不解，认为在对敌斗争的关键时刻，怎么能釜底抽薪、罢兵休战呢？我终于忍不住向赵科长汇报了自己的想法，没等我说完，赵科长就摆摆手说："就这样决定了，我已经报告了省厅刘处长，执行吧！"

情志漫忆

离开赵科长办公室，我心有不甘地来找何局长，希望他能够扭转乾坤！秘书告诉我：局长出差了，一周后才能回来。

我无助地摇摇头，此时，我多么盼望何局长能早点回来，也盼望赵科长能回心转意，重新开始我们的计划！

不幸的发展要比不幸本身更为可怕！就在苦苦等待何局长回来的那个周日凌晨，我从睡梦中被公安局刑警大队郭大队长的电话叫醒，他说：在北门外的"槐树岗"发现一位服毒自杀的男子，身上装着三封遗书，其中一封是给何武局长的，目前该男子正在医院抢救。

郭队长的声音不大，但于我却如同惊雷！我一边向赵科长报告，一边飞快向医院赶去。

来到医院，当我看到抢救中的兰海涛时，恨不得冲上去抓住他质问："为什么这样？为什么这样？难道你就不能等到何局长回来吗？"

医生告诉我，老兰服的是"敌敌畏"，属剧毒。现在身体属于危险期！我告诉医生：此人很重要，一定要千方百计把他抢救过来！

郭大队长告诉我："现场发现一瓶一斤装的赊店老酒还剩半瓶，一瓶三两装的敌敌畏几乎喝完。三封遗书装在上衣口袋里，上衣左上角小口袋里贴心装着一个姑娘的照片。我想这些你们比我们更有用。"说着，就把遗书和照片交给了我。

我接过照片一看，是林晓露五寸放大照片。照片上微笑着的姑娘恬静、幸福，充满青春活力。

那三封信分别是写给林晓露、何局长和柳溪的。我回到办公室,打开信慢慢读。

亲爱的晓露:这是我最后一次这样称呼你了,当你接到这封信时,我已永远离开了你……

我终于没有听从你的劝告:千万不要一个人离去,那样我也会彻底绝望的!可是,晓露,我心已死,我看不到能和你在一起的任何一点希望!

爱情是世界上最美好的感情,一旦拥有就值得一生珍惜。我是不幸的,一辈子没有真正地去爱过一个人;我也是幸运的,在迟暮之年、几近绝望的时候,遇到了年轻、善良的你。四年光景我们不弃不离,相濡以沫,经历了太多艰难与阻挠,摆脱了世俗的打击与干扰,相信只要有爱就有幸福,就有动力,就有希望!为了爱,你的名誉、精神和健康都受到了很大的打击,但你从不畏惧,无怨无悔,一次次勇敢地走到了我身边。我是多么希望再能听到屋顶上小石子的清脆之声啊——那是你我神秘的约定。可现在,一切都不再回头,得不到你的爱,今生也就没什么可留恋的了。

翻开人类爱情史,从爱里面渗透出来的泪水远远比欢笑多!所以,我不仅愿意为你付出欢笑,还愿意为你付出泪水,付出生命!

人死不能复活,希望你不要过分悲痛。因为我从里到外都穿着你买(做)的衣服,口袋里贴心装着你的照片,这样我们就能永远地在一起了。我也会含笑九泉……

永别了晓露!

永远爱你的海涛

情志漫忆

看完这封信，心里不免酸楚楚的，我长叹一口气，翻开第二封信：柳溪吾妹，我因在生活上遇到了难以解决的"结"，实在无法联络。相逢之约化为泡影……

第三封信是给何局长的，无非是一些悔恨、愧对之辞：我终于没有战胜感情，走上了负君之路……

但最后一句令人深思：如有需要，彭飞可代。

联想到以前老兰提到的情况，我觉得这里面大有文章。

二十

何局长终于回来了，他顾不上休息，就匆匆赶到专案组。听完汇报，他严肃地批评了赵科长纠缠在细枝末节，造成了兰海涛意外情况的发生，影响了对敌斗争整体计划的执行。并果断决定：由我带马跃负责此案下一步的操作和经营，赵科长另有其他工作。

我和马跃终于有了施展拳脚的机会，我俩暗下决心：一定要把老兰造成的损失挽回来，把"双诱"计划做出成效！然而，老兰身体情况实在堪忧。医生告诉我们：由于他头颅内有陈旧性病灶，加上这次昏迷时间较长，会更加损害他的神经系统，即使苏醒过来，也可能变成痴呆，或者记忆丧失。

鉴于这种情况，我向何局长汇报了"不等不靠，另辟蹊径，移花接木，激活此案"的想法。具体是：找到彭飞，做通工作，取信于敌，代替老兰。

何局长点头，嘱咐我们说："要把事情想得复杂一些，困难想得多一些，精心谋划，大胆尝试！有了成绩算你们的，出了问题我给你们兜着!"

何局长的鼓励更让我们信心倍增! 为了尽快找到彭飞推动我们的工作,我和马跃带着林晓露赶赴西宁。 晓露并不知道老兰自杀未遂,她问过几次老兰的情况,我告诉她老兰回广东老家了。她疑惑:"他老家不是没有直系亲属了吗?"我说:"回去处理些过去的房产和债务。 可能时间会长一点。"

午饭后,马跃和晓露聊起她和老兰西行的话题,晓露顿时来了精神! 她向我们讲起在四川、青海的种种难忘的经历,还感叹说:"要是海涛听我的话留在峨眉山,现在我们正在山上过着田园般的生活呢!"

我看她一直沉浸在幻想之中,就用话把她拉回现实:"你和彭飞怎么认识的?"

她回过神来回答:"海涛被抓进拘留所,我就天天在大门外守着。 到了第三天下午,突然从里面走出一个穿灰色夹克的年轻人,走近我小声问道:'你是林晓露吗?'我点头,那人不由分说拉起我就走。 我挣扎着嚷道:'你是干什么的? 放开我,我哪儿也不去……'他看我执意不肯走,便来到一个僻静的地方停下脚步,从衣服的里面拿出一个小纸条给我看。 我一眼就认出了海涛的字:'晓露,彭飞是个好青年,他在监狱给了我许多照顾,你在这里无亲无故,可以暂时跟他走,等我出来再联系你。'

"彭飞点头微笑:'这下你该相信我了吧!'

"'你要带我上哪儿去?'

"'先找个地方吃饭好吗?'

"当时,我已经两天没吃饭了,就点头跟着他去了一家小吃店。

"'你这么年轻怎么会进监狱呢?'我们边吃边聊。

"'监狱哪分年老年少呀! 我因为不满社会上出现的一些腐败现象,就伙同社会上几个人,搞了一个觉悟社。 谁知道那几个人思想激进,早有前科。 结果我也被糊里糊涂送进监狱"提高觉悟"了。'说着他还'嘿嘿'笑了两声,一副满不在乎的样子继续说:'我出身干部家庭,本应该安分守己做个"良民",但我就是不满足于现状,想要追求真正的民主自由,干一番惊天动地的大事!'

"他滔滔不绝说起来没完,我满脑子都是海涛,就问他能救海涛出来吗,他摇摇头说:'暂时不能。'

"我更提不起精神了。 他还想高谈阔论,看我直打哈欠,就转移了话题:'沣界是民主自由的天堂,老兰跟我介绍了他在那儿的朋友,你跟我去吧,我们一起干一番大事!'

"我噘着嘴摇摇头:'我哪儿也不去,我只想去监狱门口等海涛。'

"'你回去吃什么、喝什么? 他要是很久出不来呢?'

"'这个我不管,我相信我能等到他出来!'

"彭飞长叹一声:'难得如此痴情! 那好吧,我送你回去。'

"第二天早上他又来到监狱门口,给我送来 30 块钱。 说了声:'钱不多,能救救急。'此后,就再也没有音讯了。"

"再见面你还能认出他来吗?"马跃问。

晓露点头。

二十一

我们到了西宁,通过当地公安了解,知道彭飞出狱后隐姓埋名去了外地,连他父母都不知去向。据他的好友分析,很有可能去了峨眉山。

于是,我们又匆匆赶到峨眉山。当地公安告诉我们:峨眉山方圆一百五十多平方公里,大小山峰几百座,别说寻找一个人,就是几百人藏身其中也难以寻找。

晓露伸伸舌头说:"那就回去吧!"

马跃看了她一眼:"你权当是找老兰。"

晓露白了他一眼。

我们一山一山地访,一村一村地问,五天过去了,鞋子跑烂了,脚上磨泡了,而彭飞的线索一点都没有发现。马跃提出暂时回去吧。我说再坚持两天。于是,我们又把大小景点和村落都安排了一下,发现可疑线索立刻联系我们。

临走的那个黄昏,晓露提出想一个人出去走走,我知道,她是在寻找昔日的足迹。于是,就答应了,但仅限于住处附近,天黑之前必须回来!

晓露点头答应,因为她和老兰一起赏月的翠竹坪就在附近。

两年前那个仲夏之夜,摆脱了世俗困扰的海涛和晓露,并肩坐在竹林的青石上,这里的一切都是陌生的,也是全新的!他们再也不用担心别人的冷眼和指责,再也不用害怕别人的阻挠和限制。这是他们两个人的世界,除了沙沙的树叶声和潺潺的流水声,再也没有别的干扰了。

情志漫忆

兰海涛拥着晓露深情地说："这里聚天地之灵气、日月之精华，是多少追求超然脱俗者的清净之地。"

晓露也深情地说："这里像我们的天堂。"

兰海涛点头，情不自禁地用不太标准的普通话朗诵起了《教我如何不想她》："……月光恋爱着海洋，海洋恋爱着月光。啊！这般蜜也似的银夜，叫我如何不想她？……"

晓露听得入迷，仰头问："这是谁写的？真好！"

"是一个留学在英国的叫刘半农的青年写的。那是二十年代的事情。"

"他也想他的爱人了吗？"

"是的，他的心上人！"

晓露深有感触地说："人家远隔万里都隔不断，我俩近在咫尺就更别想把我们分开了！"

"是啊，明月为媒，苍山作证。我们将不负此情，不负今生！"

那晚的月色很美，那晚的山林很静。他俩偎依在草木的清香中很久，很久……

晓露来到翠竹坪，夕阳已经西下。她绕着大青石来回踱步，回想着那曾经美好的一幕幕……突然，一只猴子从她的脚边窜过，她吓了一大跳！正要转身返回，眼前一个年轻人挡住了去路。她不看则已，一看大吃一惊："这不是彭飞吗？你真的在这里啊？"

彭飞没有回答，而是问："你怎么一个人在这里？老兰呢？"

"彭飞你好！我们是老兰的朋友，受老兰的委托来找你的。"马跃我俩也赶了过来。

"你们怎么知道我在这儿？"彭飞问。

"西宁的朋友告诉我们的。"马跃答。

"你们还去了西宁？下这么大工夫找我，一定有重要的事情吧？"

马跃点头："天晚了，我们还是回住处谈吧。"

彭飞看了看晓露，晓露点头："他们都是我和老兰的朋友，没问题的！"于是，我们一起向住处走去。

二十二

与彭飞的交谈是漫长而艰难的，为不受干扰，我俩单独一间房，整聊一夜。

我首先给他亮明身份，他马上一惊说："我的案子已经结了。"我笑道："思想还没有了结。"

"思想的问题用不着公安管。"

"但朋友可以管。"

"朋友？"彭飞一脸茫然。

我点点头："是的，受老兰之托，我当然也把你看成朋友。"

"可是我现在并不需要你们这样的朋友！"

我淡淡一笑："听老兰说，你是一个有抱负的青年，但思想上正在经历迷茫无助、苦苦寻觅的时期，特别需要一个能够理解、帮助你的真心朋友帮你共渡难关。"

"不需要。"他依然抵触，但口气明显缓和下来。

"那你为什么一个人跑到这深山老林？不是在寻找探索的灵

感，就是来寻找老兰的足迹。"

听到这里，他突然瞪大了眼睛看着我，然后笑道："哎，你还别说，我真的是受老兰的影响来峨眉山的。""寄情山水，与天地共融，还是上下求索、寻觅真谛？""都有吧！""找到了吗？""哪儿那么容易？ 不过还真羡慕老兰，遇到林晓露，不但年轻漂亮，还对老兰一往情深！""你也可以遇到一位真心爱你的姑娘，关键要自己先优秀起来。""我要是遇到一位好姑娘，我就带她一起去干大事业！""那要看你干的事业值不值得？ 人家感不感兴趣喽！"

"奇怪，我怎么觉得我们绕来绕去就绕到了你需要的话题上了？"彭飞又警惕起来。

"难道不是你需要的话题吗？ 你不觉得我俩思想上有许多共同感兴趣的东西！"

他思考一下说："你想让我谈什么？"

"谈你感兴趣的东西。"

他笑了笑："越是宽松越是不设防啊！"于是，他的话匣子就从他的身世开始了。

他出身军人家庭，父亲是野战医院副院长，副师级干部。 他从小受着严格的家庭教育，立志成为共产主义接班人！ 然而，面对社会上出现的腐败现象，他开始困惑、迷茫。 这时，两个曾经搞过"民运"的人找到他，商量成立"觉悟社"，印传单，煽动工人罢工、学生游行等活动。 这才有了被拘留十五天的经历。

而对他思想影响比较大的还有秘密从境外搞来的一些大肆鼓吹西方民主自由、攻击中国"独裁专制"的非法刊物。 他冥思苦想寻找境外关系，但发出几封信都石沉大海。直到他在拘留所结识老兰，进而联系上柳溪，才算见到了"曙光"。彭飞称这是因祸得福！

看到他略带得意的样子，我明确告诉他："你正在走着一条非常危险的道路！这条路走下去的结果，不但背叛了生你养你的家庭，而且背叛了把你培养成人的祖国！"

他不以为然："用有色眼镜和放大镜看问题，是你们的职业习惯。"

我不急不躁，慢慢给他讲这里面的缘由、道理。首先，我告诉他，境外各种敌对势力亡我之心不死，他们害怕中国强大，利用我国改革开放，不遗余力地对我们进行渗透破坏。他们千方百计、无孔不入地在大陆寻找代理人，实施他们的"和平演变"计划。他们惯用的伎俩就是打着民主、自由的幌子，让你在美丽的光环下，一步步地陷入泥潭。

"真是闻所未闻！还有什么？"他把头转向我，似乎有了兴趣。

我趁热打铁接着说："你我都是年轻人，应该有理想和追求。但问题的关键在于，你追求的是什么？值不值得？如果你把一生的理想、追求寄托在一个虚无缥缈的世界里，值得吗？那很可能就是一个陷阱、一个阴谋，让你有去无回！"

他把身子凑近我说："还有什么？说下去，一夜不睡也行！"

我反问他："你接触过从西方国家回来的人吗？"他说："没有。"我说："我接触到不止一个这样的人。他们深有感触地说：相信西方有真正民主自由的人是幼稚的！因为他们给民众的，只是表面上的民主自由，而实际维护的确是统治者和小集团的利益！金钱至上、贫富差距、种族歧视、暴力频现……都成了资本主义的顽疾。"

他听我介绍那么多西方社会的情况，就问我："你去过沣界吗？"我摇摇头说："没有。不过我们以后还是有机会一起去的。""这话怎讲？"他疑惑地问。我告诉他："老兰现在重病在床，他特别希望一个有志气、有能力、他又信得过的人帮他把未竟的事业做下去。他说，你是他心目中最好的人选！""我要是不干呢？""那老兰算是看走眼了。""你在用激将法！""愚钝的人激也没用，聪明的人还用激吗？""我能帮你们做什么？""跟我们回古城，一起开展对敌工作，不使敌人的阴谋得逞！""这是帮你们，还是帮老兰？""也是在帮你自己！"我有点急了，"你自诩有志青年，受了那么多年党的培养和家庭教育，现在正是立志回报的时候，能为党和人民做点事是你的光荣！"

"能让我考虑一下吗？"他的思想已渐渐跟上我的节奏。

我点头："时间不能长，中午以前给我答复。我相信，对于你这样一个想干大事的有志青年来说，是一定能做出明智、正确的决定！"

他点头。

此时，东方已发白，新的一天即将开始。

二十三

柳溪搞不明白兰海涛到底出了什么事。她已经发出两封询问信，均无回音。上峰已经明确告知：在兰海涛没有复信之前，停止一切活动。可她，是无论如何也放不下！她想，兰海涛所说的生活上遇到的这个"结"究竟是什么？是和海外联系受到了政府的怀疑，还是生活拮据经济上出了问题？或者还是身体健康出了问题？……凡此种种，她都想在焦急等待中尽快得到消息。

让柳溪意想不到的是，盼来盼去竟然收到了彭飞的来信：

柳溪阿姨您好！好久没有联系了，一切都好吧！

我是得知海涛叔生病住院的消息匆匆赶来古城的，来到古城才知道，叔叔是因为请假扣工资不合理，和厂里会计发生了纠纷，气恼之下突发脑溢血入院。现在生命已无危险，但神志依然不清，需要一段时间的恢复。这里有什么事我能帮忙，我一定尽力！

收到信后，柳溪质疑：请假扣工资为什么会和会计发生纠纷？既然神志不清，为什么还能写信给我？

彭飞解释：一个月前，海涛叔请了一星期假，但会计却扣了他十二天的工资。叔叔一气之下就想找他去理论，去之前就预感着会发生冲突，所以就给您写了封信……

尽管柳溪不能完全相信彭飞的解释，但这是她在大陆唯一获得信息的渠道了。于是，她又动了恻隐之心，回信道：

眼下，当务之急是全力救治海涛的病！如果大陆医疗条件有限，也可办手续来沣治疗，我照顾起来方便……另外，上次所谈货物，如能搞到，可一并带来，我会以质论价。

看到彭飞按照我们的设计，和柳溪建立了联系，而且取得信任，我们心里踏实多了。其实，在峨眉山经过一夜的谈话，彭飞虽然转变了思想，愿意为我们工作，但思想并不稳定。所以，

情志漫忆

来到古城，我二十四小时陪在他身边，观察他的思想变化，不断引导他与旧思想决裂，坚定走正确道路！

关键时候，何局长又专门抽出时间，和彭飞进行了一次卓有成效的谈话，并且鼓励他：男儿当立报国志，男儿当报哺育恩！不要为敌对反华势力卖命了，要对得起自己的祖国，对得起自己的革命家庭，干一番对得起父老乡亲的无悔事业！

彭飞听了说：够劲！中国人的事情还要中国人来管，再也不能在吃里爬外幻想中生活了！

思想坚定了，干劲更足了。我们三个在一起，反复研究如何编写应敌情报，尽快推进"双诱计划"。按照彭飞是部队首长子女的身份，第一步，彭飞虚拟了自己所住部队家属院的规模、医院的床位数、部队的作息时间等情况，写信告诉了他们。

第二步，虚拟了几个同学的姓名、职业、思想倾向等。其中一个在"二炮"部队后勤处的同学焦虎，对方最感兴趣。该人思想活跃，对现实不满，有极好的培养和利用价值。

第三步，经过反复做焦虎的工作，他愿意为我们提供军事秘密，但回报条件是：除了要给高额的报酬之外，还要保证其遇到危险时，能够随时转移出境。

敌特果然很感兴趣，提出：只要提供有价值的军事秘密，就会给高额的回报，至于转移出境，则必须"贡献巨大"。

然而，正在进展顺利的时候，境外突然提出"不信任"种种要求。比如，要焦虎的正面免冠照片和户籍证明，要焦虎亲笔书写反共的决心书，等等。我们都一一化解，取得了对方的信任。

二十四

老兰在医院一直处于神志不清状态,我和彭飞去医院探望过几次,看到他可怜的样子,更增强了彭飞继承老兰意志,做好对敌工作的决心!

在接下来的两个多月里,我们编写了三封"应敌"情报。顿时,境外的兴趣又来了,先后两次汇款。彭飞收到钱告诉柳溪,他会把这些钱用在海涛叔的治病上,这就使柳溪更感动了,称赞彭飞是个好苗子,将来一定有"大用"。

不久,彭飞告知对方:焦虎能搞到解放军导弹部署情况。对方当即表示:底价三千美金,还可视情报增加。而彭飞提出:必须来人交易!

军事情报的巨大诱惑力和对海涛的牵挂、思念促使柳溪下决心派人来大陆和彭飞接头。

七月的广州,流火一样炎热,傍晚时分,海珠广场的人渐渐多了起来。我和马跃选择广场旁边的"摩的"群作为掩护,20块钱一辆"雅马哈"摩托车随便用。这样既可以静守观察,又可以随时出击,攻守自如。

彭飞斜挎着一个曾经流行的绿挎包,作为"接头暗号"。两眼余光不时地撒向四周观察动静。他和柳溪约定,晚上七点在高大的木棉树下的红石旁与来人见面。

七点的钟声敲响了,不见来人,七点五分、七点十分……直到七点十九分,一个身着淡黄色T恤、留着小分头年轻男子才慢慢靠近他,看到他醒目的绿书包,便走上前问:"是北京来的吗?""不,是西北。""是做牦牛生意的吗?""不是,是做羚羊生意的。""有现货吗?""在观鱼巷。""不去观鱼巷,只去荔枝庄。"说着,小分头便向西南走去。彭飞紧随其后,我和马跃怕出闪失,也悄悄跟过去。

来到一个窄窄的巷子深处,小分头问:"货带来了吗?"彭飞:"你觉得我会轻易让你看吗?"小分头拿出一沓钱晃了晃。彭飞冷笑:"我要的不是这个,而是你们组织负责人的承诺书。"小分头冷笑着慢慢靠近彭飞,冷不防卡住彭飞的脖子就想把他制服,同时左手就去抢他的绿书包。彭飞一个猛虎钻裆把小胡子顶翻在地,骂道:"老子的老子就是侦察兵出身,你跟我玩这个还差着级别呢!"小分头一边在地上喘气,一边央求说:"放开我,我回去向上司报告,尽快给你回信儿。""你不是在耍花招骗我吧?"彭飞半信半疑。小分头一本正经地说:"绝不敢骗你!不信,你让我起来,我先让你看样东西。"彭飞不知是什么东西,腿一抬,小分头蓦地爬起来,一溜烟跑了。

我和马跃匆匆赶到现场,彭飞摇摇头遗憾地说:"让那小子跑了。"

我安慰他说:"没关系,这是投石问路。这次跑的是小虾,下次我们争取逮住大鱼!"

二十五

小分头没有食言,他回到沣界就向柳溪报告:要派更高级别的人员前去接头。柳溪问:"接头顺利吗?"小分头回答:"顺利。"柳溪冷笑:"被人压在地上的滋味不好受吧?"小分头暗自吃惊！幸亏我在大陆没耍花招。

其实，一切也真的是在柳溪掌控之中，派小分头去广州，只是打打前站、探探风声。真正接头拿情报的还是接下来的专业"特工"。而且，还伪造了上司颁发的"委任状"和"承诺书"。约定彭飞第五天在广州见面。

令人不可思议的是，他们竟把接头地点选择在了人员密集的友谊商场。这对于需要掩人耳目的秘密活动来说真可谓一反常态！而这一奇葩设计偏偏又安排在人员较多的下午四点。这就给我们的跟踪和抓捕行动增加了更大的难度。

彭飞知道，不反复观察确认周围安全，"特务们"是不会轻易出现的，于是，索性坐在长条椅上"守株待兔"抽起了烟。不久，一个戴鸭舌帽的年轻人凑过来"借火"，彭飞一眼就认出是前几天接头那个小分头，顺手把他的帽子一揪，骂道："你小子属兔的吧？上次跑那么快，这次还敢再来？"

小分头赶快把彭飞拉到一边，不让大声说话，压低声音道："小点声，周围都是人！"

彭飞故意嚷道："有什么好怕的？怕了你就别来！"

小分头更急了："好了好了，我服你了！东西带来了吗？"

"这是你首先要回答我的问题！"彭飞还是不客气。

"在这里。"小分头拿出46号寄存箱的钥匙晃了晃。彭飞拿出67号寄存箱的钥匙晃了晃。小分头伸手想去交换，彭飞把手往后一撤说："慌什么，人在哪儿？"小分头支吾着说："他，病了。"彭飞冷笑道："果然不敢露面。"

小分头从67号寄存箱里取出资料揣进怀里，四下观察没人发现，便迅速拦下一辆"的士"离开现场。然而，刚开出两百多米，他甩给司机五元钱便匆匆下车，又拦下一辆反方向的黄色"的士"坐了上去，一溜烟向西驶去。

这一切做得迅速、巧妙，但我和马跃租了一辆摩托车，在可控的距离内，远远跟着黄色"的士"。到了西塘，小分头下车，警觉地观察身后有没有"尾巴"、周围有没有可疑。在确认安全的情况下，他一闪进了一家百货商场。一番精彩的东躲西闪之后，悄悄从后门溜了出去。他在狭长的楼间小路穿行，不时地点一支烟、系系鞋带，借以观察后面的动静。马跃骂道："真他×的专业啊！多亏咱俩的腿长。"

就在说话之间，小分头突然不见了。马跃急了："目标消失，目标消失了……"我让他："别嚷，沉住气！"然后，拉他快速进了木棉宾馆。我看到电梯在8楼停下，就迅速乘另一部电梯赶往8楼。

然而，当我们匆匆赶到8楼时，不幸的事还是发生了：小分头倒在8楼尽头的血泊之中，手里紧攥着那份绝密资料的最后半页纸……

马跃拔出手枪寻找凶手，我告诉他：凶手早已逃之夭夭，这个人还有救，我们赶快救他……

二十六

值得庆幸的是，凶手刺小分头的一刀虽刺在腹部，但并未致命。这一刀，让小分头彻底看清了间谍机关的真面目，丢掉了对西方民主、自由的幻想。因此，当他知道我和马跃的身份时，便一股儿脑把心里话都说了出来：

他叫梁兵，28岁，也是古城人。因下岗产生不满，向往西方的民主、自由，一年前偷渡到沣界。经朋友介绍找到了两份出苦力的工作：白天在货运码头当装卸工，晚上到火化场当尸体转运工。由于没有身份，属于黑户，工资只能拿到正常工人的四分之一。就这样累死累活挣得八百块钱，不但被黑社会抢劫一空，而且自己还糊里糊涂被关进了监狱。这下，梁兵才真正破灭"崇洋媚外"梦。

马跃喂了他两口水，让他慢慢说。

"在监狱，我受到过无数的欺辱和磨难，我几次想自杀，但都没有成功。正当绝望无助的时候，我认识了一个好心的大哥林同轩。他自称在沣界神通广大，因走私文物入狱。他半开玩笑地说：'也就是进来历练历练。'

"平时我在监狱吃不饱饭时，他就给我搞来吃的，谁欺负我，他就挺身而出为我撑腰！我打心眼里把他看成自己的恩人和大哥了。突然，有一天他问我：'想出去吗？'我连连点头。他接着说：'像你这样即使出去被遣返回大陆，也会被判重刑的！'我很害怕，就问他该怎么办。他说他想办法帮我尽快出狱，并帮我找一份富于挑战的工作。我问他什么条件，他说很简单，填一张表就行了。

"我以为他逗我开心，也就听听而已，不再挂心。谁知一周后的一个下午，林同轩把我叫到马棚后面，真的拿出一张表让我填写。我记得那是一张'寻路'信息采集公司的入职表，除了要求填写本人的基本情况外，还要表示忠诚履职、荣辱共担、无怨无悔等要求。我问他到底是什么公司，他说：进来就知道了。就这样我算是糊里糊涂被特务组织拉下来水。而我的指导官就是林同轩。"

"加入组织后，都从事过哪些活动？"马跃问。

"进入组织进行了简短的培训后，就派我来广州执行任务。"

"什么任务？"马跃问。

梁兵答："取资料。"

"一共来广州几次？还去过什么地方？"马跃问。

"广州两次，汕头、惠州各去过一次。"

我知道，梁兵就是特务机关一个"交通"："你这次来广州的任务是什么？同行者是什么人？"

梁兵答："上次我来广州接头，没有拿到绝密材料。这次总部要求林同轩亲自出马来取材料，并带了伪造的委任状和承诺书。本来说好我俩一起去友谊商场'接头'，但临出发他改变了主意，让我一个人去。我想他可能也是怕冒风险。"

"他为什么要对你下毒手？他现在会到哪里去？"我问。

梁兵叹道："其实，我就是他们的一个炮灰，等绝密材料拿到后，他们就会过河拆桥，把我一脚踢开。"

"他现在会在哪儿？"马跃急切地想知道。

此时梁兵倒是不急："你们给我的材料是真的吗？"

马跃瞪了他一眼："这是你该问的吗？"

梁兵赶忙解释："我的意思是，如果材料是真的，林同轩肯定不敢从口岸出境，因为他过不了关。"

"那他会从哪儿出去？"马跃追问。但此时我心里已有了数,因为我们给他的资料尽管是编造的,但依然印有"绝密"字样,所以,从口岸出境已不可能。

"他会从梅溪口偷渡逃出去。"梁兵十分肯定。

"说具体点。"

"梅溪口是内地偷渡沣界的三大秘密通道之一,蛇头老鳖年龄40多岁,是当地出了名的心狠手辣、唯利是图的家伙,手下七八个武艺高强的彪形大汉。我曾三次坐他们的船偷渡,丑时出发,寅时登岸。每次一百港币,货物另算。林同轩现在一定去了深圳……"

"现在说这还有什么用啊?恐怕林同轩早到了沣界。"马跃打断他的话。

梁兵冷笑一声:"恐怕没那么简单,林同轩千算万算,就是没算到他的钱在我这儿。"

"怎么回事?"马跃问。

梁兵缓了口气说:"就在去友谊商场接头的前一天晚上,林同轩买了酒和小菜同我在宾馆房间里吃喝。按理说这是不符合我们的规定的,但他那晚感慨颇多,说什么:'今日有酒今日醉,哪管明天命归谁。'最后喝得连床都上不去了,这样明天怎么去接头呢?我留了个心眼,趁他熟睡时,悄悄把他带的钱藏在了房间鞋柜底下。所以,没有钱他跑不了的!"

"梁兵你真给力!我们赶快去宾馆取钱吧。"马跃激动不已。

我不慌不忙地说:"已安排宾馆保安清理过房间。"说着,拿出一个黑色的腰包问梁兵:"是这个吗?"梁兵点头。

二十七

　　林同轩打算除掉梁兵的想法，是在接受任务时产生的。他知道，如果这次能拿到解放军导弹部署计划，奖励一定是丰厚的！他想独吞这块肥肉。于是，就想出了让梁兵去接头冒险，自己远远跟踪观察，等拿到绝密材料，再悄悄把他干掉，并嫁祸于大陆特工。自己独自返回邀功。

　　按照这一设计，他成功刺杀了梁兵并拿到了绝密材料。可他万万没有想到，自己的钱不翼而飞。他想赶往深圳，通过梅溪口偷渡回去。可是翻遍全身，只有十四块六毛钱。而这点钱，要吃饭就不能坐车，要坐车就别想吃饭。于是，他忍饥挨饿、风尘仆仆总算来到了梅溪口。

　　让他意想不到的是，此时老鳖并不在渡口，于是他只好躲在丛林里等着。饿了就找些野果充饥，渴了就捧两把河水解渴。最无助难熬的时候，他就从怀里掏出那份绝密文件看看，上面清晰地印着"中国人民解放军 H 地区导弹部署计划"。他知道这份文件的价值，如果顺利带到境外交到总部，自己不但会加官晋爵，就是奖金也足够后半生享用了……想到这儿，他顿感精神倍增！他不顾在丛林里两天一夜的煎熬，跌跌撞撞向渡口走去。

　　见到老鳖时，林同轩早已无精打采、气短心虚。他恳求老鳖送他回沣界，并承诺登岸后一定如数付钱。老鳖吸了一口香烟，然后轻轻吐成一个个飘动的烟圈冷笑道："你以为我是做慈善的吗？"

　　林同轩又赶快恳求："鳖头，我可是你的老主户了，这次只是暂时遇到了困难,到了那边决不会赖账不还的,我可以给您立字据的……"

老鳖有些不耐烦了,他挥挥手说了声:"送客!"顿时,旁边冲出两个满是"文身"的彪形大汉,不由分说就把他拖了出去。

是夜,老鳖的船已经在两个巨大的石头夹缝中整装待发,突然,岸上的丛林中跌跌撞撞走来了一个黑影,还不断传来少气无力的喊声:"鳖老板,带上我吧,求求您啦!"

老鳖没理会,嘴里一直不停地嚼着槟榔。等林同轩来到了船边,一只脚刚踏上去的时候,老鳖一竿子把他打落水中。一声口哨响起,两只船箭一般地冲向黑暗……

我和马跃、彭飞匆匆赶到梅溪口,已是第二天黄昏,在一位渔民家找到了林同轩。他伤势不重,神志也清,但对自己的间谍活动缄默不语。两天后,我们顺利地将梁兵、林同轩押回古城。

二十八

回到古城,我们受到何局长、赵科长等领导的热烈欢迎,还受到了省厅领导的表彰与肯定。我们不仅诱捕了两名间谍分子,还通过审讯获得大量的敌情信息,完全达到了"诱敌人、诱敌情"的"双诱"目标。

还有一个令人欣慰的消息:老兰的病情出现重大好转,他苏醒过来了!然而,他恢复意识后问的第一句话就是:"我没有死吗?晓露现在在哪儿?柳溪来信了吗?"

然而,接下来两个女人的来信足以让老兰再次昏死!

第一封是柳溪的信:

情志漫忆

海涛吾君,我不知道你究竟出了什么事,但我却知道你是为我出的事。

我们所有的一切都是因爱而生、因爱而终!三十年前,我为躲避老余的纠缠,悄悄进入了一个神秘莫测的机关,而且千方百计把你也拉了进来,为的是我们能够在一起。可是我错了,我们不但没能在一起,还坑害了你一生!

我不遗余力地创造我俩相见的机会,却一次次地坐失良机。直到昨天,总部因我"派遣工作屡屡失误",把我从机关清理出去。我蓦然醒悟:我俩相聚的愿望将永远化为泡影……于是,这个世界对我来说,再也没有什么可留恋的了。

我一生追求超凡脱俗、纯真无瑕,把自己的爱情设计得如诗如画、至高无上!我的原则是:宁可不要,也决不敷衍!但我忽略了一点,那就是,个人的命运往往掌握在上帝和利益集团手中。于是,我终于明白:美丽的爱情是用来守望的,不是用来占有的。

我俩隔海相望三十余年,今生不能相聚,但愿天上重逢!

第二封林晓露的信更加发人深省:

海涛我的夫君,我终于没有实现自己的承诺,陪伴你走过一生!但在我的内心,你早已是我的夫君。

我们在一起四年多的时间,没有年龄的概念,没有利益的计较,有的只是相互的关心、理解和照顾。我感受到了人生从未有过的温馨和甜蜜,也发誓永远和你相依为命地厮守在一起。

可惜好景不长,周围人太多的质疑和不理解,像洪水一样不断袭来。毕竟他们是在用传统的旧观念和"有色眼镜"看待我们这一切,于是,才有了"存天理,灭人性"的悲惨一幕!我们都是社会的人,脱不了凡胎俗性,所以,除了心酸流泪又有什么办法呢?

　　我俩的爱是铭心刻骨、融入血液的!只要我们见面,就会情不自禁地在一起。而那样做还会给你带来祸害不断。我再也不忍心看到你为我吃苦受罪、委屈为难的样子了。所以,我考虑再三决定出家,远走高飞。这样做虽然一时是痛苦的,但最终会归于平静。

　　海潮,我走了,不要为我流泪,也不要问我去了哪里,因为,我的心永远只属于你一个人!

两个痴情于爱的女人,一个自杀,一个出家! 一个成了政治集团斗争的牺牲品,一个成了陈旧观念的受害人! 而我胸前熠熠生辉的军功章却怎么也掩盖不住内心的感慨与沉思……它既包含敌我之较量,也包含新旧观念之较量,还包含天理与人性之较量!

　　走在去医院看望老兰的路上,心里七上八下,我不知道怎样把两封信送给他,更不敢想象他脆弱的神经还能不能承受这样的刺激和打击,我只知道他一直有个心愿:希望我能把他的故事写出来,让更多的人得到启示和裨益……

2020 年 12 月 21 日于汴

情志漫忆

追大案　忆决战

金秋，有幸和我的师长、老领导武和平到皖北感受灵石文化。没想到，刚从磐石山下来，就被一群慕名而来的人簇拥。朋友宏建介绍："听说武局长来了，他们都想听听'九一八'大案故事，见一见他们心目中的英雄。"

按老局长的要求，晚餐安排在农家大院，两张宽大的榆木桌子上，摆满了玉米、花生、石榴、柿子等应时果蔬。未尝其味，已深深感受到五谷丰登的浓厚气息。

宏建介绍说："九一八"特大文物被盗案，虽然发生在古城开封，却"名扬"全国，成为家喻户晓的热议事件。在我的记忆中，能达到万人空巷的轰动效果的电视剧只有两部：一部是京港合拍的武侠剧《霍元甲》，另一部就是中央台拍的《九一八大案纪实》。后者不仅改变了社会上许多人对警察形象的不良认识，而且还形成了许多人崇尚英雄、追求正义的良好风气。

今天，我们有幸迎来时任开封公安局局长的武和平同志和他的助手卫凌云同志。

英雄就在身边，那就让我们跟随他们当年的步伐，穿越时空隧道，追忆一段刀光剑影、敌我较量的真实故事吧！

武局长微笑着点点头开始讲述："九一八"大案是我从警四十多年遇到的最大一起案件。犯罪分子突破重重防范，采用十分专业和诡秘的手段，盗取珍贵文物69件。并成功切断红外线报警器，盗取军牌，使用高速轿车运赃等现代化作案手段。更有甚者，他们竟骗取军方信任，用军用飞机运输文物。那么被盗走的这批文物有多珍贵呢？全是稀世珍宝，存世稀少！因此，被国际刑警组织列为当年十大文物案件之首。

他们为何选择9月18日作案？是要通过这个特殊的日子，"就要发"，发家发财的"发"。而开封警方与全国多家公安机关并肩战斗，迅速破案，于第二年的9月18日，将以刘农军为首的4名罪犯依法惩处。为何同样选择"九一八"这一天，那也是"就要法"：是法律的法，是惩罚的罚。为便于使大家了解30年前这场案件的来龙去脉，我先唱一出垫戏，从"九一八"的10个之最做个简单介绍：

1. 案犯最狡猾：作案时，他们不仅成功绕过武警巡逻、保卫人员值班，还使警犬无声，红外线报警器失灵。

2. 破案过程最曲折：一起刑事案件经过开封攻坚，郑州并案，武汉突破，广州决战，青岛擒凶，吉林追逃，澳门缴赃，古城惩恶等诸多环节，真乃：踏三山五岳，征战境内外。

3. 文物价值最高：被盗69件文物中，国家一级文物7件，二级文物51件，其他是三级和未定级的。这些文物全是宫廷御用品，称得上是稀世珍宝。

4. 现场勘查最细:"九一八"大案从发案到破案,历时四个多月,经历了上百次的现场勘察,获取102种痕迹物证,大至玻璃刀,小至一条唇纹,我们都没放弃。

5. 投入警力最多:案发后,我们不仅倾全局之人力、物力,而且在公安部的统一指挥协调下,全国22个省70多个县区共出动2万人次警力协同作战,形成了围剿犯罪的天罗地网。

6. 发动群众最广泛:案发不久,古城上下可以说达到了家喻户晓、人人皆知。听说现场遗留有红平绒布,不少人就把家里的红布甚至红裙子都缴了出来。

7. 立功受奖的人员最多:"九一八"大案胜利破获,仅开封市公安局就有80多人立功、受奖,这在开封公安史上是绝无仅有的。

8. 传媒发挥作用最大:央视《九一八大案纪实》成就了一流故事一流表达成功对接、完美结合的经典范例。

9. 社会影响最为广泛:《九一八大案纪实》走进千家万户,影响旷日持久,成为一代人的集体记忆。

10. 传播效果最到位:电视剧播出近20年后仍然具有余音绕梁的效应,产生了生生不息的活力和巨大而深远的影响力,使更多的人在更深层次上了解了公安工作,在相当程度上改变了当时人们对警察的固有看法。

那么,我们究竟依靠什么破获此案呢?

1. 党委领导下专门机关与群众路线相结合的侦查方针(东方经验、举国体制、条块结合,一声令下各地调兵遣将形成围追堵截的天罗地网,彰显出社会主义巨大的组织动员能力)。

2. 缜密推理与实证研究相结合的科学定位（全国专家云集古城，夜以继日现场勘查，而后踏破铁鞋搜寻海量物证，可谓踏遍三山五岳大海捞针）。

3. 锲而不舍的攻坚意识与高超的斗争艺术相结合的侦查技能（广州决战的关键时期正是春节来临之际，已经在外征战数月的战友，没有一个因家庭困难退缩、低头！在内线力量和技术侦察的配合下，不仅提供大量有价值的线索，还成功抓获最后一名主犯）。

4. 团队凝聚的英雄主义情怀和大无畏的牺牲奉献精神（这支队伍的基因是对事业的忠诚，气场是坚不可摧的信念，追求是英雄的警察荣誉。风餐露宿成了家常便饭，一有警情就挺身而战，最后舍生忘死擒拿罪犯。）

战马嘶声今犹在，我开头、点题，对于广州决战这一场惊心动魄的大戏，还是由当年兵临羊城第一线的侦察员卫凌云同志来介绍，他可是名副其实的功勋卓著，却在幕后运筹帷幄的无名英雄啊！

随着掌声，几十双目光投向我。我沉思片刻，便把思绪拉回到28年前的峥嵘岁月。

一

我是1992年12月中旬奉命参加"九一八"大案广州决战的。那是个寒冷的傍晚，我准备下班回家，迎面碰见刚从广州出差回来的武局长，他开口便问："凌云，听说你和广州公安、国安都很熟悉？"

我接过局长的行李回答:"有几个同学、朋友在那儿。"

"那你准备一下去广州吧!"

"什么时候?"

"明天。案件到了关键阶段,要以最快的速度赶过去参战。"

从局长的口气中,我感到事情的紧急! 于是顾不上回家,返回科室交接一下工作,第二天就乘机飞到了广州。 我记得很清楚,当时的机票已售罄,我们是通过机场保卫部,做两位旅客的工作,让他们推迟行程,才顺利抵穗的。

那么,究竟是一伙什么样的人制造了这样的惊天大案呢? 我们先来认识一下四名主要案犯:

一号刘农军。 一个自视清高、桀骜不驯的年轻人。 他曾是湖北省警察学校的佼佼学子,如果不是那次盗窃照相机事件,他很可能成为一名优秀的警官。 经受巨大打击的刘农军,内心产生剧烈的反弹,他发誓要干大事,创大业,成为一个大人物,活出个样子让人们看看。 只可惜他的心思用歪了,他没有在正道上用心,而是幻想一夜暴富,建成一个世界级的跨国集团。 需要的资金从哪儿来? 黑道来钱最快。

他是个心劲儿高、善谋事、敢作敢为、不计后果的人,所以,很快便在境内外"黑道"上闯出了名气。 境内的哥们儿尊称他"大哥大",而香港黑道则称他为"黑色计算机"。 正是这样一个高智商的"领袖"级人物,带领他的作案团队,走南闯北,东征西战,制造无数起大案而未曾失手。 他标榜自己是:"独立闯天下,神通贯五洲!"

二号"军师"刘进。能在一个高智商的犯罪团伙充当"军师",一定"心计"过人。该人15岁因杀人被送进少管所,释放后不思悔改,追求享乐,欲壑难填。他平生两大嗜好:一是女人,二是汽车。汽车能在普通公路上飙到"130码",从开封到武汉用时仅7个小时,而69件文物竟毫发未损。所以,江湖人称"飞车王"。而女人,尽管喜新厌旧不断变换,但个个都对他一往情深,心甘情愿追随到底。

他是四名主犯中第一个"触网"的,但却是最后一个被抓获的,这不能不说他的机敏、狡诈都有过人之处。

三号"江洋大盗"文西山。当刘衣军、刘进发现开封博物馆文物有着巨大的经济价值时,反复思考:这样的惊天大案由谁来完成?谁又能完成?在他们的信息储备中,全国名气最大的就是:南有文西山,北有李军。李军懂技术,善克难。而文西山练的是轻功,趴房钻洞是高手。

他出生在湖南与广西交界处的山林里,自幼习武,属于南少林派,他的轻功非常了得,不但可以飞檐走壁,而且可以在树上睡觉。据说,两年前他曾在广州白天鹅宾馆作案,被公安发现,他竟借助室外空调机,从5层楼跳下而毫发未损。所以,当他撬门别窗进入开封博物馆展厅时,竟身轻如燕在2米多高,宽不过3厘米的展板上,将8个红外线报警器一一包裹,再把8个展柜撬开,将69件珍贵文物如探囊取物般攫走。这一切整整持续了3个多小时,所有防范措施都神秘"失灵"。警犬不叫,报警器不响,值班人员没察觉,就连荷枪实弹的武警战士也成了摆设。这不是神鬼之力,而是"江洋大盗"!所以,民间才有对这个"趴房高手"的戏称:"遇到文西山,珍宝全偷干!"

四号"教授"李军。有人认为,在"九一八"大案中他的作用最小,其实不然。如果没有他,进入展厅需要攻克的首要环节就会化为泡影。

在几次对开封博物馆"踩点"后,文西山对刘农军说:"我不怕荷枪实弹的武警,也不怕凶猛的狼犬,我最头疼的是展厅上方那八个红外线报警器。"对于这个最大的攻坚难题,号称"十三能"李军主动承担下来。他仔细观察了报警器的产地,然后和刘农军一起飞到福建泉州,用伪造的公安局证明,买回一台同款机。

回到武汉,把自己关在房间四天四夜不出门,潜心研究、反复试验:用雨衣、胶靴、锡箔、铁片等,全都挡不住机器报警。失望之际,他猛拉窗帘赌气道:"去你×的,不搞了!"谁知窗帘一遮,报警器不响了!——窗帘?红布?红平绒布?大功告成!

为此,敢和刘农军叫板的刘进也不得不尊称他为"教授"。

总而言之,刘农军是这个犯罪团伙的首领、核心。是一个胆大妄为、工于心计的"黑色计算机"。文西山是他无坚不摧的有力臂膀。刘进、李军则是他的腿和脚,能够使他的妄想迅速变为现实。可以说,他们四人各有所长,各怀绝技,优势互补,组成了一个新中国成立以来罪案史上少见的犯罪"精英"组合,俨然一个中国版的"加里森别动队"。他们闯京津,下江南,扫荡中原,制造一起又一起犯罪大案,而自身却毫发未损,我知道,我们碰到了一流的对手!

那么为什么会有广州决战呢？这就需要先从武汉突破说起：刘农军一伙在开封得手后，驾飞车窜回武汉，江城武汉就成了我们破案的重点。当时开封警方先后派出20多名侦察员，在武汉奋战20多天，可是，寻找K43-1008白色桑塔纳轿车的任务始终难以突破。

为尽快打破僵局，武局长派从小在武汉长大的侦察员陈雷和夫人赵新萍助阵武汉，并特意交代他们，不随大部队行动，而是独立作战，意在出奇兵获胜。

陈雷夫妇带着孩子来到武汉，向指挥部报了到，便立刻开始在茫茫人海、滚滚车流中搜寻那辆神秘的桑塔纳轿车。

一天过去了，他们筋疲力尽却毫无收获。两天过去了，两人脚上磨出了水泡，腿也跑肿了，依然不见踪影。赵新萍叹道："在茫茫人海、车流中，寻找一个目标，真像大海捞针！这种办法很难奏效，还是向指挥部报告，再想想其他办法吧！"

陈雷抹一把头上的汗说："确实不好找！不过我们还是再坚持一天看看，不行明天再说。"

第三天，他们的两条腿像灌了铅似的实在抬不动了，这时，五岁的女儿嚷着要娃娃，陈雷一听就火了："上哪儿去买呀？"女儿用小手指着马路对面的百货大楼说："那里面有。"

"还要再拐回去呀？"陈雷气得说什么也不想回去。妻子劝道："孩子跟咱跑几天了，就去给她买个玩具吧！"

无奈，陈雷带着孩子过马路，当他们走上斑马线时，猛然一辆白色桑塔纳轿车停在身边，他下意识地转头看车牌，啊！K43-1008。他顿时愣住了，呆在那里盯着车牌看。赵新萍往他

情志漫忆

腰上捅了一下,低声道:"走啊!"

"你没看见那车牌?"陈雷边走边提醒新萍。

"怎么没有?你再盯着看,司机就怀疑咱们了。"

绕过桑塔纳车,他们迅速拦下一辆出租车,陈雷告诉司机自己是公安局的,让他快速跟上前面的桑塔纳。

在数百万人口的武汉发现嫌疑车辆,可谓是惊鸿一睹!事后许多人说是天意!天上掉馅饼,砸在陈雷的眼前!如果陈雷真的是靠运气,那么接下来的举动则完全体现出他的个人素质:只见他举起相机对准前面的桑塔纳,一张、两张、三张……这对接下来的重大决策起到至关重要的作用!

被监视的嫌疑车辆在武汉海关停下来,从车上下来两男一女三个人。(事后我们和陈雷开玩笑:"为什么不冲上去抓住对象?"陈雷笑道:"因为当时三个人的身份还不能确定,再说了,我一个人也打不过他们呀!")陈雷让新萍赶快给指挥部打电话报告情况,自己迅速跟上去盯着目标。突然,身后传来女儿的喊声,这时他才意识到他把五岁的女儿丢在了车上。可是,面对这样的紧急情况,他顾不上多想,转身对着出租车拍了几张照片,如果女儿丢了可以记下车号。

一会儿工夫,三个嫌疑人从海关出来,准备驾车离开,而新萍还没和指挥部联系上。他俩赶紧登上出租车加速向桑塔纳追去。不料,前面发生了交通事故,桑塔纳硬闯了过去,陈雷赶忙掏出工作证,让司机违章从人行道上绕行,司机笑道:"你是开封公安,罚款的可是武汉警察呀!"

就这样,发现的目标白白丢失。

履痕有声 ◎散文小说◎

虽然可疑目标不见了,但指挥部的同志还是兴奋不已!因为这毕竟是在困境中见到了曙光,大家希望武汉警方赶快安排布控和抓捕工作。斗争经验丰富的武汉潘局长,笑呵呵地问陈雷:"你说发现了嫌疑车辆,有证据吗?"

陈雷也笑呵呵地回答:"有,在相机里。"

当潘局长在暗室里看到K43-1008的嫌疑车辆和驾车的嫌疑人时,拳头一挥,果断下令:全城戒严,全力追查嫌疑车辆和嫌疑人!

一夜过去了,嫌疑车辆没有出现;半天又过去了,还是没有出现。直到第二天下午,位于武昌小东门交通岗的民警,正在警惕地观察,远远看见一辆白色桑塔纳驶过来,定神一看,军牌,K字头。再仔细看:K43-1008。只见他高举右臂大喝一声:"站住!"

驾车人猛然刹车停下来,问民警:"师傅,怎么了?"

民警:"怎么了?难道你不知道吗?你这辆车被公安部通缉了。"

当时,开车的正是二号主犯刘进,他听到这话吓得差点坐地上。不过他很快回过神来,两只眼睛转了一圈,立刻有了主意:"噢,我知道怎么回事了,这部车前几天我借给朋友,肯定是他出的问题。这样吧,我是给首长开车的,不能按时接首长,我得赶快给他打个电话。"

民警点点头,十分自信地说:"可以,你去打电话,把车和人都留下!"

刘进如释重负撒腿就跑,把妻子留在了车上,他心想:这会儿就是我亲爹,也要把他留下!

情志漫忆

他直奔火车站，登上南下的火车逃往广州。此时，文物已通过军用飞机运抵广州，刘农军、文西山、李军四名主犯均藏匿于此。追文物，捉要犯，这才有了惊心动魄的广州决战！

二

广州决战一打响，侦察员们个个信心满满。因为我们既得到了公安部针对刘农军等四名主犯的一号红色通缉令，还从武汉关系人那里得到了四名主犯在广州的藏身之地——广州西坑一幢米黄色的住宅楼一楼最东户。

然而，等我们匆匆赶到广州找到西坑，竟被眼前密密麻麻、一眼望不到边的楼房惊呆了！当地民警告诉我们，西坑是一处城乡接合部大片的出租房区，覆盖六个自然村，常住人口不足9千，而暂住人口就有一万多人。六七层高的住宅楼有100多栋，而且大多是米黄色的。所以，如果没有确切的楼号，想找几个人等于大海捞针！

专案组长连根同和大伙商量一下，决定派侦察员冯大勇、何勇去武汉，带关系人汪峰来具体指认地址。"二勇"走得麻利回来得快，三天工夫就带着汪峰回到广州。

连组长问汪峰的态度如何，冯大勇回答：愿意配合。

傍晚，我们跟着汪峰在迷宫似的楼群中穿梭。冯大勇上前揪住汪峰问："你是不是在耍我们？"汪峰一副可怜相："时间长了实在认不清了，这楼长得都一样。"

何勇推他一下提醒道："少废话！你小子要是耍我们，可别怪我不客气！"

又转过两道湾儿，汪峰突然停下来，指着不远处一座楼说："就是那栋，墙上写着：谁发家谁光荣……旁边有个变压器。"

连组长提醒他："你看清楚了，确定？"

"我确定！"

这是一幢一楼带院的房子，天色已晚，周围又都是临时租房户，所以，四处静悄悄的。连根同观察一下院子四周，命令何勇带两名侦察员守住前门，他带着我、冯大勇和其他侦察员准备从院外翻墙进入。侦察员小高体育学院毕业，自恃人高马大，翻墙不在话下，可手往墙上一搭，两腿就不由自主地抖起来。突然，黑暗中一块砖头飞进院里，说时迟那时快，冯大勇飞起一脚把汪峰踹倒在地，骂道："你想找死呀！"听到响声，小高竟从墙上摔了下来。连组长情急之下拍了我一下肩膀："凌云，上！"

我纵身一跃，扒着墙头跃上去。冯大勇也蹿了上来。然而，当我俩跳入院内，打开屋门一看，已是人去楼空！凌乱的屋里只剩下几个破纸箱和废弃的包装纸、填充物等。看着眼前一片狼藉，冯大勇急得直跺脚："紧赶慢赶还是晚一步！"

连组长安慰大家："人没抓住，我们还是要好好搜寻一下，力争发现有价值的东西。"

果然，何勇在一个破纸箱的废纸里，发现了记录文物的清单，经认真核对，上面记的就是开封博物馆被盗文物。这一发现让大伙失望的心得到一些安慰。随后，我们又在废纸堆里仔细寻找，发现几张撕碎的纸条，经过拼接，原来是一个"大哥大"号码、两个BB机号码。正是这几张破碎纸片，为接下来的破案抓捕工作起到了至关重要的作用。

追大案 忆决战　　蒲国泳作

那么,刘进南逃广州后究竟发生了什么? 为什么四名主犯会突然销声匿迹,文物会不见踪影呢?

话说刘进受惊南逃广州,急着找刘农军通报情况,商量对策。 而此时刘农军正和老三文西山、老四李军美滋滋地勾画着自己的美好未来呢! 因为,第一批七件文物已通过秘密通道,顺利运到澳门。

文西山说:"等文物换成了钱,我就洗手不干了。 远走高飞到国外,去过天堂般的生活。"

李军说:"等我发了大财,就回老家把新房子盖起来,然后去周游世界……"

刘农军笑了:"你们光知道自己享受,现在七件文物的钱很快就能拿回来。 等我们的文物全部换成钱,我就要做一件惊天动地的大事情! 成立一个超级跨国公司——诺迪奥集团,把神奇的西藏藏红花制成口服液,让全世界的人都知道:治病就喝藏红花,致富就找刘农军。"

一阵急促的敲门声,惊飞了三人的美梦。 跌跌撞撞进来的正是刘进,他立足未稳,结结巴巴告诉刘农军:"大、大事不好! 桑塔纳车出事了……"

刘农军听后面如土色,他大瞪着眼足足愣了好几秒钟,然后狠狠地给了刘进两个耳光,歇斯底里地喊道:"我早就告诉你把车子毁掉,毁掉! 开进深山悬崖,让它永远消失! 可是,你就是不听,不听!"

刘农军余怒未消,一把揪住刘进的衣领,压低声音说:"你不就是喜欢玩车、玩女人吗? 我告诉你,如果咱们的文物出手,我可以给你买一个汽车城、买一个女儿国！"

此时，刘进的忍耐也到了极限！他反手抓住刘农军的胳膊喊道："我就是开车出去了，怎么着？用我的脑袋还你不行吗？"

眼看一场火并就要发生，文西山、李军赶快上前劝阻："都消消气、消消气！事已至此，我们还是赶快想想下一步怎么办吧！"说着大伙的目光都投向了刘农军。只见刘农军瘫坐在沙发上，长叹一口气："问我怎么办？我还能怎么办？"他停顿一下似乎有了主意："我看这样吧，每人两万块钱各奔东西，春节后风头过去我们再聚。"

他的话音刚落，就听见远处传来警车的警笛声，顿时，他们顾不上多说便四散而逃……

三

一次扑空并没有影响侦察员的热情和干劲儿，我们走街道，查宾馆，访群众，守车站。没有车辆就步行，来不及吃饭就嚼方便面。我们的脚步几乎踏遍了羊城的大小街道，甚至连荒郊野外的废旧仓库、放在路边上的下水管道也不放过。

记得一天，我和冯大勇去郊外查线索，午后下起了小雨，我俩没带雨具，索性就躲进水泥管里。跑了大半天又冷又饿，一包干炸方便面下肚根本无济于事。雨一直在下，饥寒交迫中，我俩竟靠着水泥管睡着了。不知过了多长时间，外面突然喊声四起，我俩还没弄明白怎么回事，就被两个穿制服的人拽了出来。他们不由分说就把我俩往收容车上推，我给大勇递了个眼色，三下五除二就把他俩按倒在地。穿制服的大喊："我们是收容队的。"大勇掏出证件："我们是公安局的！"

穿制服的赶快赔礼道歉："误会，误会，咱可是一家人呀！"

原来，收容队的竟把我俩当成流浪汉。

辛勤的付出并不一定能换来希望的成果，我们信心满满地摆出与敌决战的阵势，然而，三天过去了，五天过去了，猎物在哪里？文物在何方？我们连对手都没找到，何谈与之决战？于是大伙开始着急上火。

关键时刻，武局长及时召集专案组开了案件研讨会。他意味深长地说："我非常理解我们的侦察员，有敢于横刀立马与敌决战的勇气和信心！但问题是我们现在面对的不是一帮鸡鸣狗盗之徒，而是一伙被境外称为'黑色计算机'的高智商的犯罪分子的组合。所以，我们有勇不能无谋，决战不会速决。要采取敲山震虎、逼虎吐食的策略，先夺虎口食，再捉山中虎。具体工作则要采取内线侦察和技术侦察相结合的方法，防止凶犯铤而走险！不在擂台比刀剑，只在智谋上比高低……"

一番话说得大伙豁然开朗！

我们开始下大力气排查四名主犯在广州的关系人，并逐人分析施策开展工作。此时，技术力量发挥了很大作用。

一个名叫程岭的人和"二刘"交往颇多，该人35岁，湖南长沙人。在广州开办一家岭南大酒店，经济实力雄厚。据"二勇"调查，程岭有钱就享受，在自己的大酒店里包养五个情妇，整天过着花天酒地、纸醉金迷的生活。

"他老婆不管吗？"连根同问。

何勇答："他老婆在长沙，程岭为安抚她，把自己以前在长沙经营的化妆品公司给了她。后来，他老婆也就睁一只眼闭一只眼不再理会。"

连根同让"二勇"去做程岭的工作，原以为很难撬开他的嘴，谁知道一接触，程岭就侃侃而谈：什么刘农军好高骛远、目中无人，早晚要栽大跟斗！刘进刚愎自用、自私好色，不能成就大事……

何勇"叭"的一声把茶杯砸在桌上，厉声道："程岭，我们不是来听你给他们描脸画像的，说你和他们共同干过的事情！"程岭看何勇发火，便若有所思地说："共同做过的事情……我们一起去深圳沙头角倒过录音机，还去过珠海看过地皮，但没做成……其他……就……"他抬头偷眼扫了一下"二勇"，猛地又想起一件事："对、对、对，我和刘农军还去过澳门葡京大赌场……"

"你知道他俩在做文物买卖吗？"何勇用犀利的目光看着他。

程岭慌忙点头："知道他们在'倒'文物，但究竟怎么搞他们从来不对外人讲的。"

何勇严肃地告诉他："刘农军、刘进因盗窃国家文物，目前正负案在逃！你们平时交往密切，如果知情不报，将来是要负法律责任的！如果现在你不好好配合政府工作，那我们可要带你去开封走一趟了！"

这番话深深触动着程岭，他掂量一下利弊得失，表示愿意配合政府工作，并试探地问："冬天，开封是不是很冷？"冯大勇告诉他："不是一般的冷，冰天雪地，滴水成冰！"

从小生活在南方的程岭不禁打了个冷战，他反复思索、琢磨：尽管自己没有染指文物大案，但就自己过去和"二刘"干过的那些事，也经不起深究细察。如果真把自己带到遥远的北方，酒店生意谁来照管？那群美人谁来安抚？就自己这身板儿，在冰天雪地中会不会被冻死也难说……所以，眼前只有一条路可走，那就是乖乖地配合警察工作。

正当我们成功"逆用"程岭之时，又一个好消息传来：广州警方通报，一个名叫阿森的人，听说公安机关追查开封被盗文物，心里十分害怕，提出如果警方不抓人，他愿意做其弟阿广的工作，将一批文物交还警方。

武局长觉得可行，请示上级后表示："只要交出全部文物，讲清问题，可以不抓人。"

四

公元 1992 年 12 月 23 日，注定是一个值得记住的日子。寂静的午夜，当海关的钟声敲响的时候，小巷深处晃晃悠悠走过来两个人，他们推着运行李的简易小推车，上面放着一大一小两个纸箱。看到这一幕，在场所有人的心一下子收紧了！坏了，这纸箱里装的难道是国宝文物？会不会其中有诈？假如真的是文物，那可就糟糕透顶了！那些美轮美奂的稀世珍宝，在这粗劣的包装下，定会体无完肤！

走过来的果然是阿森、阿广，我们赶快上前护着纸箱，好像既怕它们损坏，又怕它们不翼而飞。

公安局会议室灯光全开，我们小心翼翼揭开纸箱的神秘面纱，所有的人都屏住呼吸，期待着眼前幸运结果的发生。一层，又一层，当看到一件件玲珑剔透、熠熠发光的文物重现真身的时候，战友们兴奋之情无法言表！这时，连根同请博物馆长鉴定，一件、三件、五件……老馆长不住地点头："是的、是的，就是我们的文物！"

连根同提醒他一定要看清楚，老馆长用颤抖的手揉了揉眼角，肯定地回答："我认这些文物，比认我的孩子都清楚！"

听到这话，许多人感动得热泪盈眶！整整55件国宝级文物被成功追回。看着这些魂牵梦绕的文物，我内心感慨万千：自那个凄雨黑夜你们遭受劫难，一路被汽车颠簸，被飞机震荡，风雨飘摇到境外，又从澳门辗转回到内地。你们是不幸的，像被劫走的孩子；你们又是幸运的，遇到了我们这些忠于职守、把荣誉看得比生命还重要的人民警察。

看到缴获的文物，武局长拍着连根同的肩头说："逼虎吐食已取得成效，但对手绝不可能束手就擒，下一步我们就要变换打法：不入虎穴焉得虎子。"

想要入虎穴，就得知道虎穴在哪里。在机场？在车站？在深山老林？在江海湖泊？……

我们四人商量，要改变过去凭热情、靠勇气、四处寻、到处找的笨方法，充分利用内线力量和技术手段，与敌斗智斗勇！

可是时间一天天过去了，不但关系人那边没音信，就连兄弟单位也毫无消息。我们住的流花招待所距离两个兄弟单位都特别远，舍不得花钱打的，就挤公交。可下车还有好远的路要走，一天下来少说也要跑上十几里。

兄弟单位的林处长，看我每天风尘仆仆、辛劳疲惫，就告诉我：上级给他们处新近下拨一辆北京吉普车，如果不嫌弃可以开走无偿使用。这真是雪中送炭！我激动得像在他乡遇到了亲人，一时竟不知道怎么表达好："那你们……"

林处长拍了拍我的肩膀，指着窗外他们的车棚让我看。嚯！一排明光发亮的奔驰、宝马整齐排放，足足有十几辆。我不禁感叹国家力量的强大！

我用极不娴熟的技术，把车从车水马龙的街道开回招待所。"二勇"一见新吉普车，手就痒起来，立马要上去"兜风。"连根同制止道："你俩有执照吗？技术咋样？"

冯大勇喊道："执照没有，技术一流！"说着"呜"的一声，吉普车就冲了出去，险些撞到旁边的棕榈树。

我们左等右等不见车子回来，连组长担心道："坏了，可能这俩小子出事故了。这样吧凌云，咱俩赶快分头去找找。"

我俩刚走出大门，迎面遇到两个冒失鬼开车回来，一脚刹车让我和连组长大吃一惊！差点儿撞南墙不说，车篷居然不见了。

"车篷呢？车篷哪儿去了？"我大声问。

冯大勇不以为然地说："我把它拆掉了，碍事！"

我苦笑着摇摇头，这下成了"美式"吉普车了。

由于我们开车技术不佳，经常开着"美式"吉普车在大街上横冲直撞。一天下午，我和"二勇"工作完毕经过白云山，何勇提议去白云山转一圈，冯大勇一脚油门就冲向白云山。转过几道弯，我们发现一块平整的草地正好对着白云机场，于是我们停下车，放松地坐在草地上，静静观察远处的景象。只见一架架飞机起飞、降落，把远方的人接回来，又把去远方的人送出去……

何勇感叹道："这些飞机肯定有飞河南的。"

情志漫忆

"想家了?"大勇看了他一眼。

"唉,老婆工厂破产,她下岗了。现在也不知道他们母子俩生活咋样?"何勇说着又反问大勇,"你不想家?"

"谁不想家谁有病!俺老父老母都八十多岁的人了,身体又不好,我从来没有离开过他们这么长时间。眼看就要过年了,四名主犯我们一个都没抓住。"说到这些,大勇深深叹了口气,转脸,他看了看一言不发的我,"哎,我听说凌云来广州前犯了阑尾炎,怎么到了广州没听你说过肚子疼呀?"

我本想把几次疼痛的情况告诉他,话到嘴边又改口了:"唉,只后悔来之前没把阑尾切掉……"

何勇开玩笑地接道:"还是留着好,省得抓罪犯时漏气。"

本来一次小小的休整,结果又成了谈工作、说任务。

回去的路上,何勇把车开得很慢,他发现路边小树林里,许多成双成对的男女在闲逛,突然来了灵感:"喂,我们能不能去武汉找刘进的姘妇,让她来帮我们找刘进?"

冯大勇一拍大腿说:"这是个好主意!以前,秋霞和刘进常到广州鬼混,知道刘进的生活习性和活动规律,把她带到广州,找刘进更有希望了。"

回去我们就向连组长做了汇报,连组长表态:在目前没有更好办法的情况下,可以试试。

次日,"二勇"便踏上北上的征途。来到武汉,秋霞听说要带她去广州找刘进,欣然同意。问她怎么跟单位和家里说,秋霞微微一笑:"跟单位说家里有事,跟家里说单位出差。"

"他们之间会通气吗?"何勇担心。

"不会的。"秋霞很有把握。

何勇暗自点头：这个女人不简单！

他们顺利返回广州，我去接站。刚出站就听到一男子叫秋霞，我们以为是刘进，谁知这家伙个头还不足一米七，于是我们只在远处观察。几分钟后，秋霞回来。我们问她怎么回事，她说：是过去追过她的一个同学，现在广州车站倒车票。他问我来广州干什么，我说找刘进。他说：你没看到车站张贴的通缉令吗？刘进犯了死罪，别跟他了，以后跟我好吧！我说：你帮我找到刘进我就跟你好。他马上两眼紧闭，对天发誓：老天有眼，我一定找到刘进，夺回我的爱！

看来，眼前这个女人真的不简单！

然而，我们带着这个不简单的女人，在广州找了三天三夜，把她和刘进住过的大小宾馆、饭店统统找了一遍，居然一无所获！

其实，此时的刘进早已另有新欢。他的老情妇已经不可能再找到他，这是后话。

就在侦察工作又一次陷入困境时，关系人程岭向我们报告：刘农军派马仔将于1月3日到广州接头借钱。与此同时，技术方面也截获该马仔到达的详细时间和车次。

我们知道，这才是真正决战的开始！

五

大家摩拳擦掌、跃跃欲试准备在关键时刻大显身手！"二勇"把手枪往腰里掖了又掖，皮带紧了又紧。广州方面也派出精

情志漫忆

兵强将参战。

我和广州的侦察员负责车站站台第一哨。下车的马仔穿蓝色夹克衫、牛仔裤、运动鞋。下了车,马仔就东张西望、东躲西藏,夹杂在人群中时隐时现。出了车站就迅速躲进一间电话亭,假装打电话,观察周围动向。

广州林处长问我要不要给他录像,我请示领导,得到的答复是:不要录像,避免暴露!

就这样,生动、真实的第一手资料失去了。如果有此资料,央视的《九一八大案纪实》将会增色不少!

这个马仔好像受过专门训练,他走走停停,不是蹲下来系鞋带,就是靠在树上向后观察,活脱脱一个现实版的"特务"。他从商场前门进,穿过拥挤的人流,从后门溜走。有时还从货运通道钻出。

更为惊险的是,他本来向西走,突然冲向马路中间,翻过一米多高的隔离带,掉头向东跑去。幸亏广州方面力量雄厚,既有汽车、摩托车,又有步行人和自行车,才使狡猾的马仔始终无法脱离我们的视线。

接下来一幕,既是对广州力量的挑战,又是对我们的考验。马仔搭乘一辆红色出租车向东逃窜,车到火车站高架桥上,他突然让司机停车,然后甩给他20元钱,头也不回往桥下跑去。跑到火车站广场,看看身后没有"尾巴",便迅速钻进修建地下广场的施工工地。

看到这一情况,广州林处长告诉我:"此人要抓就赶快抓,不抓,人就没了。"

我立即报告领导，得到的指令是："暂时不抓，放长线钓大鱼！"

此时天色已晚，华灯初上。领导来到现场，问我们工地有几个门，回答：两个。领导安排："凌云陪广州的同志去吃饭，我们的人分头死守两个门，量他插翅难逃！"

我和何勇相视一笑，总觉得今天领导的话，像电影里的台词。

在陪广州同志吃饭时，我狼吞虎咽吃得很快，广州的同志问我干吗这么着急，我说："赶快吃完去工地守大门。"他淡淡一笑："不用回去了，人已经没了。"

但是，我还是迅速返回工地，和冯大勇把守正门。大勇问我："马仔的外形、长相记得清吗？"

"记得清。"

"可千万不能让那小子从咱眼皮底下溜走啊！"为此，我俩又想出一个更为稳妥的辨认方法。我俩不抽烟，却买了一盒烟。

天色越来越晚了，和人声鼎沸的车站出入口相比，这里显得十分安静，出入工地的人也寥寥无几。21点36分，一个头戴鸭舌帽的人从工地出来。尽管此人瘦高，不像马仔，但我还是迅速上前抽出一支烟说："先生，借个火。"他先是一惊，然后有礼貌地说："不好意思，我不会抽烟。"这下，我把此人看得清清楚楚，可以排除。

23点46分，一个身穿夹克衫的人，急匆匆从工地出来，我刚想上前借火，只见冯大勇一头撞了过去，夹克衫一屁股坐在地上喊道："你要干吗？"冯大勇一把抓住他的领子瞪眼一看，不是马仔，立即改口道："我的钱包丢了，是你偷的吧？"

那人委屈地说："我一大早就来工地了，一天没出来，怎么会偷你的钱包？"

我赶快上前解围："我看应该不是这位兄弟干的，不过你长得和那个小偷太像了！是不是你的兄弟？"

夹克衫辩解道："我兄弟还在四川老家上小学呢，他怎么可能来广州？"

我上前又一次端详他的脸，故意说："不过真像、真像……我看这样吧，干脆咱们一起去公安派出所，让警察甄别、审查一下如何？"

夹克衫一听赶忙站起来就跑，气哼哼地说："我哪有时间跟你们找警察呀？今天算我倒霉！"

看着那可怜的人一瘸一拐逃走的样子，我埋怨大勇："你也太猛了！"

大勇咬着牙说："我太想抓住那小子了！"

第二天一大早，领导来到工地，我们汇报：两个门都没有发现马仔。领导下令：进去搜！

哪里还有马仔的影子？

事后，我问广州的兄弟："何以知道马仔进工地人就没了？"

兄弟笑道："他们的工地四通八达，要是你，还会从大门出来吗？"

我深以为然！

六

尽管我们没有抓住马仔，但刘农军没有拿到钱，一定不会善罢甘休！果然，第一个马仔没完成任务就跑了回去，刘农军大骂他：无能！心想：这小子年轻，办事不牢靠。下次一定选一个有经验的人。于是，考虑再三，决定让"老江湖"卷毛出场。

他电话告诉程岭，去广州接头的卷毛，左手无名指戴一豹子头钻戒，并携带自己的委内瑞拉护照。刘农军开口要借5万元，程岭告诉他，最多借2万元。于是双方约定：1月9日下午2点，岭南大酒店一楼咖啡厅见。

经历上次失败的教训，我们这次变得聪明了。首先我们不再去车站"接客"，而是在酒店"架网"。其次，我们要求程岭不要一次把钱给完，最多给一半，以便留下缓冲。

临近接头时间，我们已在酒店布控到位。两点差三分，一个30多岁、身穿皮夹克的人匆匆进入大厅，他警觉地环顾一下四周，便向右后方的咖啡厅走去，来到咖啡厅走近一位正在看《南方周末》的先生旁边，低声问道："可以借张报纸吗？"说着把左手无名指的"豹子头"戒指亮了出来。拿报纸的先生斜眼看他一下，低声说："报栏里有，要看自己取。"卷毛点头，两人便会意地走向报栏的僻静处。

两人坐定，卷毛递上刘农军的护照说："刘先生派我来取钱。"

"刘先生近况如何？"程岭问。

"不好，生活很困难！"

情志漫忆

"他现在哪儿?"

"刘先生只让我来取钱。"卷毛非常警觉。

程岭冷笑一声:"我的生意近来不大好,资金比较困难。不过既然刘先生开口,我还是会给他面子的。这样吧,今天先给八千元,剩余部分明天再说。"

卷毛一听就急了:"哎……程先生这……"

程岭拱了拱手:"恕我不送!"说完扬长而去。

卷毛叹了口气,把钱装好,匆匆向酒店外走去。

他出门就耍了个"障眼法"。先拦下一辆出租车,从右边门进,又立即从左边门出,很快进入一辆相反方向的出租车。如果不是我们盯得紧、面控得严,卷毛必定很快逃脱!

出租车快到大门口,一辆奔驰600迎面堵住了去路。出租车司机还摸不清怎么回事,卷毛就弃车而逃!他见大门已封死,转身就向花坛跑去,企图利用花坛翻墙而出。谁知两辆摩托车箭一般向他冲去!卷毛刚爬上花坛,就被一个侦察员从后面抱住了双腿。卷毛大喊:"打劫了,打劫了!"

两名酒店保安迅速赶来,我亮出工作证,保安迅速撤走。

卷毛被押上广州警方的车,一路向他住的小北宾馆驶去。然而,任凭广州侦察员怎样做工作,他就是不开口!"二勇"急了,要求连组长用对讲机呼叫广州兄弟,赶快把卷毛押到我们的车上。

当时我开桑塔纳轿车,连组长坐副驾指挥,"二勇"在后排。就在川流不息的马路上,两车稍一靠近,我们就把卷毛拉了过来。上了我们的车,卷毛就被两个大汉夹在中间。他还想用死猪不怕开水烫的办法对付我们，然而，未等他开口，后排就传来"嗷嗷"乱叫的声音，不一会，叫声没了。

事后，我才知道"二勇"用的是什么霹雳手段：何勇用大拇指紧紧按住卷毛的鼻子，冯大勇则把他钳子般的大手伸向下面的"命根子"！

卷毛醒来长吁一口气，翻着白眼看着眼前的大汉，第一句话就问："你们是黑社会，还是公安局？"

冯大勇亮出工作证说："看清楚了！ 是你逼着我们对你不客气的，你说还是不说？"说着大手又伸向他的下身。

"说、说，我说。"

"谁派你来的？"冯大勇开始问话。

"刘农军。"

"干什么来？"

"找朋友借钱。"

"你住哪里？"

"小北宾馆。"

"具体点儿！"冯大勇瞪起了眼！

"小北宾馆612房间。"

"刘农军现在哪儿？"

卷毛迟疑了："这个……"

冯大勇的手又用上劲儿了……

卷毛第二次醒过来，毫不迟疑地告诉我们刘农军在青岛。

"具体地址？"冯大勇问。

"这个我真的不知道。 每次见面，他都约我到海边没人的地方。"

情志漫忆

"你和刘农军怎么联系？"

"下午四点半他给我住的宾馆打电话。"

连组长看了一下表，已经四点一刻，而路上的车又特别多。他让我打开车载警报器，全速向小北宾馆驶去。

走出宾馆电梯，就听见612房间的电话在响。我们三步并作两步冲过去，卷毛就要去拿电话，冯大勇拔出手枪顶在他头上说："你知道该怎么说！"

卷毛点头，他慢慢拿起电话："喂……"

"你怎么这么久不接电话？"刘农军火了。

"哦，路上堵车不好走。"

"钱拿到了吗？""只给八千。""为什么？"

"程老板说最近生意不好，手头紧张，先给八千，其余明天再说。"

刘农军骂道："真他×的不仗义！明天拿到钱赶快回来。"

卷毛答应一声然后问道："你还在青岛吗？住在哪儿？"

那端传来刘农军的吼声："你问多了吧！"说完"啪"的一声把电话挂断了。

我们听出了刘农军的警惕和戒备，但狐狸毕竟露出了尾巴。

连组长赶快把这一重要情况上报指挥部，指挥部又连夜把情况上报省公安厅和公安部。在技术力量的甄别、搜寻下，青岛警方全力出击，以迅雷不及掩耳之势，将潜藏在居民家中的刘农军夫妇抓获！从我们及时提供线索，到千里之外刘农军被俘，总共不到20个小时，凸显了警察之威力以及科技力量之神奇！

七

一号主犯被抓获，极大鼓舞了侦察员的斗志，但其他罪犯藏身哪里？其余文物流落何方？各级领导都把发现新线索的希望，寄托在广州组同志的身上。然而，此时正值年关，街上许多人不是赶着回家，就是忙着准备年货，搞得我们心里也着急起来。

下午，冯大勇接到妻子的电话，说他父母双双住进了医院。这对于一个有名的孝子来说，打击实在太大了！晚上吃饭他也没了胃口，只是暗自叹气。

连组长劝道："大勇，你家的情况确实特殊，我已向局长做了汇报，相信会有办法解决的。"

第二天，广州警方给我们提供7件文物在澳门的重要线索。武局长马上带一位副局长，风尘仆仆赶到广州。见到我们，既没问工作也没问思想，而是问我身体咋样，阑尾炎又犯了吗。见到何勇问妻子生活的事，见到大勇问父母的事……

连根同向他汇报工作，武局长只是笑了笑。直到晚上，他才坐下来跟我们交谈："广州决战成效明显，无论是文物还是案犯，我们都取得重大突破！然而，春节将至，敌情变化尚不明朗，我想用缓兵之计暂时撤兵，让大家回家过个年，等来年开春再南下参战，大家看这样行吗？"

一番话说得大家面面相觑。决战正酣，为什么局长会出此下策呢？我心里着急，想谈谈看法，局长应诺。

"我觉得此时不宜撤兵，哪怕在广州只留一人，也要坚持到底！"

"为什么呢？"局长笑问。

"因为劲儿可鼓不可泄！"

连组长点头，转脸又看了一下何勇，何勇马上道："对，在这个关键时刻，也许再坚持一下就能夺取最后胜利！"

"那弟妹在家的困难怎么办呢？"连根同问。

"唉，家庭困难是小事，国家利益是大事。"何勇表态。

"都别说了！"冯大勇呼的一声站起来，对着局长敬了个礼，"多谢局长良苦用心，自古忠孝难两全。我冯大勇就算当不了英雄，也决不当狗熊！往后看俺的行动吧！"

看到大伙鼓起了士气，增强了信心，武局长感慨万千：多么好的战士，多么好的兄弟啊！三个多月来，他们舍小家为国家，远征他乡，吃了多少苦，作了多少难！父母病不能床前守孝，幼子哭不能陪伴呵护，现在眼看就要过年了，他们还要忍着，守着，坚持着……

两位局长终于可以放心踏上赴澳门的追赃征途了。我们送至大门外，依然依依不舍，不肯回去。武局长拍着连根同的肩头说："有山靠山，没山独担！将在外君命有所不受。大胆指挥，靠前冲锋，抓住案犯，我为大家请功！"

武局长即将登车那一刻，忽然想起什么，回过身对冯大勇说："哦，对了，咱们光顾说工作，我差点儿忘了，来之前我代表组织到医院看望两位老人。你妈说天冷了，给你缝个暖袖戴着手不冷。还说让你安心工作，别想家……"

说着武局长便把两个灰色的暖袖递给冯大勇。接过老母亲一针一线缝制的暖袖，大勇激动得一句话也说不出来，这位刚毅的汉子把暖袖贴在脸上，竟然泪如雨下……

鼓劲再战，连组长要求大家要抓住春节前夕有利时机，把工作做得更深、更细，不放过任何一条有价值的线索。

然而，一天过去了没有消息，两天过去了还是没有消息……第三天终于来了好消息，连组长兴奋地告诉大家："三号主犯文西山在吉林被抓获！"

冯大勇激动之余叹道："我还以为广州有刘进的消息了呢！"

连组长宽慰道："抓住文西山，也是我们广州组的功劳啊！"

何勇赶快给连组长倒杯水，拉他坐下："快给我们说说详细情况。"

连组长喝了口水："这不很简单吗？我们提供线索在青岛抓住了刘农军，经过审讯刘农军又暴露了文西山在吉林的下落，所以……"

这的确是一个振奋人心的好消息！但其他战场捷报频传，无形中又给我们广州战场带来了压力。冯大勇一边擦枪一边叹道："听见别人抓人我就手痒，啥时候也让老子过把瘾！"

何勇也附和着："谁不想过把瘾？我昨晚做梦还梦见抓住刘进了。"

连组长问我为什么不说话，我微微一笑："但愿我们这儿是暴风雨来临前的平静。"

果然，平静两天之后，广州方面有了重大发现：刘进到了广州，住华侨旅社109房间。与此同时，程岭也向我们报告：刘进带着情妇江红回广州。

这真是让人既兴奋又紧张的消息。说紧张，并不是害怕敌人，而是生怕再生变故，失去宝贵的抓捕机会。

我们四人顾不上吃午饭，便匆匆驾车赶往华侨旅社。

八

其实，当我们费尽心思、千方百计在广州寻找刘进的时候，刘进却带着情妇江红远走高飞。

那是20天前的事，刘进正和比他小五岁的姑娘打得火热。一天他突然告诉江红，自己生意遇到了困难，许多客户追着他要钱，他想到外地避一避。痴情的江红信以为真，主动提出："到我们娘家都江堰吧，我能养活你。"就这样，刘进在纯真、善良姑娘的陪伴下，不但一路畅通无阻，还美美游览了长江三峡。

在都江堰的半个月里，江红每天早出晚归，到表姐的店里打工养活刘进。然而，习惯了花天酒地生活的刘进，对这种清贫的生活实在无法忍受，于是他提出回广州找朋友借钱，然后回来接江红去澳门。江红劝刘进不要再回广州，刘进听不进去，江红只好说："你执意要去，我陪着你。"

我们赶到华侨旅社，已是下午两点。服务员告诉我们，109房间的客人放下行李就出去了，好像是去吃饭。我们问了一下二人的特征，正是刘进和江红。于是，我们就在房间周围埋伏。

半个小时过去了，一个小时过去了，依然不见二人的踪影。正当我们准备派人外出寻找的时候，一个20来岁、皮肤白皙的姑娘走进来，她掏出钥匙打开109房门，我们以为刘进随后就到，可等了40分钟也不见刘进回来。我们担心夜长梦多，干脆行动。只要抓住江红，不愁捉不到刘进。

连组长命令"二勇"出击，他俩用服务员的钥匙悄悄打开房门，迅速冲进屋里，谁知竟空无一人！何勇去大衣柜和床下找，冯大勇冲着卫生间的门就是一脚，让正在提裤子的江红大惊失色。这时房间的电话骤然响起，冯大勇知道可能是刘进，便用枪对着江红说："告诉刘进，让他赶快回来。"

江红看了看枪口，冷笑一声说："痴心妄想！你要让他回来，除非先把我打死！"

江红的态度让我们始料不及！这时，大厅前台的电话又骤然响起，服务员说：一位先生请109房的人听电话。江红闻听突然从床上跳下来，冲着门外大喊："刘进别回来！"

眼疾手快的冯大勇早把江红按倒在地。我赶快让服务员回复刘进，就说他的朋友正在洗澡，让他回来。

刘进一听服务员让他回来，撂下电话撒腿就跑。这一跑又杳无音信。

"二勇"试图用霹雳手段迅速拿下江红，因为他们曾用这种手段攻克一个又一个顽固对象，可惜这次不好使了。整整一夜，任凭他俩不断开导，不断施压，江红就是不开口。逼急了，就撂出那句话："你让我去死吧，我就是死也不会出卖刘进！"

就这样，一夜过去了，冯大勇把桌子敲得咚咚直响，两眼又红又肿。（自己解释是着急上火，何勇戏称：你忘了，抓江红时你看到不该看的东西。）

第二天上午，武局长从澳门追赃回来，得知询问江红不顺利，便把目光投向我："凌云，你去试试？"

我点头,希望一个人和她谈,别人旁听。

走进廊道最里面那间房,冯大勇怒气未消,气哼哼地摔门走了。我看到江红穿件薄毛衣,坐在床边发抖,便拿起她的呢子外套让她穿上。她低着头,不予理会。我问她吃饭了吗,她依然不吱声。我索性坐在她对面,让她抬起头看看我是谁。她不情愿地抬头看了我一眼,然后不满意地又低下头。

我问她:"你认识我吗?"

她不作声。

"你不认识我,我可认识你呀!"一句话终于让她把头抬了起来。她茫然的眼光看了我一会儿,又默默低下头。

"你再仔细看看,真的想不起来了吗?"她果然又抬起了头,咬着上嘴唇看了看,想了想,失望地摇了摇头。

我不失时机继续说:"两年前,那个春光明媚的珠江之畔,一个茫然无助的四川姑娘,不知道自己的前途在哪里,自己的未来在何方,恰在这时,一个身材高挑、穿着时尚的年轻人来到她身旁,对她嘘寒问暖、关爱有加。声称自己从武汉大学毕业,在广州做电器生意。虽然已经30岁,但为了事业依然未婚……孤单无助的姑娘庆幸自己遇上了白马王子,遇上了生命中的贵人,于是很快就……"

"别说了!"江红听出我讲的是她和刘进的故事,不由得"呜呜"哭了起来。

我知道这是她内心深处最敏感的一块儿,于是又进一层说:"我理解你和刘进的感情!"

她先是一惊,然后慢慢抬起头,擦了擦眼泪,像个受了委屈的孩子，眼巴巴地期待着家长的肯定和安抚。

我很认真告诉她："在这个世界上最珍贵、最美丽的就是真挚的爱情。她可以不受世俗的影响和观念的束缚。有情千里来相会，为爱一切皆可抛！我想你一定也是这么想的，也是这么做的。"

她长叹一口气，开始向我诉说她和刘进的故事："我家住在都江堰，高中毕业去成都打工，不久认识了我现在的老公，他是一家火锅店老板，比我大10岁。他说我是他见过的最漂亮的女孩，特别喜欢我，求我嫁给他。我开始不同意，他就带着重礼跑到我家，我父母被他感动，我也只好顺从。结婚不久，我就发现他和火锅店另一个女孩关系暧昧。一气之下我就跑回娘家，我老公又来缠我。为了摆脱我老公，我就一个人来广州闯荡，这不就在珠江边遇到了刘进。"

"你觉得自己遇到了真正的爱是吗？"我把一杯热水放在她面前。

她呷一口水，点点头。

"他在武汉有妻子、女儿你知道吗？"

"开始不知道，等我深深爱上了他，这些也就不重要了。我想好了，就这样吧，我不想破坏他的家庭，只想这样默默守着他。"

我为她的痴情而感叹，但是，话还得反着说："尽管你已经尽全力去爱一个人，但在关键时刻你却没有做到位。而且，你的行为极有可能把他推向火坑！"

她大瞪着两眼，不解地看着我。

我问她:"你知道刘进为什么东躲西藏吗?"

"他怕别人找他要钱。"

我摇摇头:"我告诉你吧,刘进现在是重案在身,国家通缉的要犯!"

"这、这,怎么可能?"

我把刘进一伙盗窃博物馆国宝文物的事告诉她,她听着一边摇头,一边流泪……最后我告诉她:"现在几名案犯都已到案,只有他还傻乎乎地东躲西藏。如果别人指认他是主谋,那他必死无疑!可据我所知,那次行动他只是个开车的。那么,谁能说得清这一切呢?只有他自己才能说清楚。"

她既相信又怀疑,但此时她宁可选择相信。因为她知道,救自己所爱之人的命才是当务之急呀!她问我怎样才能帮助刘进解脱,我说:"尽快联系上他,让他回来讲清问题。"

然而,任凭江红怎样呼他的传呼机,他再也不回信儿了。

我问江红:"为什么刘进没和你一起回旅社?"江红说:"我俩入住旅社时还没吃饭,所以,放下行李简单洗洗就出去吃饭。就在吃过饭回去的路上,刘进突然拉住我说:'咱们别回去了。'我问他为什么,他说:'总有一种不祥的预感!'我说那是你精神太紧张了。他说:'不对,咱们真的别回去了。'我也有点不高兴了,说他整天疑神疑鬼,行李还在旅社。他说:'不要了,什么都不要了,咱们赶快走吧!'我不走。他说:'你不走我可要走了。'说完,他头也不回就走了。再以后就真的碰到了你们。"

我安慰她:"刘进这是做贼心虚。"江红点头。

在接下来的几天里,江红又带我们去几个刘进曾经落脚的地方,依然一无所获! 我们明白,狡猾的刘进已经不再信任江红。

九

事情总是在起起伏伏中艰难向前推进。 就在刘进脱网,相对平静的几天里,我们日夜布网、织网,力求早日捕获这只狡猾的狐狸。

江红告诉我们,刘进几乎身无分文。 因此,我们分析他很有可能求助于程岭。 但越是这个时候,我们越是要求程岭沉着应对,不要表现太热情、急切。

果然,一个深夜,蛰伏几天的刘进突然给程岭打电话,上来就问:"你那里怎么样? 有麻烦吗?"

程岭淡淡地回答:"没有。"

"公安没找过你?"

"没有。"

尽管程岭沉着应对,表现得若无其事,但刘进还是很快挂断电话。

第二天下午,刘进再次打电话问程岭:你有没有麻烦? 程回答:我这儿很正常。 刘进说:我现在很困难。 程岭故意咳嗽两声说:我现在有业务,回头再说吧! 随即挂断电话。

欲擒故纵的策略果然奏效,迫不及待的刘进两小时后又打来电话,直接说要借钱。 程岭告诉他现在手头现金不多,明后天再说。 我们越是沉稳,刘进那边就越急! 接下来,刘进很快约程见面,地点:南方电影院。 时间:次日下午三点。

1月17日下午,狡猾的刘进没有在约定的时间和地点出现。

情志漫忆

是有意试探观察，还是突然变卦？十分钟后程岭接到刘进电话，说那边堵车不能按时到达，改约下午六点在省中医院门口见。

刘进三抓未获已成惊弓之鸟，稍有不慎可能再次逃之夭夭。为此，我们反复商量抓捕方案。除了动用广州方面的精干力量外，还需要留一人在驻地负责现场、指挥部以及各兄弟单位的信息传递与沟通，发挥整体作战的效益，确保此次行动一举成功！但在留谁的问题上连根同犯了难。毕竟，现在到了最关键的时候，大家都不想在关键时刻、关键位置上缺席；毕竟，侦察员们憋了太久的气，都想在与敌较量中大显身手！

冯大勇志在必得首先表态："你们留谁都可以，反正我坚决不留！"

何勇也不示弱："你不留让谁留？有你大勇去，我就必须去！"

"二勇"一个比一个猛！连组长为难地说："你们的心情我可以理解，但没人留下了传递情报，我们知道人在哪儿？去抓谁呢？所以，留下来的人特别关键！"

"那我也不留！"

"我更不留！"

"你们都不留，我留！"连根同这下真的生气了，脑袋上的青筋突起很高。

看到这僵持不下的局面，我考虑再三，走到连组长跟前拍了拍他的肩膀说："大伙别争了，我是负责技术工作的，我留。"

"二勇"愣了一下，马上回过神来，拉起我的胳膊喊道："凌云好样的，凌云好样的！"

望着战友出征的背影,我心里也有着说不出的滋味……

我们精心制定一套"堵笼抓鬼"的方案,广州公安等兄弟部门十几名侦察员,将围绕省中医院所有的路口全部控制。

连根同和"二勇"带着程岭埋伏在现场的核心,真是:大网已张开,专等飞贼来!

时间在大伙急切等待中一分一秒地过去。17点50分,我向连组长报告:未发现刘进改变计划,一切按原方案进行。可是到了约定时间,对象却没出现。"二勇"用警惕的目光观察着来往的每一辆汽车、每一个行人。这个不像,那个不是……他俩心理默默地排除着一个又一个目标。

看着渐渐暗淡下来的天空和闪烁的霓虹灯,两人的心情越来越焦急:刘进这次会不会又耍滑头?再晚咱们就不容易发现目标了!他俩不由自主地把目光投向连根同,连组长表情坚毅,表示要坚持下去。

时间在一分一秒前移,18点04分,18点08分……

18点10分,一辆红色出租车由远及近开了过来。何勇用胳膊碰了一下大勇,会不会是这辆车?别慌,沉住气。小声说话的冯大勇口袋里攥枪的手早已出了汗。出租车速度逐渐放慢,后排座上的人探出脑袋,急切地招呼不远处的程岭赶快上车。

"刘进!"

"二勇"几乎同时喊了出来。只见他俩猛虎下山似的越过栅栏,箭步飞扑上去。刘进见两个大汉冲他而来,大惊失色,顾不上再理关系人,死劲拉着车门,歇斯底里地拍打着司机后背大喊:"开车,快开车!"汽车"轰"的一声启动,眼看刘进又要逃

情志漫忆

走,何勇猛扑过去拽住了后车门,与此同时,冯大勇也用自己的身躯挡住即将开动的车头。他双手握枪对着司机大吼:"敢开车就打死你,我是警察!"遂伸手将司机拖出车外。

后面的何勇与刘进争斗不下,何勇在外面拉车门,刘进在里面拼命拽住车门。何勇只嫌自己力气小,猛地发现应该把脚蹬在车轮上借力,这招果然有效,只听"嘭"的一声,车门把手被拉掉,车门打开,何勇大喊一声:"我×!"一头扑进车内,双手死死掐住刘进的脖颈。冯大勇也赶来支援,他手起铐落锁定刘进,其他参战人员一拥而上将案犯牢牢控制。

至此,"九一八"大案主犯悉数落网,被盗文物全部追回!消息传到古城开封,全城上下一片沸腾,大家无不沉浸在胜利的喜悦中。

十

我见到刘进,是把他押到广州看守所的时候。当我看到眼前这个略显文静、忧郁的瘦高个时,怎么也和那个狡猾、多疑、工于心计的罪犯联系不到一起。

我问他为什么这么瘦,而照片上却比较胖?

他轻轻叹口气说:"自从盗取了开封博物馆的文物,心里就没有一天安稳的。整天东躲西藏四处飘荡,听到警车响心里就一惊,看到警察就躲得远远的,就连夜里做梦都是被警察追赶着,惊醒时吓出一身冷汗!"

我点点头:"这也许正是实施犯罪应该付出的代价!"

他苦笑一声:"这回好了,被你们抓住我心里也该踏实了。"

进入看守所，看守听说是全国有名的"九一八"大案主犯，格外小心。他上上下下、里里外外把刘进彻底搜查一遍，然后给他戴上一副最重的铁镣。

刘进一直在用一种迷茫、无助的眼神看着我。我问他有什么想说的，他突然问我："为什么我一来广州你们就知道？"

"对，你一来广州我们就知道。"

"能告诉我怎么知道的吗？"

我摇摇头。他有点失望："那我要带着遗憾去见上帝了。"

为了能安全、顺利地把刘进押解到开封，我安慰他说："用不着这么悲观，只要努力总会有希望的。"

他苦笑着点点头，想再说些什么却没有说出来。

望着那拖着沉重脚镣渐渐消失的背影，我不禁敬佩法律的神圣和正义的强大，同时也为这个利欲熏心、欲壑难填的年轻人感到惋惜。

"九一八"大案征战的号角已经远去，但"九一八"的精神却一直激励着我，警示着我，那就是：高调干事，低调做人。张弛有度，行为知止。常交君子，远离小人。

一阵热烈的掌声，既是对我回顾峥嵘岁月的肯定，也是对武局长最后总结的期待。只见老局长挺了挺腰板，不无感慨地说："凌云同志的讲述，把我带回了20多年前的难忘岁月。一幕幕鲜活的画面，一张张熟悉的面庞，浮现在眼前。战友们的音容笑貌仿佛就在昨天：那迷雾重重、冥思苦想的愁容；那追踪线索急行在大街小巷、山间小道上的背影；那奋不顾身、义无反顾扑向敌人的怒吼；那追回国宝、小心翼翼地抱在怀里的喜悦……

情志漫忆

"尽管过去了 20 多年,但我经常还能收到热心群众、有识之士的电话、微信和来信。他们当中不乏'九一八'大案的铁杆粉丝,也不乏为警察精神所感动的理想青年,还有是为惊险情节所吸引,还有的是对四名高智商犯罪感兴趣……

"总之,虽然当年的案卷纸张已经发黄,英姿飒爽的侦察员已经白发苍苍,但是'九一八'大案的影响力,却远远超过一个案件所产生的能量!它的确成了那个年代人们的热议话题和内心长久的记忆。

"我们的民族不缺英雄,我们的时代不缺榜样!我们需要的是如何让精英的灵魂,根植于民众之心,以补精神之钙;让他们的精神融入民众血脉,以期薪火相传。我们今天要做的就是要把经典案例,变成经典故事;把远去的身影,变成身旁的标杆。唤起民众从善向上的热情。"

武局长最后以一首诗结束了他的总结:回首三十年,勇士战犹酣。余音绕梁时,苍茫写大千!

是啊,经典不能缺失,经典不会过时,经典永远流传……

2022 年 11 月 16 日于开封

千里擒凶战犹酣　　蒲国泳作

山水挹趣

○ 诗 ○

中秋对月

独爱中秋月，素心光可鉴。
清辉三千里，秋思寄一段。

春飘山庄

柳枝纤蕊黄，春意染山庄。
鸟啼静东篱，鸭戏动西塘。
知时新芽翠，经年老木香。
放眼春行处，快意梦轻翔。

黄河放歌

意骋踏清秋，放眼沃野收。
飞鹜一翩翩，白云两悠悠。
昂首走人生，高歌信天游。
敢立潮头水，莫教负风流。

过阳平里故人庄

曾忆明月夜，高朋满西窗。
酒飘三千里，茶发九天香。
挥毫书心志，畅怀赋轩昂。
蝉鸣声渐远，心事寄星光。

苏州烟雨濛 最忆涵晖亭 高峻嶺作

自 题

少时喜搏浪，本性多倔强。
爱心待鸡雏，冷眼对强梁。
亦志胸寄高，亦情心存香。
质璞见柔石，世上绝无双。

五十年师生欢聚

点首辨初容，忽闻唤乳名。
窗前觅长辫，书桌界分明。
生涯各流转，温梦难消融。
携手歌一曲，天桥化彩虹。

茶山行

快意平生事，与君踏葱茏。
茶园梯田翠，仙女潭空灵。
极目尽四望，飞绪任驰骋。
把酒歌一曲，弯月又如弓。

少年梦

繁星点点忆少年，常把弯月作小船。
飘飘荡荡不知处，梦中美景笑也甜。

情志漫忆

过故地小院

满架蔷薇蝶徘徊,扶香倩影今何在?
古斋紫燕说往事,新曲缘为故人来。

忆胡同小院

曾忆胡同门楼中,桃花粉面嫣然红。
占尽春光多少趣,斑驳篱墙说不清。

千寻书院

博采众长藏风雅,金池西望美如画。
高士雅集尊贤明,诗书千年灿艳华。

读《铸剑》有感

一剑磨砺三十年,铸就警魂付鸣弦。
使命担当应无悔,拳拳之心寄云天。

春满小院　　　高峻嵚作

情志漫忆

乘高铁

巨龙轻飞十万山，一盏小酒过岭南。
李白闻讯弃舟去，感叹今人皆为仙。

麦囤家

东庄春浓正飞花，柳絮漫舞逐流霞。
隔岸忽传清歌曲，香浓溢出麦囤家。

西陂画馆

小园清冷兰花殊，晚风噙香恍似无。
孤芳莫摇心湖影，春浅春深总模糊。

赴苏州讲课

雨过江南草色新，一花一木总醉人。
荣登高校三尺台，圆我夙愿梦成真。

再赴苏州讲课

大地斑驳五谷丰，金风送爽再登程。
我以龙潭惊奇事，惠及神州十万生。

宿 吴 江

夜枕碧波暗落英，斑竹摇曳涵晖亭。
擎盖荷叶潇潇雨，梦里犹闻碎玉声。

苏州古巷

粉墙黛瓦青苔路，梦里烟波醉姑苏。
评弹悠悠情怀远，雨巷纸伞恍似无。

兰溪隐者

水光山色鸟声甜，翠拥野花门半掩。
对月老酒直须醉，何论天下秦与汉？

南极小镇

水韵竹风炊烟袅，小镇挂在半山腰。
老汉打酒漫哼曲，夕阳醉映山核桃。

碧居山庄

谁向琵琶声声幽，月色迷离动客愁。
八千归途人何在？ 薄雾已隐北渡头。

情志漫忆

村头小景

麦苗青青织碧网，花袄绿巾古槐旁。
一声吆喝笑破天，喜鹊衔来梆子腔。

卖杏姑娘

一张巧嘴嫩红脸，笑迎大哥尝尝鲜。
未及问价已入口，眯起两眼硬说甜。

山村小景

桃红杏白彩云飘，石磨沿下睡懒猫。
晒暖媳妇呵犬去，怀中孩子正撒娇。

摆 渡 翁

一篙挥日醉画里，双桨带月乐逍遥。
兴衰不知脚下过，敢叫急流化虹桥。

雨夜返羊城

最是难忘珠海行，百里相携踏雨声。
自古知父莫如女，脉脉深情把天撑。

忆桃花

惊鸿一睹曾是君,粉面不知空此门。
物是人非感叹处,转头已成梦中人。

红秋意

茶香酒浓满玉壶,玄鸟翩翩似当初。
最是故土温馨意,弯月伴归睡不熟。

乐见士娟作画

菊香矶楼秋难描,茶香墨浓话逍遥。
笔随心绪飞高远,写到空灵品自高。

友赠扇

古韵新风正堪传,融情意会妙天然。
清风只缘半张纸,挥洒飘逸纳大千。

秋夜思

星点夜空静如水,竹描弯月细如眉。
一帘秋雨幽梦醒,水上伊人知向谁?

情志漫忆

东篱偶得

地偏心远无是非，枕书待云品五味。
酿得佳句三千斗，乐向月宫办诗会。

赴任许都

雨过天晴下翠微，十年情怀梦相随。
五湖四海润德善，再铸辉煌兴汉魏。

重上红旗渠

拨开雾霾见云天，红旗漫卷似当年。
三十八年志犹在，每忆战友心生甜。

藏上茗

雪域高原育松茸，藏上品茗聚深情。
烛光香袅摇心醉，细雨飘窗忘归程。

赞百年河南大学

历尽沧桑不计年，根深叶茂欲参天。
止于至善铸学魂，明德新民树典范。
弦歌不辍唱盛世，薪火相传忆先贤。
东风桃李老圃沃，且看新苗尽盎然。

感春时

昨问何时破坚冰，今喜柳梢又春风。
梨花轻叹依旧韵，黄鹂百啭换新声。
心绘丽景志未老，笔扫阴霾气自雄。
四时更迭依有序，年年心境总不同。

感秋

又见长空雁飞远，春去秋来奈何天？
篱边蝶舞斜阳迟，湖中风动月影寒。
寻真每每入佳境，追梦悠悠动吟边。
只容秋风吹落叶，不许悲歌向暮年！

梦母

膝下温情梦亦真，长风泪飘泣重云。
悠悠芒山人两处，弯弯沙河月一轮。
心结千千湿岁月，往事历历印心痕。
悲欢离合惯常事，一曲长歌任古今。

思乡

怀春常寄柳枝头，烟波十里隐孤舟。
朝迎晨曦逐白鹭，暮送斜阳寄沙鸥。
三年望云酬君志，一夕对月动客愁。
不觉杏花随雨尽，几番温梦到汴州。

情志漫忆

友聚品茶

月光如水浸茶浓，丝竹心语耳畔萦。
清香一缕明心路，雅趣三分淡功名。
情系梁园苍茫里，意向云兰幽静中。
不羡繁华纷争事，但借素笔寄浮生。

回 母 校

三十六年惊回梦，细数往事辨初容。
天桥雕栏欢笑语，木楼花窗读书声。
弦歌一曲壮心志，征程万里争先锋。
白云回望心归囿，峥嵘岁月不老情。

菊香"清园"

相约清明上河园，人面粉花共秋妍。
彩楼悠悠烟柳中，虹桥隐隐云那端。
矮脚大郎心何实，巧嘴王婆笑最甜。
梦回千年沧桑事，月清酒浓夜无眠。

十年感怀

那年东征在早春，投身暗战抖精神。
铮铮硬骨沐朝霞，悠悠琴韵付兰馨。
独守窗前书为友，犹喜来人故乡音。
静观荣辱离合事，此间收获最弥珍。

灵 石 歌

盘古开洪荒，混沌光初现。
万钧霹雳急，千练何迟缓。
造化历万劫，唯有创世艰。
沧海桑田过，海枯石未烂。
寿蔽于天地，寄情在尘寰。
昔日补上苍，今朝美人间。
蛛丝犹可寻，大道法自然。
东苑昂首立，西庭固若磐。
泉流无腐水，峰回有洞天。
五色迷人醉，斑驳光可鉴。
错落均有致，经脉密相连。
灵动连玄机，守静结禅缘。
幽幽气淳朴，铮铮质弥坚。
创世无旧法，幻化有新篇。
读石心绪长，悟石志达远。
陶陶乐忘归，飘飘入仙源。
石我既如一，物我已浑然。
我作灵石歌，大美不知言。

情志漫忆

印 石 歌

天地聚精气，幻化山水间。
女娲炼五彩，凤凰育宝卵。
发思玄黄初，深藏在仙源。
觅影水迢迢，寻踪路漫漫。
驰骋九万里，纵横五千年。
雅香达唐宋，古风追秦汉。
壮歌和氏璧，高名清三连[①]。
行藏证身份，入堂行职权。
古玺承幽意，汉风正堪传。
丽质妙天成，千呼犹遮面。
袅袅月尾绿[②]，飘飘紫云烟[③]。
灼灼看桃花[④]，静静赏紫檀[⑤]。
灯光润盈盈[⑥]，芙蓉气冉冉[⑦]。
善伯洞悠悠[⑧]，艾叶芝兰兰[⑨]。
脂若处子肌，昭然才子篇。
良纸宜受墨，佳石更可堪。
书自印而入，印从书而传。
金石固其心，沧桑质不变。

盈手吞万象，方寸纳大千。

上可辉星际，下能映河川。

一石一故事，一石一经典。

注：①指清朝乾隆皇帝的田黄三连章。　②—⑨均为寿山石名称。

晶 彩 赋

皎晶晶如瑶池水兮，恍然如梦；彰惶惶似蓬莱虹兮，惊现眼明。溯远古之洪荒，圣洁冰清；纳日月之精华，浑然天成。灿朝霞之东升，耿青灯之夜荧；展自然之瑰宝，舒心中之豪情！

惜世济民，女娲补天；仙飘神州，飘荡瑶湾。点化顽石，播种斑斓；遗梦九域，育化宝卵。清纯平接日月，紫气光耀河山。

五千年文明史，浴火重生；八万里求索路，大浪淘沙；神奇凝结千年冰，造化巧织五彩梦；今人有幸识瑰宝，清心怡情韵无穷。

摇曳风姿，缤纷发晶；蕙质兰心，如幻幽灵；温婉兔毛，柔和生动；七彩碧玺，灿若辰星；千古水胆，无暇圣灵；万象景石，妙趣横生；绚丽多姿，剔透玲珑；美轮美奂，至纯至静；晶含世界，林林总总；晶纳大千，葱葱茏茏；神来之笔，妙在天成；五德皆备，天地同庚。

冰晶无尘，晶石有心；娇嫩欲滴，遐想无穷；感慨万千，思如泉涌；神游物外，万虑顿空；石有真意，问之何应？欲言又止，歌以大风！

透美人之窈窕，君子好逑；彰强者之精神，尽显风流。拥高山之意志，耸立昂首；凝长河之气概，从不回头！

情志漫忆

　　承千年之文化情结，昭然华章；纳四海之自然风情，助推新芳。 思房山之灵石，流光溢彩；寄东海之碧浪，紫气万丈！

　　外展风姿，海纳万象；内敛个性，不乏时尚。 佛家七宝，稀世珍藏；四海美誉，歌以沧浪；此中真意，浑然妙想；天地大爱，荡气回肠。 物我如一，昭然天彰；心中有梦，久久长长！

重上红旗渠　　　高峻岭作

研田筑梦

◎ 词 ◎

东风第一枝·欢聚上海

梅渡黄浦,花香外滩,万家灯火朦胧。惊喜亲友相聚,荡起几多温情。古往今来,凭畅想,星月悉听。忆流年,辉煌几度,化作悠扬歌声。

梦已久,流芳疏影,思无尽,吴越华亭。良宵知是何年? 一杯芳酒助兴! 此情此景,莫负了,明月清风。再携手,大好前程,共迎新春彩虹!

踏莎行·水谣古镇

云是水飘,水是云谣,如梦如幻云水谣。秀山丽水无纤尘,恍若少女守寂寥。

古也姣姣,今也袅袅,一曲《关雎》水岸瞧。自古君子多好述,数尽风流看今朝。

定风波·忆少年

拣根竹竿权作马,捉住蜻蜓唱晚霞。摸鱼戏水一个猛,尽兴。浑身泥巴忘回家。

顽皮淘气尽情耍,谁怕? 怀揣梦想走天涯。蹉跎岁月揽白头,何愁? 依旧心中有童话。

情志漫忆

高阳台·秋歌

碧空如洗,大地纷缊,无限秋光在望。拥挤心绪,一任旷野释放,千里金风送稻香,闻莺啼,绿纱红幛。寄长空,雁飞何处?唤梦轻翔。

曾叹凋零感炎凉,寻心远地偏,独赏孤芳。壮志未酬,欲写人生苍茫。试问大地谁着色?驾长风,老夫敢当!试新笔,舒展蓝天,再赋华章!

鹧鸪天·为女儿任教河大而作

聪慧阳光又和善,学业有成把家还。旭日东升父嘱托,星光满天母盼还。

征程急,莫等闲。百年学府待新颜。立身处世谦与勤,传承家风谱新篇。

鹧鸪天·故乡桃园

蜂盈蝶舞桃花艳,九曲沙河柳带烟。东风似剪裁万象,细雨如弦弹千繁。

觅幽径,任流连,芳林韶光香满眼。欲写春光行到老,千般心绪尽斐然。

鹧鸪天·南湾湖

秋色一碧水三千，旷朗无尘赛春妍。农家鸭肥满河渚，山姑鱼香飘兰湾。

星点点，月弯弯。龟山亭上忆流年。相约明年琵琶桥，共绣彩霞赋新篇。

采桑子·美玉桃源

沧海桑田育美石，碧也如霞，赤也如霞，嵩岳东望添光华。

月亮桥下醉牧牛，洞里人家，洞外人家，洞里洞外皆神话。

踏莎行·游古城

绿染古城，花开新枝。红芳晓露何来迟？春深春浅路几许？燕舞莺啼两心知。

泪洒应天，血染桃扇，痴情似曾总相识。粉面桃花相映美，金秋红果赋新词。

画堂春·忆桃花坞

曾为风雅寻折扇，梅坞柳翠桃源。姑娘卖花羞半含，笑立水岸。

古巷流光浅浅，咏唱姑苏一段。花窗竹影今又是，箫吹溪畔。

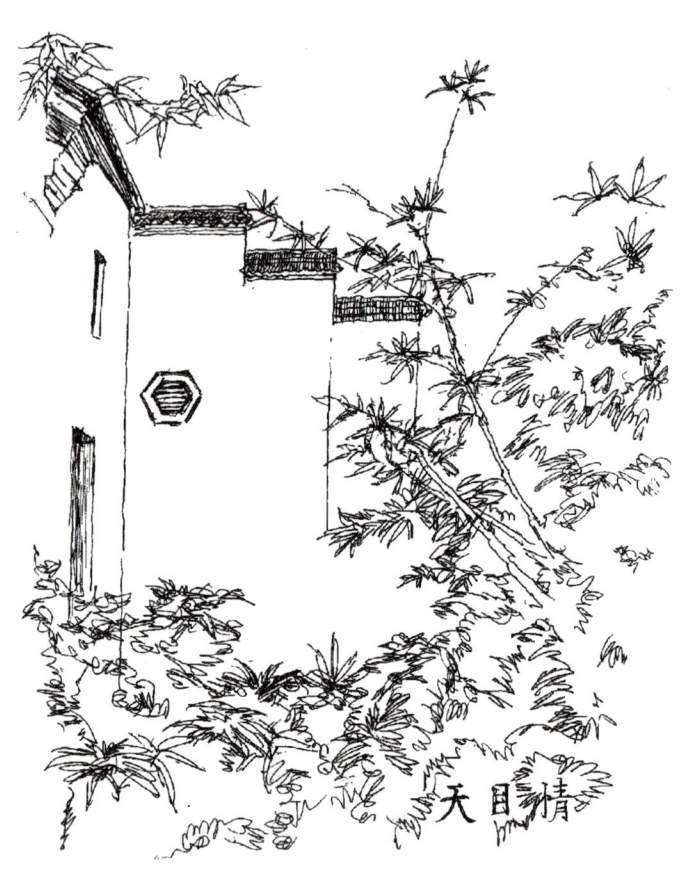

一扇墙壁 一种记忆　　高峻岭作

喜迁莺·宿泾县

青石巷，雕花窗、雨后映斜阳，沧桑写满马头墙，对月竹林旁。

纸扇俏，歙砚妙，醉心骚客多少？岁月沉沉宣纸黄，至今留墨香。

少年游·吴江小住

山水萦绕木叶香，杜鹃正芬芳。含晖亭外，彩虹桥边，最美是吴江。

寻梦雨后东楼望，苔痕印粉墙。与谁同坐，七里山塘，至今不忘。

南乡子·南粤访师

心绪似飞鸿，年年南国未了情。耄耋恩师童心在，萌萌。小曲两声赛年轻。

最忆校园中，果林静月诉心声。当时诺言化云笺，尘封！愿守冰心为平生。

少年游·过龙湖

庭院深深尽朦胧，幽径横疏影。寒露轻染，九曲流英。释怀月满庭。

清茶一杯大千事，莲河共心融。古枣园深，林溪湾浅。大美不言中！

姑苏记事 高峻岭作

踏莎行·宝泉

　　山道弯弯，碧水兰兰，百里寻梦入仙源。林深溪长路何在？瑶溪深处有客栈。

　　十步一瀑，五步一潭，温梦轻飘云水间。山姑何须笑白发，凌云之志似当年！

鹧鸪天·老界岭

　　梦幻仙境醉意醺，何年心事印月痕。兰鸟殷勤筑香巢，松涛漫飘化诗心。

　　味芳芳、气纯纯，花木掩映泉深深。今夜山气蕴佳梦，明朝伴君踏彩云。

踏莎行·坝上草原

　　追梦已久，雄关飞渡，花田草海觅天路。白云漫飘野狐岭，斜阳醉美天鹅湖。

　　花前掠影，月下逸步，共觅心曲似当初。风车悠悠岁月远，如歌岁月心长驻。

如梦令·咖啡小屋

　　温馨流动香浓，苦涩溢出旧梦。冷观行路人，个个形色匆匆。从容，从容，细细品味人生。

情志漫忆

鹧鸪天·寄恩师

校园初识在早春,露滴红颜透清淳。笔耕苗圃期芽长,心系桃李盼成荫。

经风雨,长精神,慧质兰心最弥珍。韶华易逝雄心在,依旧当年追梦人。

蝶恋花·怀念父亲

为立身志少从医,戎马生涯,抗日顶风雨。一生勤俭清如许,家风严整育儿女。

岁月茫茫秋风起,恍似梦里,聚散两迷离。长风何处寄心语?嫦娥有情舒广宇。

如梦令·黄河二首

一

人称母亲黄河,哪知桀骜性格?千年问安澜,华夏悲凄苦多。涨落,涨落,喝令众河归我。

二

悬河安澜谁系?伟人谱写壮举。誓建幸福河,润泽神州大地。谁比,谁比?那边惊了大禹。

诉衷情·秋夜怀远

如水月光静徘徊,风透桂香来。一枕温梦萦绕,觉来鬓丝白。

忆往事,多风采,感情怀!试问瑶琴,纯真心弦,是否还在?

长相思·读《青春季》

春也柔,夏也柔,情窦初开最难求!甜蜜黄昏后。
思难休,悔难休,肝肠寸断天知否?一错难回头!

浣溪沙·读《青春季》

光阴渐老渐曾经,柳莺传来爱黎声,欲赋心事却娉婷。
当初年少轻别意,如今思绪难消融,今生何时还得清?

鹧鸪天·有寄

弯月如船最堪怜,小楼独上忆流年。湖畔前盟寄白云,柳下弦歌绕花间。

理心绪,揉作团。履痕岚影不肯删。明知鹊桥是佳梦,原来真情是思念。

少年游·从故乡到五朵山

金风送爽醉轻纱,沙澧是我家。古渡云乡,篱外果甜,欢唱

情志漫忆

有鸡鸭。

山道弯弯逐君梦，斜阳美如画。 北顶五朵，瑰丽多姿。 昂然赋年华。

浣溪沙·御河泛舟

烟火漫舞夕阳外，御河弯弯幻异彩，笙歌曼舞意徘徊。
兰舟悠悠千年事，荷香入梦不必猜，盈盈一水可咏怀。

少年游·太行行

太行深处欲筑梦，山洪向天横。 雷雨助威、红石壮行，豪情越葱茏。
云飞雾散天放晴，云崖看彩虹。 听山水舍、鲁班故事，忘道晚霞中。

临江仙·回母校

人生最忆是青春，母校情思渐浓。 树蕙滋兰气铮铮，彝山承古意，天桥留遗踪。

曾经豪情写峥嵘，敢做时代先锋。 少年意气向葱茏，美好心头事，至今难消融。

念奴娇·忆"九一八"大案

风雨突降,包湖畔,国宝大案惊天。愁思疑虑三千丈,看我勇士亮剑。人海茫茫,迷雾重重,真伪实难辨。灵机生处,江城峰回路转。

三山五岳踏遍,运筹帷幄,对月思无眠。青岛吉林又澳门,横刀羊城决战!常忆峥嵘,思绪连连,精神最堪传。夕阳正美,再绘长空雄篇。

清水研香

◎诗歌◎

清水研香　◎诗歌◎

一座山的启示

几滴秋雨
砸出一个
斑斓多姿的秋天
脱去纷扰
随着那座山的高度　提升

云雾
以她特有的方式
勾勒出每一座山的　个性
和每一片林的　心情

山　因雨而挺拔
树　因雨而茂生
石　因雨而阳刚
风　因雨而峥嵘

只有　迷失了方向的乌鸦
躲在崖下
注视着雨的无奈
发出几声叹息和哀鸣
雨中登山
与其说是为了欣赏风景

情志漫忆

不如说是净化心灵
聆听　天籁之声

丝丝细雨
传达着上天的符号
重塑了浮躁张扬的个性

层层石崖
展示着自然的神力
印证脚踏实地的厚重

每一次跋涉
都用疲惫
洗出一个全新的自我

每一次远行
都以期盼的目光
把未知世界探个究竟

其实　人生总有许多
挡不住的诱惑
正像登山
总想着再上一个平台吧
因为

清水研香　◎诗歌◎

新的高度
总有一片
你不知道的风景

情志漫忆

冬天的梦
——献给亲爱的母亲

小时候
听母亲说冬天把手埋在雪里
这双手
便可以擎起一片天地
我好奇地试试
嘘……
好冷　好冷

后来
我熟睹了那双爬满筋脉的手
整日飞针走线忙个不停
织出儿辈似锦年华
绣出孙辈绚丽的黎明

又是下雪的时候了
静静的窗前再也见不到
母亲尽瘁瘦弱的身影
茫茫雪地　凛冽寒风

低吟着童年的故事
孕育着绿色的
春之梦……

清水研香 ◎诗歌◎

寄给母亲的歌

妈妈　您在哪里
凛冽的北风
把心刺痛的时候
总会把您的深情想起

那是一种
幸福而略带隐痛的回忆

在草长莺飞的春天
妈妈一大早就把希望
缝进书包里
左一句孩子是否吃饱
右一句衣衫是否整齐
孩子一点一滴的变化
全都在妈妈心里

繁星点点的夏季
妈妈把竹床摆在四合院里
东一段陈年往事
西一段做人道理

妈妈的胸怀

情志漫忆

似乎撑起整个天宇

大雁成行的秋季
妈妈便开始
在灯下缝补棉衣
摸一摸里面
棉花是否暄软
试一试外面
能否遮风挡雨

细细的针线
牵着儿女每一个步履

冰雪覆盖的冬季
妈妈还在用瘦弱的身躯
撒播爱的气息
直到把黎明
定格在窗花上
一颗晶莹的泪滴

妈妈　您去了哪里

雪停了
还见不到您的身影

听不到您的话语

妈妈说
她太累了
她已把所有的温暖
留给大地
化作一个永恒爱的主题

不信　那种善良
那种坚韧不屈
至今
仍在儿女的血液里
延续

情志漫忆

凌霄花

其实
乘势而上
也不失为一种　睿智

从一点一滴爬起
忽略了蝶舞鸟鸣
对上对下
没有一丝抱怨
只是在重复着　一种
顽强的单调

骨是硬的
为的是和排挤　打压
形成一种　不屑

丝是柔的
为的是和山石　树木
构成一种　和谐

内敛
阐述的是一种
不屈的　精神

而张扬
诠释的则是
伸向蓝天
一支支
橘红色的　歌

情志漫忆

青春之花
—— 写给女儿

你是　世上最亮丽的
风景　绽放在
最有希望的季节
连鸟儿
都唱个不停

你是　大地上最美的
精灵　活跃在
每一片　原野
连小草也
变得　欣荣

你是　父母心中
期待的　未来
寄托着
全家人的希望
连漫漫　长夜
也变得　澄明

一点灵犀　便
可以融通

一棵嫩芽
也可以恢宏

花之梦
也许还有曲折
也许还有峥嵘
但不要害怕
经历了风霜
身姿才能挺拔
花朵才有灵性
经历了雨雪
为人才会谦和
处事才更从容

用热情　去拥抱
多彩的世界
用责任　去传承
朴实的家风
豁达乐观
向善向上
勤劳智慧
讷言敏行

春天刚刚　开始

情志漫忆

　　我们必须　只争朝夕
　　花儿刚刚　吐艳
　　我们需要　万紫千红

　　开启
　　我们的　智慧
　　去开创　美好的愿景
　　勤劳我们的　双手
　　去收获　秋的硕果
　　迈向
　　新的　征程

鼓浪屿随想

鼓浪屿
是一个兜售思绪的小岛

一座座中西合璧的老宅
写满了沧桑
斑驳的墙上
依稀可以看到
西方列强曾经的
趾高气昂

一条条幽深洁净的小巷
很细很长
承载着历史老人的足迹
寄托着人们对大海的　向往

高大榕树下飘来的
一缕缕茶香
漫不经心地在
绿茵中闲逛
那种安逸、恬淡会
漫漫渗透你的心房

情志漫忆

　　还有不知从哪座

　　别墅中

　　传出的琴声

　　相约了多情的三角梅

　　伴着海风

　　轻轻　回荡

　　小岛的标签：琴声、老宅、窄巷

　　小岛的风格：古老、典雅、大方

　　小岛的记忆：人潮退尽，鼓浪依旧

尧坝古镇

其实
尧王未必
知道　古镇
是坝上的
黄粑香　飘进了
他的　梦中
于是　才有了
古镇：淳淳民风依旧
多情千载悠悠

青石板是
沿着绿苔铺就的
小青瓦是映着楠竹镶嵌的
格子窗
伴着茶韵延绵

古榕树
随着酒香摇曳

古街入口
油纸伞连成了彩霞

情志漫忆

古街出口
幺婆辣椒晒成了
夕阳

春 消 息

当老树
还在为千年的
负担而叹息
一抹春风
便在她的额头
添上一片新绿

当小溪
还在为冰封的
脚步而忧虑
一缕久违的阳光
便让她的心灵
又激起 哗啦啦的
欢声笑语

大地似乎还在　沉睡
一场无声的　细雨
便撩醒她的　旧梦
放飞了明媚多姿的　希冀
天空仿佛还在迷蒙
一声清脆的　雁鸣
她展露的　胸怀

情志漫忆

又充满了迷人的诗情画意

春的脚步很轻
轻得当你还在盼望
她的到来
姹紫嫣红已
写满整个　大地

春的脚步很快
快到当你还沉浸在
美美的欢声笑语里
一瓣飘零的花
却无情地
随水而去

于是
春的永恒
便成为
对人生的
不断　激励

读春天　　　　吴士娟作

情志漫忆

记忆中的萤火虫

不知何时
萤火虫被定格在
城市遥远的记忆中

这注定是
现代文明的一种隐痛

记忆总是在
不经意时打开
往事的尘封

那是夏夜透明的天空
一张竹席凉床
架在四合院中
伙伴们围坐在一起
听着月兔的故事
数着满天的星星
无穷的假想便
油然而生
蓦然　梧桐下
飞过一只萤火虫
于是小伙伴们

追逐着　嬉闹着
嘴里喊着
"萤火虫　萤火虫
为找媳妇打灯笼
飞到西　飞到东
花花媳妇笑盈盈"

不知不觉
伙伴们就追到了湖畔

静静的湖面
高高的荷叶
纯纯的草香
悠悠的蛙声
而更多的萤火虫
却给这里的夜
带来神秘和灵动
那时候
还不知道"轻罗小扇扑流萤"
的诗句
也不知道
"车胤囊萤"的故事
满脑子只是
对夏夜神秘的困惑

情志漫忆

对天地之大的憧憬
对童年生活的无忧
以及对
未知明天的懵懂

而萤火虫
无疑成了漫漫长夜
一个舞动快乐的精灵

渐渐地
我们伴着泥土长大
渐渐地
我们随着草木共生
渐渐地
我们终于读懂了
那个小小的生灵
对自己的要求
即使短暂的生命
也要谱写
闪光的历程

对别人的要求
简单生活　守住底线
创造一个和谐共融的环境

对生存的要求
气清水净
植被茂盛

可如今
噪声湮没了
蛙鸣蝉声
霓虹灯取代了
渔火流萤
利益膨胀了
人们的血管
钢筋水泥
凝固了人们的心灵

还有什么
比破坏地球
更可怕

还有什么比
失去生灵更
后患无穷

小小萤火虫
你带来的不仅仅是

情志漫忆

儿时的乐趣和梦幻

而是
对人类与自然界
和谐相处的
一种肯定

小小萤火虫
你带走的不仅仅是
夏夜的多姿与浪漫
而是
人类心灵的希望
和对故乡的陌生

留住萤火虫
还地球一个
多姿的夜空
留住萤火虫
还家园一个
天蓝水净

呵,
萤火虫
心中那不再遥远的梦

清水研香　◎诗歌◎

蝉　悟

没有蝉声
夏天　似乎
不叫　夏天
尽管城市已
忘记　蛙鸣
尽管人们已
远离　芭蕉
小扇　但
只要听到　蝉鸣
人们便会
感受到
乡音　体会到
乡韵　还你一个
浪漫的　童年

蝉是渲染的
高手　他能从早到晚
不知疲倦
用高昂的　调子
歌一曲　生命的
永恒　引出一个
激情躁动的

情志漫忆

夏天

蝉是寄托的
精灵　他蛰伏
地下　太久太久
一夕破土便
不断　登攀
向世界展现一种
"居高声自远"的
大家　风范
蝉是不幸的
他出世于
百花齐放
陨落于
万物凋零
"噤若寒蝉
指日可数"
为弱者　留下许多
生命的　哀叹

蝉是幸运的
他　生于大地
歌以　蓝天
品行高洁　精神毕现

为强者诠释一种
执着不屈的
内涵
蝉用生命而高歌
生命以蝉而灿烂

悟蝉
可以　笑对今天
歌以　今天
悟蝉
可以　展望明天
装点　明天

歌一曲
时光的
只争朝夕
去迎接　生命的
凯旋

斜阳乐忘归　　　　吴士娟作

别

尽管
早就知道
秋风过后　必定是
一场秋雨

可是
那天晚上
她的心　还是被
突如其来的　小雨
浸透了

最大的无奈是
把无奈化成无言
正如　风雨过后
那种空荡和平静

她需要
找一个　埋葬苦涩的地方

可是
昔日城市中　绿色的梦
纷纷剥落　每一片落叶

情志漫忆

都能　把心刺痛

于是
她关上房门
把记忆拒之门外

然而
是窗帘的
缝隙　出卖了她

那是
千里之外
不期而至的
月光

清水研香　◎诗歌◎

致隐蔽战线的前辈

如果说
我们尝到了江河的甘甜
那你一定不要忘记
孕育江河的
一座座伟岸的　雪山

如果说
我们看到了鲜花的　璀璨
那你一定不要忘记
大地的宽厚和
无私奉献

是你用智慧和勇敢
在白色恐怖中
与敌　周旋
是你用鲜血和生命
让无数个战友
躲凶　脱险

无数个白昼黑夜
你们在电波中
迎来黎明

情志漫忆

无数个春夏秋冬
你们在血与火的
洗礼中
时隐时现

有苦不说是
一种品质
受气不叫是
一种内涵
长期恶劣环境
你们养成了慎独　忠诚的
好习惯
长期的严酷条件
铸就了进取　奉献的
大家风范

共和国的荣誉册上
也许找不到你的　名字
但你们的默默奉献
已彪炳历史的　长河
铭记在
亿万人的　心间

致敬！　隐蔽战线的前辈

清水研香　◎诗歌◎

祝颂！ 特殊材料铸成的
英雄好汉
无论困难有多少
我们都将继承遗志
勇敢登攀
无论道路有多长
我们都不会忘记
历史天空
那一片星光灿烂

情志漫忆

远水的呼唤

可是我
无论如何不得不
走向你的身边
那样的
一种恬静
那样的
一种嫣然
那样的　一种
若即若离的　期盼

走过　长长的
一段路　人生
难免会　留下
许多　感叹

碰壁的次数太多
便希望与水结缘
那种处方则方
处圆则圆的　通达
诠释着"云水无形"的
内涵

目睹浮华太多
便希望与水结缘
那种不染纷华
修美于内的从容
展现出一种"真水无香"的
内敛

耳闻沉浮太多
便希望与水结缘
那种惯看风雨
处事不惊的自信
昭示着一种"远水无波"的
悠远

走进湍流的
河水　焦渴的心
似乎　忘乎所以
水的纤指会
为你拂去
厚厚的　慵懒
融化你　心中
沉寂的　冰川

惊鸿一瞥

情志漫忆

醉人的　甘露
直达　心田
就连尘封多年的箴言
也渐渐露出
端倪

对清泉的钟情
其实　是对
世俗的　一种厌倦
对远水的呼唤
其实　是对
压抑内心的
一种舒展

读懂了水
就读懂了
人生的　坦然
读懂了水
就读懂了
对万物的　感念

"静水流深"是
人生　一种
大境界

清水研香　◎诗歌◎

"上善若水"是
万物　一道
空灵的
风景线

情志漫忆

后　记

　　余几十年追求者志和情也。 志者，乃报效国家，惠及民众。男儿当自立，男儿当自强。 志不立，天下无可成之事！ 来世一遭理应发光发热，不求炫人耳目，只求不负此生。 情者，乃人间真情真意，无情未必真豪杰。 一个人没有强烈的感情，就不会有强烈的志向，更不会有干事创业的激情，因为世界本就是情感交织，其牵缠着人世间的每一个人。 正所谓：相思得志，真诚通天。 因此，以真情处事，以诚恳待人，以雄心立志，以勤奋创业，乃人生信条。

　　记得中学时期，自己总期待课余时间，走进大自然，走向工农兵，把书本知识和社会大课堂结合起来。 发誓要为理想而奋斗！ 磨炼钢铁般的意志，带出一个火热的集体，闯出一条不平凡的人生道路。 于是，我便利用假期，组织团员骨干，自备干粮和铺盖，徒步行军，跋山涉水，先后到新乡七里营感受农民"翻身做主人，处处气象新"的丰收和喜悦，到林州红旗渠体验"一渠绕群山，精神动天下"的战天斗地的人间奇观和壮举，到郏县广

后 记

阔天地品味"青春红似火,沃野炼丹心"的无私境界和绚丽人生。

那是一个暴雨如注的夏日黄昏,沿着崎岖、泥泞的山路,行走一天的同学们已经筋疲力尽。眼看就要来到盼望中的宿营地——任村中学,迎面碰上负责前方联络的继成同学,只见他边擦汗边喘着气说:"前方学校说什么也不接待外地学生,理由是怕不安全!"

继成声音不大,却让大伙吃惊不小! 同学们顶风冒雨赶了一天路,早已疲惫不堪! 眼下天已擦黑,除了前方这所学校,别无投宿之地。 可是,眼看这唯一希望就要化为泡影,大伙心急如焚! 我冷静思考一下,果断告诉继成:"把队伍拉进学校,站在操场唱《三大纪律八项注意》。"

伴着风声、雨声、雷声,同学们越唱越起劲,越唱越雄壮! 雨水顺着面颊流,泪水绕着眼眶转……

一直待在办公室静静观察的校长被同学们的奇特的举动所感动,他顾不上拿雨伞,大喊办公室主任赶快打开房门,迎接这群不一样的学生。 当12位瑟瑟发抖的同学围在柴火旁卸下行装时,校长的眼泪下来了……只见每个同学从上到下、从里到外全都灌满了水! 连会议室的地上都淌满了水……陶乐同学说,她的背包里能挤出十斤水;丹华同学的防水手表,因泡水时间过长也停摆了;亚冰同学的脚上血泡已透过球鞋往外渗血……而有谁知道,眼前这些跋山涉水、顶风冒雨独自闯天下的学生,年龄最大的只有16岁,而年龄最小的仅仅12岁。

30多年后同学相见,陆行感叹道:"你当年胆真大! 带着那么小的同学翻山越岭，硬是从山洪里闯过，从落石中脱险……要是有一点儿闪失，后果不堪设想啊！"

我笑道："初生牛犊不怕虎，我们靠的就是那种精神！"

陆行点头："当时我们年少缺乏经验，天天在雨里淋，在水里泡，使得日后一些同学得了风湿、关节炎等疾病。不过我们并不后悔！因为正是一次次的经风雨、见世面的锻炼，才使我们小小队伍中，成长出了专家、教授、行长、局长、总经理、工程师等人才。"

这正是，立志早，事业兴；磨炼多，成长快啊！

如果说心寄河山、走向工农体现的是青少年时代的志向，那么危难时刻护理唐山地震伤员，则体现的是融融的情。

那是一个危难时刻！大批在唐山地震中受伤人员运抵开封，医院急需护理人员。学校组织团员干部投入医院照顾伤员，同学们不但要给伤员喂饭、喂药、端水、倒尿，还要为伤员洗脸、洗脚、唱歌、读报，真是从早忙到晚，争先做模范！

一天傍晚下起小雨，忙碌一天的我感到筋疲力尽，打算到旁边买几个火烧充饥。小店不大，但生意很好，窗前已有四五个人排队。等我挨到窗前，前面长辫子姑娘好像发现了什么，轻声对卖火烧的人说了句话，便转身离开。我凑到窗前喊："要四个火烧。"只剩两个了。卖火烧的看我心有不甘，叹了口气说："就这俩，还是前面那个姑娘有意留下的，她本来全要的。"

我恍然大悟，遗憾没有看清长辫子姑娘的面容，好像是低年级的。

第二天来到医院，听说昨晚有位女同学，在医院连续工作 16

后 记

个小时累得晕倒了。还听说,是位长辫子的姑娘,头天晚上还出来为伤员买火烧……

我不知道晕倒的是不是留给我火烧的姑娘,但我知道,那个年代的人,为别人着想比为自己还多!

前些日子,我把中学时期和同学一起办的报纸、杂志捐给母校。当时,校长捧着发黄的纸张激动不已:"这是你们学生自己办的呀?手刻蜡版,还是油印的。"我点点头回答:"是的,里面记录着我们几次开门办学的难忘经历和体会收获,还有我们护理唐山伤员的动人事迹。"校长拉着我的手说:"这真的太珍贵了!它不仅记录了学校珍贵的历史片段,还保存了我们艰苦奋斗、不屈不挠、无私奉献的时代精神!"

成功尽从难处得,少年无向易中轻。纸张可以发黄,记忆可以剥落,但青少年时期培养起来的意志、品德、素养等却使我受益终生!

我曾在华山顶着狂风去迎接黎明最美的曙光,暗想:不畏浮云遮望眼,要干一番辉煌的事业!也曾在太行山经历过暴雨、山洪、滚石,自信:经多少事,立多大志;吃多少苦,办多大事!曾经惊叹过苍山的高耸入云,发誓:要言行知止,进退有度,敬畏大自然,敬畏党纪国法!也曾感悟过黄山的苍茫飘逸、神秘莫测,慨叹:世事无常,自然无常,我们支配不了外界,也难以改变别人,唯一能做的就是完善自我,成就大业!"男儿立志在葱茏,当借风雨写峥嵘。金戈铁马征程远,人生最忆是真情。"

《情志漫忆》既反映本人对梦想、对蓝图孜孜不倦的追求,也折射出对大自然的倾心,对中国传统文化的钟爱,以及对亲人、

情志漫忆

朋友的真情，是情与景的融合、心与志的展现。

曾经一个人漂泊异地他乡，在干事创业的十多年里，自己养成静以修身、俭以养德、三省吾身之习惯，甘于寂寞，乐向孤独。"花木深深少人问，灯红酒绿失天真。唯恐崦嵫夕阳迫，乐享孤独最清心"是那个年代自己生活的真实写照。我的专业老师江雷是系统内最高学府的心理学专家，当她看到我一个人在外地简陋的工作、生活条件时，不由地惊呆了："你整天就是在这样的条件下干事创业的呀？"我微笑着点头："不好吗？"她一脸严肃地说："我想掉泪……"

我知道老师看我一个人孤苦伶仃在外奋斗，生活条件还那么简陋，心里不是滋味。但我明白，这不正是自己专心致志、心无旁骛干事创业所需要的吗？很长一段时间，我和妻子、女儿分别生活、工作、学习在三个不同的城市，彼此难以照顾。我们的约定是："管好自己。"管好自己，看似平常简单，但如果每个人都做到了，每个家庭就会好起来；如果每个家庭做到了，整个国家就会好起来。

我相信，真正的强者都是历练自己、支配自己的高手，他们知道哪些事情该做，哪些事情不该做，哪些事情需要做到什么程度，更知道给自己营造什么样的环境锤炼自己。所以，对事业可以一展才华，天高任鸟飞，而对自我，则必须苦心励志，慎独慎微，临深履薄，高调干事，低调做人。谨记：谦受益，满招损，骄必败，奢靡付灾祸，德行天下必成功！

长期的自省、自知使自己逐渐形成默默耕耘、不断进取的惯性。只管耕耘，不问收获，躬耕前行，未敢懈怠。积一时之跬

后　记

步，臻千里之遥程。

记得一次破获大案之后，领导又下达新任务，需要去广州出差，许多人都惦记着立功受奖，表示不愿意出差，而我却主动要求前往。事后，许多战友荣记一等功、二等功，我只立了三等功。领导问我：心里能不能想通？我笑答：当初参加专案组，一心只想着发现线索，早日破案，没想到最后还立了个功，真是意外之喜……领导点头：小伙子做事长久！

其实，吃亏既是一种处事策略，更是一种人生智慧。把眼睛盯在鱼上，获得的只是一顿美餐，而把眼光放在渔网上，则会一生获益。常常想起小时候父母嘱咐我的那句话："年轻人见活多干点儿，掉不下几斤肉。见利多让点儿，穷不到哪里去。"所以，从小劳动我就要比别人多干点儿。别人扛一捆麦子，我要扛两捆；别人扛两捆我要扛四捆；割麦子，别人割一拢，我要割两拢、三拢……弯腰割不动了，就跪在地上割……我懂得：要想人前突出，必须人后付出；要想人前显贵，必须人后受罪。

曾有人问：为什么高先生为你画的人像速写，略显凝重、沧桑？我笑答："璞石须磨砺，寻道宜久思。"人生就是要在不断反思自我、修正自我、历练自我中前行！一次到四川查线索，黄昏时分已经没有长途汽车，为尽快赶到目的地，我拦下一辆拖拉机，驾驶员为难地说："车上装满了竹篓，坐不上去的。"我很认真地告诉他："让我们这位老同志跟你挤在驾驶楼，其他你就甭管了！"说完，我便纵身跃上车厢。接下来的30多里山路让我叫苦不迭！拖拉机在崎岖的山道上颠簸，一上一下，一左一右，拖拉机像个气球，在山间飘来飘去，而我像个壁虎，死死抓住绳索。多亏我中学体育好，单杠、双杠动作这会儿全用上了……到达老河口，老李慌忙下车，看我还在不在车上，我活动一下僵直的身体说："这不还是个大活人吗？"第二天返回途中，看到昨晚经过的艰险道路，不由倒吸一口冷气！老李说："要知道这么危险，说什么也不能坐拖拉机。"我笑道："为了事业，冒点风险也值得！"的确，我的信条是：宁可在成就事业的道路上冒险，也决不躺在安逸的温床上平庸！

行为造就习惯，习惯铸成性格，性格收获人生！正如好友评价：你在用读书、写作的充实与快乐，打发那个孤独、寂寞的岁月。而我以为：从不断追求中获得的充实与满足是化解寂寞与孤独的最好良方。那么，一个人长期在外面对孤独与寂寞，怎样做到不负光阴、不负自我呢？我有三件法宝：读书，赏石，听音乐。

读书是一个人走向成熟和文明的开始，是适应社会发展和激烈竞争不可或缺的"油料"和"动力"。一个人在外，可供自己支配的时间多了，充实自己、弥补自己读书缺憾的机会也就来了。从领袖著作到传统文化经典，从诗词歌赋到收藏鉴赏等，委实让自己获得一场文化盛宴。自己越来越感受到，人的生命价值往往在于对目标坚持不懈的追求。所以，一生不可或缺的就是奋斗和读书。"静心足以养志，至乐莫如读书。"

有人问我，为什么在众多中国传统文化中独爱赏石？我思忖：玉石最有灵性，最能体现华夏文化的根脉。且不说原始社会的神玉文化，也不说奴隶社会的礼玉文化，单就封建社会的德玉文化，就有说不尽道不完的内涵和张力。"仁、义、智、勇、

后 记

洁。"每一点都堪比君子，堪称典范！ 山无石不奇，水无石不清，室无石不雅，人无石不安。 我们从中不仅能感受到人生的启示，而且还能建立起与大自然沟通的渠道，达到天人合一、物我共荣的境界。"温润典雅长相伴，石不能言最可人。"

40 年前，我去郑州上学，同学送我的笔记本上题写名人名句："生活里没有歌声就像是没有阳光。"我没有洪亮的嗓音和专业的音乐素养，但在我的人生旅途中，却始终有音乐相伴，可以说，音乐与时代相随，歌声同人生相伴。

"学习雷锋好榜样，忠于革命忠于党……"幼儿园时我就肩扛木枪，登上人民会场的舞台参加全市会演。 不料，一踢腿我的鞋子掉了，我没有顾及鞋子，而是坚持了演出。 还是继跃同学眼疾手快，演出结束帮我找回了鞋子。 事后，我俩双双受到了老师的表扬。

"一朵朵葵花向阳开，一排排小树长成材……"每当听到这首童歌，便想起小学大楝树下学拼音的场景：班长丹华守在教室门口，读不会拼音不让出去。 我笑女生自不量力！ 就使眼色让同学跳窗户"逃走"。 我逞能想表演个单手翻窗，谁知一不小心裤子挂烂了，捂着屁股狼狈逃窜。

"同学们大家起来，奔向那抗战的前方……""大刀向鬼子们的头上砍去！"月光下，操场上，十几个雄赳赳、气昂昂的少年正在排练节目……从小受到的便是爱国、向上、有为的教育，立志做一个有志青年。

"满山的松树哟，青又青嘞，满坡的翠竹根连根……"这是我们 12 名小将，经历了艰难险阻，登上红旗渠青年洞时发自内

情志漫忆

心唱出的爽朗歌曲。"我们年轻人有颗火热心,赤胆忠心为人民……"这是女生为男生洗衣服时哼唱的小调,要知道这是几个十三四岁的小姑娘,在极度疲惫的情况下所做的事情。真可谓:"敢为人先,开门办学闯新路;战风斗雨,历尽磨难见真情!"

"雪花尽情地飞舞啊,覆满我们的身上,艰难苦寒何所惧?心怀着崇高理想……"在白雪皑皑的寒冬,在寒风凛冽的征途……我们没有老师,没有交通工具,甚至没有了干粮……15个意气风发的青少年,举着红旗走向他们向往的广阔天地……我们曾把红旗插在高高的擂鼓台,把汗水洒在深深的井下煤层,把歌声包进热腾腾的饺子,把梦想寄托在了广阔天地……

"年轻的朋友们我们来相会,荡起小船儿,暖风轻轻吹……"告别艰苦的下乡生活,摆脱对理想信念的迷茫、困惑,走向省城的专业院校,开始了人生新启航、新飞跃。那真是天也新,地也新,春光惹人醉,欢歌笑语绕着彩云飞!一分钱我们掰成两半花,一本书我们传过一夜看,月光下我们抄过《辞海》、词典,泥水里我们练过擒敌拳……

"寻寻觅觅,在无声无息中消失……"在羊城广州,在"九一八"大案的决战战场,侦察员们风餐露宿,苦苦寻觅,寻找着敌情的蛛丝马迹;精心设计,欲擒故纵,布下了专捉"飞贼"的天罗地网;敲山震虎,逼虎吐食,巧妙地把大批文物完璧归赵;斗智斗勇,果断亮剑,不但为青岛、吉林战场提供了大量有价值的线索,还成功抓获最为狡猾的二号主犯刘进,获得了决战广州、决胜全案的成就!真乃:"踏三山五岳,缉国宝大盗,峥嵘岁月声犹闻;征五湖四海,铸警魂利剑,宝刀未老志尚存。"

后　记

"一城风雅半含烟，十年传道在讲坛。"每每去苏州讲课，便会想起那粉墙黛瓦、临花照水间的浅吟低唱："雕几块中国的花窗，框起这天人合一的融洽……是一曲绵延的姑苏咏唱，吟唱得这样风风雅雅……"曾经梦想做一名大学老师，把自己的知识和经验传授给一代又一代青年。我的梦想得以实现，而且被我们系统的最高学府聘为副教授，整整十年。苏州，是我梦想成真的地方。

"送战友踏征程，默默无语两眼泪，耳边响起驼铃声……"汴梁城，既是我出生、成长的地方，也是我事业发展、初见成效的地方，其间有太多的情结与不舍，然而，为了事业的发展，我还是按照组织要求，毅然决然东征作战；文娟同学送我一套《普希金诗集》，希望我干出辉煌成就，经营出诗一样的人生。

归德十年，既是我青春年华付出最多、工作事业获得成就最辉煌的时期，也是我饱尝人生五味、感悟人间变换最深的时期。且看大树先生送别诗："秋风秋雨夜袭人，叶落叶黄不见春。西楼望月魏都远，东篱把酒更思君。"履新许都时间虽短，却是我最惬意、最得心应手的时期。事业兴，战友融，和谐气息满莲城。清晨："雾岚轻纱处处景，何处最美实难评。"傍晚："清风融融释重负，曲径幽幽听蛙声。"

省直是我干事创业的总结，也是我事业发展的高峰，可谓："辉煌征程此为终，感慨惆怅总莫名。"厚君先生的指点让人顿悟："应知苦旅月半从，生涯千种累，闲静写从容。"是啊，每个时期有每个时期不同的基调，需要我们静静梳理，慢慢体会……

我喜欢诗一般地飞翔，更喜欢孤独地耕耘！心随朗月高，志与秋霜洁，放怀于天地之外，耕耘在红尘之中。我可以为物所累,但决不为物所染! 久之,人自会超然,心自会脱俗:"荷风送爽意犹酣,绿洲掩映深深院。 不羡笙歌红绿场,推窗愿与清虚眠。"月光,给人以无限遐想……

追求梦想的征途充满泥泞和荆棘,而每当自己遇到困惑和迷茫,总有理想召唤我,有师长激励我,有朋友帮助我。 于是,我发现,当东西南北都行不通时,不甘的内心鼓励我:向上飞! 有诗为证:"十年铸剑苦行中,厚积薄发待鹿鸣。 晓行每见旭日起,何愁前程无光明?"我深知,要想使人生有价值,就要给社会创造价值。 正像老局长武和平的教诲:我们无法掌控自己生命的长度,却可以增加人生的宽度和高度,而最有效的办法就是充实自我、提升自我。 只有不断地进取和追求,才能激发起内在活力,使生命焕发勃勃生机。 正如先哲王阳明"心学"所示:只有不断地"知行合一",才能达到"致良知"的境界,完成自我价值的塑造,才能挺身入局。 饱尝了人间的酸甜苦辣,却依然积极乐观地前行,不失为强者!

漫忆人生,既有可圈可点的精彩,也有感慨和喟叹。 人生好像一次爬山,你选择了崎岖,就可能错过平坦;你选择了飞瀑,就可能错过溪流……人生本就如此,可以感叹一下,只是别忘了赶路。 英国哲学家培根说得好:"幸运并非没有许多恐惧与烦恼,厄运也并非没有许多安慰与希望。"人生得真情难,修成正果更难! 但愿我们能从不尽完美的人生、渐行渐远的岁月中,不弃不叹,成就更好的自己,成全更好的他人,把人生的遗憾抚平,把心中的梦织圆。

成就一生的事业,既需要内心坚韧的原动力,也需要来自外

后 记

界的助推力。在创作征途中每当遇到迷茫、彷徨时，常得到武和平老师、杜新军老师、张树仁老师、侯慧兰老师、李啸老师、王顺兴老师的鼓励与指导。还有我家二哥魏振中，不但为我写了一篇饱含深情、茹古涵今的序，还常年对我关爱有加，指导多多。正是由于他们的帮助和鼓励，才使我创作出50多篇散文、小说以及600多首诗词作品等，而多年的积累也集结成《情志漫忆》。

一本书经历了一年多时间，上上下下几经曲折和锻造，最终有了成果，真可谓幸也、叹也！在此，特别感谢赵杨、马琴、艳华、谢文忠、李华、瑞红、杨洁、刘晓明、周斌、郑迪、贾翔宇等友人的支持与帮助，特别感谢高峻嶺、蒲国泳、吴士娟、王润华为此书创作精美插图，以及应惠勇题写书名。还有许多老师、朋友多年来默默无闻地支持、帮助我，我将铭记于心！

出于对工作以及当事人的保护，文中有些地方做了化用、虚构和调整，在此说明。

2023年9月8日草于古都大梁